Von Agatha Christie sind lieferbar:

Alter schützt vor Scharfsinn nicht
Auch Pünktlichkeit kann töten
Auf doppelter Spur
Der ballspielende Hund
Bertrams Hotel
Der blaue Expreß
Blausäure
Rätsel um Arlena
Die Büchse der Pandora
Der Dienstagabend-Club
Ein diplomatischer Zwischenfall
Elefanten vergessen nicht
Die ersten Arbeiten des Herkules
Das Eulenhaus
Das fahle Pferd
Fata Morgana
Das fehlende Glied in der Kette
Feuerprobe der Unschuld
Ein gefährlicher Gegner
Das Geheimnis der Goldmine
Das Geheimnis der Schnallenschuhe
Die großen Vier
Hercule Poirot's größte Trümpfe
Hercule Poirot schläft nie
Hercule Poirot's Weihnachten
Karibische Affäre
Die Katze im Taubenschlag
Die Kleptomanin
Das krumme Haus
Kurz vor Mitternacht
Lauter reizende alte Damen
Der letzte Joker
Die letzten Arbeiten des Herkules
Der Mann im braunen Anzug
Die Mausefalle und andere Fallen
Die Memoiren des Grafen
Mit offenen Karten
Mörderblumen
Mördergarn
Die Mörder-Maschen
Mord im Pfarrhaus
Mord im Spiegel oder
Dummheit ist gefährlich
Mord in Mesopotamien
Mord nach Maß
Ein Mord wird angekündigt
Die Morde des Herrn ABC
Morphium
Poirot rechnet ab
Rächende Geister
Rotkäppchen und der böse Wolf
Ruhe unsanft
Die Schattenhand
Das Schicksal in Person
Schneewittchen-Party
Der seltsame Mr. Quin
Sie kamen nach Bagdad
Sterben in Wychwood
Der Tod auf dem Nil
Der Tod wartet
Der Todeswirbel
Die Tote in der Bibliothek
Der Unfall und andere Fälle
Der unheimliche Weg
Das unvollendete Bildnis
Die vergeßliche Mörderin
Vier Frauen und ein Mord
Vorhang
Der Wachsblumenstrauß
Wiedersehen mit Mrs. Oliver
Zehn kleine Negerlein
Zeugin der Anklage
16 Uhr 50 ab Paddington

Agatha Christie

Hercule Poirots Weihnachten

Scherz
Bern – München – Wien

Einzig berechtigte Übertragung aus dem Englischen
Titel des Originals «Hercule Poirot's Christmas»
Schutzumschlag von Heinz Looser
Foto: Thomas Cugini

11. Auflage 1984, ISBN 3-502-50627-2

Gesamtherstellung: Ebner Ulm

Erster Teil

22. Dezember

Stephen schlug den Mantelkragen hoch, während er eilig über den Perron ging. Dichter Nebel hüllte den Bahnhof ein. Schwere Lokomotiven zischten und stießen Rauchwolken in die rauhe, kalte Luft. Alles war schmutzig und voll von Ruß.

«Ein trübsinniges Land», murmelte Stephen angewidert vor sich hin, «und eine trostlose Stadt!»

Seine erste Begeisterung über London, mit seinen Restaurants, seinen Geschäften und den gutangezogenen, hübschen Frauen hatte sich gelegt. Nun kam ihm die Stadt nur noch wie ein naßglänzender Rinnstein vor, unansehnlich, schmutzigbraun.

Zu Hause, in Südafrika! Er wurde plötzlich von einem heftigen Heimweh gepackt. Sonnenschein, blauer Himmel, Gärten voller Blumen – blaue Blumen – Pelargonien, bunte Winden, die sich an jedem noch so ärmlichen Blockhaus rankten ...

Und hier – Schmutz, Ruß und endlose, unermeßliche Menschenmassen, Gedränge, Bewegung, Unrast. Geschäftige Ameisen, die ständig in ihrem Ameisenhaufen herumwimmelten.

Sekundenlang dachte er: Wäre ich doch nie hergekommen!

Dann aber fiel ihm der Grund seines Hierseins wieder ein. Hart preßten sich seine Lippen aufeinander. Nein, zum Teufel, er konnte nicht mehr zurück! Jahrelang hatte er diesen Vorsatz nun ausgebrütet. Was er vorhatte, war seit langem zum Entschluß gereift, und er würde ihn jetzt durchführen.

Dieses vorübergehende Zögern, diese plötzliche innere Frage: «Wozu? Steht es dafür? Warum die Vergangenheit wieder aufwühlen, warum nicht alles vergeben und vergessen sein lassen?» – das war Schwäche. Er war doch kein kleiner Junge mehr, den die Stimmung des Augenblicks einmal hierhin und dann wieder dorthin treiben konnte, sondern ein Mann von vierzig Jahren, bewußt und seiner selbst sicher. Er würde den Plan ausführen, um dessentwillen er nach London gekommen war.

Er ging durch den Zug und suchte einen Platz. Die Gepäckträger hatte er entschieden abgewiesen und trug seinen Koffer selber. Der Zug war sehr voll. Kein Wunder, drei Tage vor Weihnachten. Stephen Farr sah mißmutig in die besetzten Abteile.
Menschen! Unfaßbare Massen von Menschen! Und alle sahen so ... so ... wie hieß das Wort? ... so grau, so verwaschen aus! Sie hatten keine eigenen Gesichter, sondern glichen einer dem anderen, wie Kaninchen oder Schafe. Manche schwatzten und lachten. Andere, dicke Männer mittleren Alters, unterhielten sich knurrend, um nicht zu sagen: grunzend wie Schweine. Und sogar die jungen Mädchen, schlanke Geschöpfe mit ovalen Gesichtern und rot angestrichenen Lippen wirkten entsetzlich gleichförmig.
Er dachte plötzlich sehnsüchtig an das weite, offene Grasland zu Hause, an die sonnenwarme, einsame Landschaft ...
Doch dann hielt er den Atem an, als er in ein neues Abteil blickte. Dieses Mädchen war anders! Schwarzes Haar, bräunliche, gesunde Haut, Augen, in denen Tiefe und Dunkelheit der Nacht lag ... die schwermütigen, stolzen Augen des Südens ... Irgendwie mutete es ganz verkehrt an, daß das Mädchen inmitten dieser grauen Menschen saß und in das naßkalte, graue Mittelengland fuhr. Sie hätte auf einem Balkon sitzen sollen, eine Rose zwischen den Lippen, ein Stück schwarze Spitze um den schönen Kopf geschlungen, und Staub und Hitze hätte sich rings um sie mit Blutgeruch vermischen müssen — dem Brodem der Stierkampfarena ... aber in einen englischen Drittklaßwagen gehörte sie nie und nimmer.
Er war ein guter Beobachter. Die Ärmlichkeit ihres dünnen schwarzen Mäntelchens, die billige Qualität der Baumwollhandschuhe und der Schuhe entgingen ihm ebensowenig wie die schäbige Eleganz der feuerroten Handtasche. Trotzdem empfand er ihre Erscheinung als auffallend schön. Sie war hübsch, zart und exotisch ...
Was um alles in der Welt tat sie in diesem Land der Nebelschwaden, kalten Winde und emsigen Ameisen?
Ich muß herausbekommen, wer sie ist und was sie hier tut, dachte er. Ich muß es unbedingt wissen!

Pilar saß eng in die Fensterecke gedrückt und dachte, wie eigenartig dieses England doch rieche. Das war ihr bis dahin am meisten aufgefallen an England – dieser merkwürdige Geruch. Es roch nicht nach Knoblauch, auch nicht nach Staub und kaum nach Parfüm. In diesem Eisenbahnwagen zum Beispiel roch es nach abgestandener, kalter Luft – wie in allen Zügen –, und zu dem Geruch nach Seife gesellte sich noch ein anderer, weit unangenehmerer, der offensichtlich aus dem Pelzkragen der dicken Frau neben ihr aufstieg. Pilar schnupperte unauffällig und atmete den Geruch von Mottenkugeln ein. Wie konnte man sich nur mit so etwas parfümieren, dachte sie erstaunt.
Ein Pfeifsignal, eine schrille Stimme, die irgendeinen Befehl schrie, und der Zug rollte langsam aus der Halle. Nun war sie also unterwegs ...
Ihr Herz klopfte schneller. Würde alles gutgehen? Würde sie erreichen, was sie sich vorgenommen hatte? Sicher! Ganz sicher! Sie hatte doch alles so sorgfältig überlegt ... Sie war auf jede Möglichkeit vorbereitet. O ja, sie würde, sie mußte Erfolg haben!
Pilars schön geschwungene Lippen verzogen sich plötzlich. Mit einem Schlag wurde der Mund grausam. Grausam und lüstern – wie der eines Kindes oder einer jungen Katze – ein Mund, der nur seine eigenen Begierden kannte und der nichts von Mitleid wußte.
Sie betrachtete die Menschen ringsum mit der Neugier eines Kindes. Komisch sahen sie alle aus, diese Engländer! Begütert, erfolgreich, jedenfalls nach ihren Schuhen und Kleidern zu schließen. Zweifellos war England ein sehr reiches Land, das hatte sie ja immer sagen hören. Aber fröhlich waren diese Leute nicht, ganz und gar nicht fröhlich!
Im Seitengang stand ein hübscher Mann. Pilar fand ihn ausgesprochen hübsch. Sein tiefbraunes Gesicht mit der scharfgeschnittenen Nase und die breiten Schultern gefielen ihr. Viel rascher als jede junge Engländerin so etwas bemerkt hätte, waren Pilar die bewundernden Blicke des Mannes aufgefallen, ohne daß sie je direkt in seine Richtung sah.
Nicht, daß diese Tatsache sie sonderlich erregt hätte. Sie kam aus einem Lande, wo Männer die Frauen unverhohlen bewun-

dernd betrachten dürfen. Aber sie fragte sich, ob er wohl Engländer sei.
Nein, dazu ist er viel zu lebendig, zu wirklich, lautete der Schluß ihrer Überlegungen. Andererseits ist er fast blond. Wahrscheinlich ein Amerikaner. Tatsächlich erinnerte er sie an einige der Helden aus Wildwestfilmen.
Ein Kellner schob sich durch den Seitengang.
«Erstes Mittagessen! Bitte Platz zu nehmen zum ersten Mittagessen!»
Die sieben Mitreisenden aus Pilars Coupé, die alle Karten für das erste Mittagessen hatten, erhoben sich wie ein Mann, und plötzlich war das Abteil leer und still.
Als erstes schob Pilar das Fenster zu, das von einer kriegerisch aussehenden grauhaarigen Dame einige Zentimeter geöffnet worden war. Dann kuschelte sie sich behaglich in die Fensterecke und ließ die nördlichen Vorstädte Londons an sich vorbeiziehen. Als die Tür zu ihrem Abteil aufging, brauchte sie nicht einmal den Kopf zu wenden, um zu wissen, daß nun der Mann aus dem Korridor hereingekommen war, um mit ihr zu sprechen.
Sie fuhr fort, gedankenverloren aus dem Fenster zu sehen.
«Soll ich es vielleicht herunterlassen?» fragte Stephen Farr.
Pilar antwortete mit damenhafter Zurückhaltung: «Im Gegenteil. Ich habe es eben erst zugemacht.»
Sie sprach fließend englisch, aber mit einem leichten Akzent.
Während des Schweigens, das nun eintrat, dachte Stephen: Eine süße Stimme. Sonne liegt darin, die Wärme einer Sommernacht.
Pilar dachte: Ich mag seine Stimme. Eine kraftvolle, schöne Stimme ... Er sieht überhaupt gut aus – außerordentlich gut sogar.
«Der Zug ist ziemlich überfüllt», sagte Stephen.
«Allerdings! Die Leute fahren aus London fort, wahrscheinlich weil es dort so schwarz ist.»
Pilar war nicht in dem Glauben erzogen worden, mit unbekannten Männern zu sprechen sei ein Verbrechen. Sie konnte sehr gut auf sich selber aufpassen, aber ein strenger Sittenkodex war ihr fremd.

Wäre Stephen in England aufgewachsen, dann hätte er sich vermutlich bei diesem Gespräch mit einem jungen Mädchen denkbar unbehaglich gefühlt. Aber Stephen war ein liebenswürdiger Mensch, und so fand er es durchaus natürlich, daß man miteinander redete, wenn man Lust dazu hatte.
Er lächelte verständnisinnig. «London ist eine gräßliche Stadt, oder finden Sie das vielleicht nicht?»
«O doch! Ich mag sie gar nicht.» Pilar sah ihn an. «Sie sind kein Engländer, nicht wahr?»
«Ich bin Brite, aber aus Südafrika.»
«Ach so! Das erklärt alles.»
«Und Sie kommen auch aus dem Ausland?»
Pilar nickte. «Ich komme aus Spanien.»
«Aus Spanien?» Stephen war sehr interessiert. «Dann sind Sie also Spanierin?»
«Halb und halb. Meine Mutter war Engländerin. Deshalb spreche ich englisch.»
«Wie steht es mit dem Krieg in Spanien?»
«Es ist schrecklich, sehr, sehr traurig. So viele Zerstörungen überall.»
«Auf welcher Seite stehen Sie?»
Pilars politische Anschauungen schienen reichlich unklar zu sein. In dem Dorf, aus welchem sie komme, erklärte sie, habe sich niemand viel um den Krieg gekümmert. «Er spielt sich nicht in unserer Nähe ab, wissen Sie. Der Bürgermeister ist natürlich ein Regierungsbeamter, und der Priester ist für General Franco, aber die meisten Leute haben mit ihren Weinbergen und den Feldern zu tun und zerbrechen sich nicht den Kopf über solche Fragen.»
«Also haben Sie keine direkten Kampfhandlungen erlebt?»
«Daheim nicht. Aber dann fuhr ich in einem Auto durch das Land, und dort sah ich viele Zerstörungen. Und eine Bombe kam herunter, direkt auf ein anderes Auto, und eine zweite fiel in ein Wohnhaus. Es war alles sehr aufregend.»
Stephen Farr lächelte verstohlen.
«Also aufregend ist es Ihnen vorgekommen?»
«Ja, aber auch ärgerlich. Weil ich doch vorwärtskommen wollte, und dann wurde der Chauffeur meines Wagens getötet.»

«Und hat Sie das nicht sehr bekümmert?»
Pilars große dunkle Augen weiteten sich erstaunt. «Jedermann muß einmal sterben! Wenn es so schnell geschieht, aus heiterem Himmel – bums! –, dann ist das ein ebenso schöner Tod wie jeder andere. Eine Zeitlang lebt man, und dann ist man tot. Das ist der Lauf der Welt.»
Stephen Farr lachte. «Pazifistin sind Sie also nicht!»
«Ich bin keine – was?» Das Wort war noch nicht in Pilars Vokabular gedrungen.
«Sie vergeben Ihren Feinden nicht, Señorita?»
Pilar schüttelte den Kopf. «Ich habe keine Feinde, aber wenn ich welche hätte ...»
Er betrachtete sie, von neuem gefesselt von dem grausam emporgezogenen Mund.
«Wenn ich einen Feind hätte, der mich haßte und den ich hassen würde ... dann würde ich ihm die Gurgel durchschneiden – so!» Sie unterstrich ihren Gedanken mit einer beredten Bewegung.
Diese schnelle, erbarmungslose Geste ließ Stephen Farr sekundenlang zurückfahren. «Sie sind eine blutrünstige junge Dame!»
«Was würden denn Sie einem Feind antun?» fragte Pilar, nüchtern interessiert.
Er sah sie verblüfft an, mußte dann lachen und sagte: «Ich weiß es nicht ... Ich weiß es wirklich nicht.»
Pilar blickte ihn mißbilligend an. «Aber das müssen Sie doch wissen!»
Er hörte zu lachen auf, holte tief Atem und sagte leise: «Ja. Ich weiß es ...»
Dann wechselte er rasch das Thema und fragte obenhin: «Was hat Sie denn nach England geführt?»
«Ich besuche meine englischen Verwandten», antwortete Pilar, nun wieder gespielt zurückhaltend.
Stephen lehnte sich in seinem Sitz zurück und stellte sich vor, wer ihre Verwandten wohl sein mochten und wie sich dieses warmblütige Geschöpf inmitten eines steifen englischen Familienkreises beim Weihnachtsfest ausnehmen werde.
«Südafrika muß schön sein», sagte Pilar plötzlich.

Er begann ihr seine engere Heimat zu schildern. Sie hörte ihm freudig gespannt zu wie ein Kind, dem man Märchen erzählt. Ihre naiven, aber scharfsinnigen Fragen amüsierten ihn, und er machte sich einen Spaß daraus, seine Schilderungen bunt und packend zu gestalten.

Die Rückkehr der eigentlichen Platzinhaber des Abteils bereitete ihrer Unterhaltung ein Ende. Stephen erhob sich, lächelte ihr zu und trat wieder in den Seitengang hinaus.

Als er etwas später unter die Abteiltür treten mußte, um einer alten Dame Platz zu machen, fielen seine Blicke zufällig auf das Etikett an Pilars fremdländisch anmutendem Strohkorb. Schnell und interessiert las er den Namen: Miss Pilar Estravados. Doch als er auch die Adresse gesehen hatte, weiteten sich seine Augen in ungläubigem Erstaunen — Gorston Hall, Longdale, Addlesfield!

Er starrte das Mädchen an, als hätte er es noch nie gesehen. Verblüffung, Verärgerung, Verdacht spiegelten sich in seinen Augen.

Während er draußen im Korridor eine Zigarette rauchte, war seine Stirne tief gerunzelt . . .

Im großen, in den Farben Blau und Gold gehaltenen Wohnzimmer von Gorston Hall saßen Alfred Lee und Lydia, seine Frau, und machten Pläne für Weihnachten. Alfred war ein etwas vierschrötiger Mann mittleren Alters mit einem angenehmen Gesicht und sanften braunen Augen. Seine Stimme klang ruhig und sicher, und er sprach überlegen und deutlich. Gerade jetzt war sein Kopf tief zwischen die Schultern gezogen, und das gab seiner Haltung etwas unbeweglich Starres. Lydia sah aus wie ein edles, kraftvolles Rennpferd. Sie war erstaunlich schlank, und ihre Bewegungen hatten eine nervöse Grazie. Schön konnte man ihr hageres Gesicht nicht nennen, aber es wirkte distinguiert, und ihre Stimme war bezaubernd.

«Vater besteht darauf», sagte Alfred eben, «und da kann man gar nichts machen.»

Lydia wollte auffahren, beherrschte sich aber. «Mußt du ihm denn immer nachgeben?» fragte sie.

«Er ist ein sehr alter Mann, meine Liebe ...»
«Ja, ich weiß! ... Ich weiß!»
«Er nimmt es für selbstverständlich, daß alles nach seinem Willen geht.»
«Begreiflich! Es war ja immer so», erwiderte Lydia trocken. «Aber früher oder später wirst du noch einmal Widerstand leisten müssen, Alfred.»
«Was willst du damit sagen, Lydia?»
Sie zuckte die zarten Schultern und versuchte ihre Worte sehr sorgfältig zu wählen. «Nun, dein Vater hat manchmal — recht tyrannische Anwandlungen. Und je älter er wird, desto herrschsüchtiger ist er. Wo soll das enden? Schon jetzt schreibt er uns unser Leben vor. Wir können nie von uns aus etwas beschließen, und wenn wir es trotzdem einmal tun, regt er sich auf.»
«Vater ist eben gewohnt, immer der Erste zu sein. Er ist sehr gut zu uns, vergiß das nicht.» Alfred sagte dies mit einer harten Unnachgiebigkeit.
«Finanziell, meinst du?» fragte Lydia ruhig.
«Ja. Er selber ist ziemlich anspruchslos; aber noch nie hat er uns das Geld vorgeworfen, das wir ausgeben. Du darfst an Kleidern oder Einrichtungen für dieses Haus anschaffen, was du nur willst, und die Rechnungen werden anstandslos bezahlt. Erst letzte Woche hat er uns den neuen Wagen gekauft.»
«Ich gebe zu, daß er in Gelddingen sehr großzügig ist. Aber als Entgelt erwartet er, daß wir uns wie seine Sklaven benehmen.»
«Sklaven?»
«Jawohl, so sagte ich. Du bist sein Sklave, Alfred! Wenn wir einen Ausflug planen und dein Vater plötzlich wünscht, daß wir hierbleiben sollen, dann sagst du alle Verabredungen ab und bleibst! Wenn ihn aber zufällig die Laune packt, uns wegzuschicken, dann gehen wir ... Es gibt für uns kein eigenes Leben, keine Unabhängigkeit ...»
«Bitte, Lydia, rede nicht so!» sagte Alfred verzweifelt. «Es ist wirklich undankbar. Mein Vater hat alles für uns getan ...»
Lydia unterdrückte die Antwort, die schon auf ihren Lippen lag, und zuckte nur wieder die schmalen Schultern.
«Vater hat dich nämlich wirklich sehr gern, Lydia ...»
Klar kam die Antwort: «Ich kann ihn nicht leiden.»

«Lydia! Wie kannst du das sagen?! Es ist so unliebenswürdig ... Wenn Vater das wüßte ...»
«Dein Vater weiß ganz genau, daß ich ihn nicht mag! Ich glaube, es amüsiert ihn.»
«Nein, da irrst du dich, ganz bestimmt! Er hat mir oft gesagt, wie reizend du immer zu ihm seist.»
«Natürlich bin ich höflich zu ihm, werde es immer sein. Meine ehrlichen Gefühle sage ich nur dir. Ich kann deinen Vater nicht ausstehen, Alfred. Für mich ist er ein alter, tyrannischer, böser Mann. Dich schüchtert er einfach ein und erwartet dafür noch deine Kindesliebe! Schon vor Jahren hättest du dich dagegen auflehnen sollen.»
«Das genügt, Lydia!» sagte Alfred scharf. «Bitte, rede nicht mehr in diesem Ton weiter!»
Sie seufzte. «Verzeih, vielleicht habe ich unrecht ... Also, sprechen wir von den Weihnachtsvorbereitungen. Glaubst du, daß dein Bruder David wirklich herkommt?»
«Warum nicht?»
Sie wiegte zweifelnd den Kopf hin und her. «David ist ... ein komischer Kauz. Er hat so sehr an eurer Mutter gehangen ... und jetzt mag er das Haus nicht mehr leiden.»
«David ist Vater immer auf die Nerven gegangen», sagte Alfred, «mit seiner Musik und seinen Träumereien. Dabei war Vater sicher manchmal zu streng mit ihm. Aber ich glaube, daß Hilda und David dennoch kommen werden. Wegen Weihnachten, weißt du.»
«‹Friede und den Menschen ein Wohlgefallen!›» zitierte Lydia ironisch. «Wir werden ja sehen! Magdalene und George kommen jedenfalls, wahrscheinlich morgen, haben sie geschrieben. Ich fürchte, Magdalene wird sich entsetzlich langweilen.»
«Warum mein Bruder ein Mädchen heiraten mußte, das zwanzig Jahre jünger ist als er», warf Alfred ein wenig gereizt ein, «wird mir ewig ein Rätsel bleiben. George ist und bleibt ein Narr.»
«Aber er macht Karriere», sagte Lydia. «Seine Wähler lieben ihn. Ich glaube, daß Magdalene ihm bei seiner politischen Arbeit ziemlich viel hilft.»
«Ich mag sie nicht sonderlich», murmelte Alfred. «Sie sieht sehr

gut aus, aber manchmal werde ich das Gefühl nicht los, sie sei wie eine jener Birnen mit der rosigen Haut und dem flaumigen Schimmer ...» Er brach ab.

«Die innen dann faul sind?» beendete Lydia seinen Satz fragend. «Komisch, daß du das sagst. Du bist doch sonst so nett und sagst nie etwas Abfälliges über jemanden. Manchmal regt mich das förmlich auf, weil mich dünkt, du seiest nicht – wie soll ich mich ausdrücken? – nicht mißtrauisch, nicht weltgewandt genug!»

Ihr Gatte lächelte. «Die Welt, glaube ich, ist immer so, wie man sie selber sieht.»

«Nein!» antwortete Lydia scharf. «Das Böse lebt nicht nur in unseren Gedanken! Das Böse existiert! Du scheinst das nicht zu wissen – ich weiß es! Ich fühle es, habe es immer gefühlt ... in diesem Hause ...» Sie biß sich auf die Lippen und wandte sich ab.

Doch ehe Alfred etwas antworten konnte, erhob sie warnend die Hand und sah über seine Schulter. Hinter Alfred stand ein dunkler Mann mit glattrasiertem Gesicht in ehrerbietiger Haltung.

«Was wünschen Sir, Horbury?» fragte Lydia kurz.

Horbury sprach sehr leise, so daß es eher ein Murmeln war.

«Mr. Lee hat mir aufgetragen, Ihnen auszurichten, Madame, daß noch zwei weitere Gäste zum Weihnachtsfest kommen, und Sie zu bitten, Zimmer für sie bereitmachen zu lassen.»

«Zwei weitere Gäste?»

«Jawohl, Madame – ein Herr und eine junge Dame.»

«Eine junge Dame?» fragte Alfred verwundert.

«So hat es mir Mr. Lee aufgetragen», bestätigte Horbury.

«Ich gehe zu ihm hinauf ...» sagte Lydia schnell.

Doch eine kleine, kaum wahrnehmbare Bewegung von Horbury, die Andeutung eines Schrittes nach vorn, hielt sie auf.

«Verzeihung, Madame, aber Mr. Lee hält gerade sein Nachmittagsschläfchen. Er wünschte ausdrücklich, nicht gestört zu werden.»

«Ach so», fiel Alfred ein, «dann werden wir ihn selbstverständlich nicht belästigen.»

«Danke, Sir.» Horbury ging hinaus.
«Wie ich den Kerl hasse!» brach Lydia aus. «Schleicht durch das Haus wie eine Katze. Nie hört man ihn kommen oder gehen!»
«Mir ist er auch nicht sympathisch, aber er versteht seinen Beruf. Es ist gar nicht so leicht, einen guten Diener und Krankenwärter zu finden. Und Vater hat ihn gern, das ist die Hauptsache.»
«Das ist die Hauptsache, sehr richtig! ... Aber wer kann die junge Dame sein, Alfred?»
«Keine Ahnung. Ich vermag es mir wirklich nicht vorzustellen.»
Eine Weile starrte das Ehepaar sich verwundert an. Dann kräuselten sich Lydias ausdrucksvolle Lippen ein wenig. «Weißt du, was ich glaube, Alfred? Vermutlich hat sich dein Vater in letzter Zeit ziemlich gelangweilt, und nun plant er irgendeine Weihnachtsüberraschung für sich.»
«Indem er zwei Fremde zu einem Familienfest einlädt?»
«Nun, die Einzelheiten kenne ich nicht, aber ich habe das Gefühl, daß dein Vater sich eine Abwechslung verschaffen will.»
«Hoffentlich macht ihm die Sache dann auch wirklich Spaß», sagte Alfred ernst. «Armer alter Mann, ein Invalide durch sein Bein ... nach dem abenteuerlichen Leben, das er früher geführt hat.»
«Nach dem ... abenteuerlichen Leben, das er früher geführt hat», wiederholte Lydia langsam. Die Pause, die sie vor dem Eigenschaftswort machte, gab dem Satz eine besondere, düstere Bedeutung. Alfred schien das zu spüren, denn er errötete und sah unglücklich aus.
Sie rief plötzlich unbeherrscht: «Wie er jemals einen Sohn wie dich haben konnte, ist mir schleierhaft! Ihr seid zwei entgegengesetzte Pole! Und dabei fasziniert er dich, du verehrst ihn!»
Alfred war nun wirklich verärgert. «Du gehst doch ein bißchen zu weit, Lydia. Es ist natürlich, daß ein Sohn seinen Vater liebt. Unnatürlich wäre nur, wenn er das nicht täte.»
«Dann sind die meisten Mitglieder dieser Familie unnatürlich», sagte Lydia langsam. «Entschuldige, ich habe deine Gefühle verletzt, ich weiß! Das wollte ich nicht, Alfred, bitte glaube mir das. Ich bewundere dich sehr um deiner ... deiner Treue wil-

len. Treue ist sehr selten in unseren Tagen. Nimm an, daß ich eifersüchtig sei! Man sagt doch, Frauen seien immer auf ihre Schwiegermütter eifersüchtig – warum nicht auch auf ihre Schwiegerväter?»

Er legte zärtlich den Arm um sie. «Deine Zunge geht wieder einmal mit dir durch, Liebling. Du hast weiß Gott keine Ursache, eifersüchtig zu sein.»

Sie küßte ihn schnell und abbittend auf das Ohrläppchen. Es war eine zarte Liebkosung.

«Ich weiß, Alfred. Und dennoch glaube ich, daß ich auf deine Mutter nie eifersüchtig gewesen wäre. Ich wünschte, ich hätte sie gekannt.»

Er seufzte. «Sie war ein armer Mensch.»

Seine Frau sah ihn groß an. «So hast du sie gesehen ... als einen armen Menschen ... Seltsam!»

«Ich habe sie fast nur krank gekannt», sagte er verträumt. «Sie hat viel geweint ...» Er schüttelte den Kopf. «Nein, sie hatte keinen Mut.»

Noch immer sah sie ihn voll an und murmelte leise: «Merkwürdig ...»

Aber als er sich ihr fragend zuwandte, wechselte sie das Thema.

«Wenn wir also nicht erfahren dürfen, wer unsere geheimnisvollen Gäste sind, dann gehe ich hinaus und mache meine Gartenarbeit fertig.»

«Es ist sehr kalt, Liebling, der Wind ist eisig.»

«Ich werde mich warm anziehen.»

Alfred sah ihr nach, als sie hinausging, blieb eine Weile reglos, in tiefes Nachdenken versunken, stehen und trat dann an das große Fenster. Eine Terrasse zog sich an der Längsseite des Hauses hin. Nach ein, zwei Minuten erschien Lydia, in einen dicken Wollmantel gehüllt, einen flachen Korb in der Hand, und machte sich an einer kleinen, viereckigen Grube zu schaffen. Ihr Mann sah ihr einen Augenblick zu. Dann verließ auch er das Zimmer, holte sich einen Mantel und ging seinerseits durch eine Seitentür auf die Terrasse hinaus. Während er zu Lydia hinüberging, kam er an zahlreichen steinumrandeten Erdvertiefungen vorbei, lauter kleinen Miniaturgärten, die alle das Werk von Lydias geschickten Händen waren.

Einer davon stellte eine Wüstenlandschaft dar: gelber Sand, ein kleiner Palmenhain, eine Kamelkarawane mit zwei winzigen arabischen Treibern. Aus Plastilin waren Eingeborenenhütten nachgebildet worden. Dann gab es einen italienischen Garten mit Terrassen und kunstvollen Blumenbeeten, in denen eine ganze Blütenpracht aus Siegellack-Blumen leuchtete. Ein anderer der kleinen Gärten zeigte eine Polarlandschaft mit grünen Glasstücken als Eisberge und Gruppen von Pinguinen. Auch ein japanischer Garten fehlte nicht; kleine, verkrüppelte Bäumchen standen darin in Reihen, Glasscheiben stellten Teiche dar, über die sich Brücken schwangen, von Lydia ebenfalls aus Plastilin angefertigt.
Alfred sah ihr zu. Sie hatte in die kleine Grube blaues Papier gelegt und es mit Glas bedeckt. Ringsum ragten Felsblöcke auf. In diesem Augenblick schüttete sie groben Schotter aus, um ein Ufer daraus zu bilden. Zwischen den großen Steinen standen ein paar kleine Kaktuspflanzen.
«Ja, genauso habe ich es mir vorgestellt, ganz genauso», murmelte Lydia vor sich hin.
«Was stellt dein neuestes Kunstwerk vor?» fragte Alfred.
Sie erschrak, denn sie hatte ihn nicht kommen hören.
«Das? Das Tote Meer, Alfred. Gefällt es dir?»
«Ist es nicht ein wenig zu dürr und unfruchtbar? Ich meine, sollte die Vegetation nicht etwas reicher sein?»
Sie schüttelte den Kopf. «Nein, so stelle ich mir das Tote Meer vor . . . wirklich tot, weißt du.»
Schritte auf der Terrasse. Ein älterer, weißhaariger Butler kam leicht gebeugt auf sie zu.
«Mrs. George Lee ist am Telefon, Madame. Sie läßt fragen, ob es Ihnen passen würde, wenn sie und Mr. George mit dem Fünf-Uhr-zwanzig-Zug kämen.»
«Ja, sagen Sie ihr, das sei uns sehr recht.»
Der Butler verschwand eilends. Lydia sah ihm mit einem fast liebevollen Blick nach. «Guter alter Tressilian! Ich weiß nicht, was wir ohne ihn täten.»
«Ja», stimmte ihr Alfred bei, «er ist noch einer von der alten Schule. Vierzig Jahre ist er nun schon bei uns, und ich glaube, er liebt uns alle, jeden einzelnen.»

Lydia nickte. «Ich glaube, er würde sich um Ehre und Seligkeit lügen, wenn es darum ginge, jemanden der Familie zu schützen.»
«Das würde er», sagte Alfred leise, «ich glaube, das würde er wirklich.»
Lydia ebnete ihren Kieselsteinstrand und sagte dann: «So, jetzt ist es bereit!»
«Bereit? Wofür?» fragte Alfred erstaunt.
«Für Weihnachten, du Dummer!» lachte sie. «Für unser gefühlvolles Familienfest.»

David las den Brief. Darauf ballte er erst das Blatt Papier zu einem Klumpen zusammen und warf es weg, und dann holte er den Knäuel wieder, glättete den Bogen sorgfältig und las ihn noch einmal durch.
Seine Frau, Hilda, sah ihm wortlos zu. Sie bemerkte den zukkenden Muskel (oder war es ein Nerv?) an seiner Schläfe, das leise Zittern der langen, ausdrucksvollen Hände und die Erregung, die seinen ganzen Körper anspannte. Als er wieder einmal die Strähne blonden Haares aus der Stirn strich und zu ihr hinübersah, war sie ruhig und gefaßt.
«Hilda, was sollen wir tun?»
Hilda zögerte lange, ehe sie antwortete. Sie hatte den Hilferuf vernommen, und sie wußte, wie abhängig David von ihr war, immer schon, seit dem Tag ihrer Hochzeit, sie wußte, daß sie seinen letzten Entschluß maßgeblich beeinflussen konnte. Aber gerade deshalb scheute sie davor zurück, irgend etwas Endgültiges zu sagen.
Ihre Stimme klang weich und zärtlich wie die mancher erfahrenen Kinderschwester.
«Das kommt ganz darauf an, wie dir zumute ist, David.»
Hilda war eine stattliche Frau, nicht schön, aber irgendwie fesselnd. Sie erinnerte an die Frauenbilder niederländischer Meister. Ihre Stimme war warm und voll. Sie wirkte kräftig, ruhig und verfügte über jene vitale Sicherheit, die schwache Menschen unweigerlich anzieht. Eine etwas zu dicke, nicht große Frau mittleren Alters, nicht klug, nicht amüsant, aber dennoch

jemand, den man unmöglich übersehen konnte. Hilda Lee hatte Kraft!

David stand auf und begann im Zimmer auf und ab zu gehen. Sein Haar wies noch keinen grauen Schimmer auf, und sein Gesicht wirkte unwahrscheinlich knabenhaft.

«Du weißt, wie mir zumute ist, Hilda, du mußt es wissen», sagte er ernst.

«Ich bin nicht so sicher.»

«Aber ich habe es dir doch oft und oft gesagt! Wie ich alles hasse – dieses Haus und die Landschaft und alles! Es bringt nur das alte Elend wieder zurück. Ich war keine Stunde glücklich dort, keine einzige! Wenn ich daran denke ... wie sehr sie litt ... meine Mutter ...»

Seine Frau nickte ihm beruhigend zu.

«Sie war so lieb, Hilda, und so geduldig. Wie sie dalag, oft mit großen Schmerzen, immer geduldig, immer ergeben. Und wenn ich an meinen Vater denke ...» – sein Gesicht verdunkelte sich – «wie elend er sie machte, wie er sie demütigte, indem er mit seinen Liebesabenteuern prahlte, wie er sie dauernd betrog und es nicht einmal verhehlte!»

«Sie hätte es nicht auf sich nehmen, sie hätte ihn verlassen sollen», sagte Hilda.

«Dazu war sie zu gut», wies er sie mit leisem Tadel zurecht. «Sie hielt es für ihre Pflicht, auszuharren. Außerdem – dort war ihr Zuhause. Wohin hätte sie gehen sollen?»

«Sie hätte sich ein eigenes Leben aufbauen können.»

«Zu jener Zeit? Ausgeschlossen!» erwiderte er gereizt. «Das verstehst du nicht. Frauen benahmen sich damals anders. Sie nahmen ihre Last auf sich, sie ertrugen vieles mit Geduld. Und dann hatte sie auf uns Rücksicht zu nehmen. Wenn sie sich von Vater hätte scheiden lassen, was wäre geschehen? Vermutlich hätte er sofort wieder geheiratet, und daraus wäre vielleicht eine zweite Familie entstanden. Damit wären *unsere* Interessen wahrscheinlich in den Hintergrund gedrängt worden, und auch das mußte Mutter damals in Erwägung ziehen.»

Hilda blieb stumm.

«Nein, sie tat das Richtige. Sie war eine Heilige! Sie trug ihr bitteres Los ohne Klagen – bis zum Ende.»

«Doch wohl nicht ganz, ohne zu klagen, David», wandte Hilda ein, «sonst könntest du nicht soviel von ihren Leiden wissen.»
Sein Gesicht erhellte sich, und er sagte weich: «Ja, sie hat mir manches anvertraut ... Weil sie wußte, wie sehr ich sie liebte. Und als sie starb ...» Er unterbrach sich. Seine Hand fuhr durch sein Haar. «Hilda, es war entsetzlich! Dieses Leid! Sie war noch jung, sie hätte nicht sterben müssen. *Er* brachte sie um — mein Vater! Er war schuld an ihrem Tod, weil er ihr das Herz brach. Damals faßte ich den Entschluß, nie wieder in seinem Hause zu wohnen. Ich lief fort — fort von allem.»
«Das war sehr gut», stimmte sie ihm bei. «Du hast ganz recht gehabt.»
«Vater wollte mich in die Werke stecken. Das hätte für mich bedeutet, zu Hause leben zu müssen. Ich hätte es nicht ertragen. Ich begreife nicht, daß Alfred es aushalten kann — wie er es all die Jahre aushalten konnte.»
«Hat er sich denn nie dagegen aufgelehnt?» fragte Hilda interessiert. «Du hast mir doch einmal erzählt, daß er eine andere Laufbahn aufgeben mußte.»
«Ja, Alfred wollte zur Armee. Das hat Vater übrigens auch arrangiert. Alfred, als Ältester, sollte in irgendein Kavallerieregiment eintreten. Harry und ich sollten in die Fabrik kommen und George die politische Karriere einschlagen.»
«Und dann kam doch alles anders?»
«Ja. Harry brannte durch! Er war immer ein Wildling. Machte Schulden und war dauernd in Schwierigkeiten. Schließlich lief er eines Tages mit ein paar hundert Pfund, die nicht ihm gehörten, davon und hinterließ nur die Mitteilung, daß ein Bürostuhl nichts für ihn sei und daß er sich jetzt die Welt anschauen wolle.»
«Und seither habt ihr nichts mehr von ihm gehört?»
«O doch», lachte David, «sehr oft sogar! Er telegrafierte aus allen vier Windrichtungen um Geld! Hat es übrigens auch immer bekommen.»
«Und Alfred?»
«Vater zwang ihn, den Militärdienst aufzugeben und in die Fabrik einzutreten.»
«War Alfred unglücklich darüber?»

«Anfangs schon, sehr sogar. Er war verzweifelt. Aber Vater hat Alfred immer um den Finger wickeln können, auch heute noch, glaube ich.»
«Und du bist ihm davongelaufen.»
«Jawohl. Ich fuhr nach London und stürzte mich ins Studium der Malerei. Vater hat mir zwar sehr deutlich zu verstehen gegeben, daß er mir für solche Kinkerlitzchen höchstens eine kleine Zuwendung zu seinen Lebzeiten geben werde, daß ich aber nach seinem Tode leer ausginge. Seit jener Auseinandersetzung sah ich ihn nie mehr. Trotzdem habe ich nie etwas bereut! Ich weiß zwar, daß ich nie ein großer Maler sein werde; aber wir sind doch hier glücklich, in unserem Haus, wo wir alles haben, was man zum Leben braucht. Und wenn ich sterben sollte, fällt dir meine Lebensversicherung zu.» Er schwieg eine Weile. Dann schlug er mit der Hand auf den Brief. «Und jetzt – das! Vater, der mich bittet, mit meiner Frau bei ihm Weihnachten zu feiern, damit wir alle wieder einmal beisammen seien, eine geeinte Familie! Was bezweckt er nur damit?»
«Muß er denn etwas damit bezwecken?» fragte Hilda. «Kann es nicht nur heißen, daß dein Vater älter wird und langsam sentimentale Anwandlungen seiner Familie gegenüber verspürt? Das kommt manchmal vor, weißt du.»
«Vielleicht», antwortete David zögernd. «Er ist alt und allein ... Du möchtest, daß ich hingehe, nicht wahr, Hilda?»
«Nun, ich fände es hart, einer solchen Bitte nicht zu entsprechen. Ich bin altmodisch, mein armer David, und glaube an die Weihnachtsbotschaft von Frieden und Versöhnlichkeit auf Erden.»
«Nach allem, was ich dir erzählt habe?»
«Ich weiß, Lieber, ich weiß. Aber das liegt doch nun lange zurück. Es sollte jetzt vergeben und vergessen sein.»
«Ich kann nicht vergessen!»
«Weil du nicht vergessen *willst*, David. Oder habe ich nicht recht?»
Seine Lippen schlossen sich hart aufeinander.
«So sind wir Lees. Wir erinnern uns jahrelang an etwas, grübeln darüber nach, halten das Gedächtnis frisch.»
Nun schwang auch in Hildas Stimme leichte Ungeduld mit.

«Und ist das eine so erhebende Eigenschaft, auf die man stolz sein kann? Ich finde nicht.»
Er sah sie nachdenklich und verschlossen an. Dann sagte er lauernd: «Dann mißt du also der Treue — der Treue gegenüber einem Andenken — keinen großen Wert bei?»
«Ich glaube an die Gegenwart, nicht an die Vergangenheit. Wenn wir versuchen, die Vergangenheit lebendig zu erhalten, dann muß das mit Verzerrung enden, da wir sie in übertriebenen Umrissen, aus einer falschen Perspektive sehen.»
«O nein! Ich erinnere mich an jedes Wort, an jedes Geschehnis aus jenen Tagen, ganz klar und deutlich», stieß David erregt hervor.
«Ja, aber das solltest du eben nicht, Lieber, weil es nicht natürlich ist. Du denkst mit der Urteilsfähigkeit eines Knaben statt mit der Reife eines Mannes daran zurück . . .»
Hilda stockte. Sie fühlte, daß es unklug war, noch weiter zu reden, und doch ging es hier um Dinge, die sie schon so lange hatte aussprechen wollen.
«Ich glaube», fuhr sie nach einer Weile fort, «daß du deinen Vater für einen Teufel hältst! Du verzerrst sein Bild zu einer Art Abbild alles Bösen. Wenn du ihn jetzt wiedersiehst, wirst du erkennen, daß er ganz einfach ein Mann ist — ein Mann vielleicht, mit dem seine Leidenschaften oft durchgingen, ein Mann, dessen Leben beileibe nicht makellos verlaufen ist, aber eben doch einfach ein *Mann* — nicht ein unmenschliches Ungeheuer.»
«Du kannst mich nicht begreifen. Wie er meine Mutter behandelt hat . . .»
«Es gibt eine Art von Unterwürfigkeit, von Schwäche, die die niedrigsten Instinkte in einem Mann weckt, wo Entschlossenheit und Mut einen ganz anderen Menschen aus ihm machen könnten.»
«Willst du damit sagen, daß es Mutters Schuld war . . .»
«Nein, natürlich nicht! Ich bin überzeugt, daß dein Vater sie sehr schlecht behandelt hat. Aber eine Ehe ist etwas sehr Seltsames, und ich bezweifle es, daß ein Außenstehender, selbst ein Kind dieser Ehe, das Recht hat, über sie zu urteilen. Außerdem kann all dein Haß deiner armen Mutter nicht mehr helfen.

Das alles ist vorüber. Geblieben ist nur ein alter Mann, der keineswegs ganz gesund ist und der dich um deinen Besuch zu Weihnachten bittet.»
«Und du willst, daß ich seiner Bitte Folge leiste?»
Hilda dachte sekundenlang erst nach; dann sagte sie entschlossen: «Ja! Ich möchte, daß du hingehst und diesem Gespenst ein für allemal den Garaus machst!»

George Lee, Abgeordneter von Westeringham, war ein korpulenter Herr von einundvierzig Jahren. Seine hellblauen Augen standen leicht vor und trugen immer einen lauernden Ausdruck. Er hatte einen breiten Nacken, und seine Redeweise war ebenso langsam wie pedantisch.
Eben sagte er bedeutungsvoll: «Ich habe es dir gesagt, Magdalene, daß ich es für meine Pflicht halte, hinzugehen.»
Seine Frau, eine gertenschlanke, platinblonde Erscheinung mit gezupften Augenbrauen in dem ovalen Gesicht, zuckte ungeduldig die Achseln. Sie konnte, wenn sie wollte, eine völlig ausdruckslose Miene zeigen, und das tat sie eben jetzt.
«Liebling, es wird ganz und gar gräßlich werden.»
«Außerdem», überging George Lee ihren Einwurf, «ist es uns möglich, dadurch allerhand zu ersparen. Weihnachten ist immer eine teure Zeit. Die Dienstboten können wir mit einem Trinkgeld abfertigen.»
«Wie du meinst. Weihnachten ist so oder so schließlich immer und überall langweilig.»
«Natürlich erwarten sie ein Weihnachtsessen», fuhr George fort. «Ein anständiges Stück Braten muß genügen; kein Truthahn.»
«Wer? Die Dienstboten? O George, hör doch auf! Immer machst du dir Sorgen wegen des Geldes.»
«Jemand muß sie sich schließlich machen.»
«Gut, aber doch nicht in einer so kleinlichen und lächerlichen Weise. Warum verlangst du nicht einfach mehr Geld von deinem Vater?»
«Sein monatlicher Zuschuß ist sehr anständig.»
Magdalene sah ihn an. Ihre hellbraunen Augen blickten plötz-

lich wach und scharf, und das Gesicht war nicht mehr ausdruckslos.

«Er ist enorm reich, nicht wahr, George? Millionär oder noch reicher!»

«Doppelter Millionär, wenn nicht mehr.»

«Wie ist er bloß zu so viel Geld gekommen?» seufzte Magdalene neiderfüllt. «Hat er alles in Südafrika erworben?»

«Er hat in jungen Jahren dort unten ein Vermögen verdient – hauptsächlich mit Diamanten. Und als er nach England zurückkam, investierte er sein Geld da und dort sehr klug, so daß sich sein Vermögen noch verdoppelte oder verdreifachte.»

«Und was wird damit geschehen, wenn er einmal stirbt?»

«Darüber hat Vater noch nie gesprochen. Und geradezu danach fragen kann man ihn schließlich nicht. Ich vermute, daß der Großteil des Geldes an Alfred und mich fallen wird ... an Alfred wahrscheinlich mehr als an mich. David wird bestimmt nicht viel bekommen. Vater hat ihm seinerzeit gedroht, er werde ihn enterben, wenn er ernstlich bei seiner Malerei, oder was er treibt, bleiben wolle; aber David kümmerte sich nicht darum.»

«Dumm!» sagte Magdalene verächtlich.

«Und dann meine Schwester Jennifer ... Sie ging mit einem Ausländer, mit einem spanischen Künstler, einem von Davids Freunden, durch. Vor einem Jahr ist sie gestorben, hat aber eine Tochter hinterlassen, soviel ich weiß. Vielleicht wird Vater dieser Enkelin auch etwas vermachen, aber bestimmt nicht viel. Ja, und dann natürlich Harry ...»

Er stockte leicht verlegen.

«Harry? Wer ist Harry?» fragte Magdalene erstaunt.

«Mein ... hm ... mein Bruder.»

«Ich wußte nicht, daß du noch einen Bruder hast!»

«Nun, er ist nicht gerade eine ... eine Ehre für die Familie, meine Liebe. Wir sprechen nicht von ihm. Er hat sich unglaublich benommen. Nachdem wir nun schon seit einigen Jahren nichts mehr von ihm gehört haben, kann man wohl annehmen, daß er gestorben ist.»

Magdalene lachte plötzlich hell auf. Georges fragendes Stirnrunzeln beantwortete sie ebenfalls lachend: «Ich mußte nur

eben daran denken, wie komisch es ist, daß du – du, George! – einen unehrenhaften Bruder haben sollst! Du bist so ungemein respektabel!»
«Das will ich hoffen», erwiderte er kalt.
Sie kniff die Augen zusammen: «Dein Vater ist nicht ... ist kein sehr achtbarer Mann, George, nicht wahr?»
«Ich bitte dich, Magdalene!»
«Manchmal sagt er Dinge, die mir ziemlich wider den Strich gehen, das kannst du mir glauben.»
«Magdalene! Wirklich! ... Denkt Lydia auch so wie du?»
«Er redet mit Lydia ganz anders», fuhr Magdalene gereizt auf. «Sie verschont er mit seinen merkwürdigen Bemerkungen, obwohl ich nicht einsehen kann, weshalb!»
George sah sie rasch an und blickte sofort wieder weg.
«Nun ...» sagte er ausweichend, «wir müssen nachsichtig sein. Vater wird alt, und seine Gesundheit ist auch nicht die beste ...»
«Ist er wirklich sehr krank?» fragte sie.
«Das möchte ich nicht sagen. Er ist ungemein zäh. Aber wenn er nun einmal seine Familie um sich sehen will zu Weihnachten, dann finde ich, daß wir seiner Bitte entsprechen sollten. Es könnte doch sein letztes Weihnachtsfest sein.»
«Sagst *du*, George», fiel sie scharf ein, «aber ich glaube, daß er noch Jahre zu leben hat.»
Verwirrt, beinahe erschrocken, stotterte George: «Ja, ja, natürlich ... bestimmt kann er noch lange leben.»
«Gut, dann werden wir wohl gehen müssen», murmelte Magdalene verstimmt. «Es wird qualvoll sein! Alfred ist wortkarg und stumpf, und Lydia sieht auf mich herab ... Doch, das tut sie! Und dann hasse ich diesen gräßlichen Diener!»
«Den alten Tressilian?»
«Nein, Horbury! Der ewig im Haus herumschleicht und schnüffelt. Ich kann dir nicht sagen, wie sehr mir das auf die Nerven geht. Aber wir werden eben hinfahren. Ich möchte den alten Mann nicht beleidigen.»
«Siehst du! Und wegen dem Weihnachtsessen für die Dienstboten ...»
«Das hat jetzt Zeit, George. Ich werde Lydia anrufen und ihr sagen, daß wir morgen um fünf Uhr zwanzig ankommen.»

Magdalene ging schnell aus dem Zimmer. Nachdem sie telefoniert hatte, setzte sie sich vor ihren Schreibtisch und kramte in den vielen kleinen Schubladen herum. Aus jeder einzelnen zog sie Rechnungen – ganze Berge von Rechnungen. Erst versuchte sie, die verschiedenen Formulare und Blätter zu ordnen; doch bald gab sie das mit einem ungeduldigen Seufzer auf und warf die Papiere wieder in ihre Fächer zurück. Sie fuhr sich mit der Hand über das platinblonde Haar.
«Was um alles in der Welt soll ich nur tun?» murmelte sie.

Im ersten Stock von Gorston Hall führte ein langer Korridor zu dem großen Raum oberhalb des Haupteinganges. Es war ein unwahrscheinlich reich und altmodisch eingerichtetes Zimmer. Die schweren Brokattapeten, die riesigen Lederfauteuils, die großen, mit Drachenmustern verzierten Vasen und die Bronzeskulpturen ... alles mutete großartig, kostbar und stabil an.
Im größten und imposantesten aller Stühle, einem alten Großvaterarmstuhl, saß ein magerer alter Mann. Seine langen, klauengleichen Hände lagen auf den Armlehnen. Ein Stock mit Goldknauf stand neben ihm. Bekleidet war er mit einem alten, abgeschabten Schlafrock, und dazu trug er gestickte Pantoffeln. Über dem gelblichen Gesicht leuchteten schlohweiße Haare.
Eine armselige, unbedeutende Erscheinung, mochte man im ersten Moment denken. Aber die stolze Adlernase, die dunklen, lebhaften Augen mußten einen Beobachter bald eines Besseren belehren. In diesem Menschen waren Feuer, Leben und Kraft.
Der alte Simeon Lee kicherte plötzlich amüsiert vor sich hin.
«Sie haben es Mrs. Alfred also ausgerichtet?»
Horbury stand neben dem Armstuhl. Er antwortete in seinem weichen, ehrerbietigen Tonfall: «Jawohl, Sir.»
«Ganz genauso, wie ich es Ihnen aufgetragen habe? Hören Sie: genauso?»
«Gewiß, ich habe bestimmt keinen Fehler gemacht.»
«Nein, Sie machen keine Fehler. Ich würde es Ihnen auch nicht raten! Und? Was sagte sie, Horbury? Was sagte Mrs. Alfred?»

Ruhig, ungerührt wiederholte Horbury, welchen Effekt seine Botschaft ausgelöst hatte. Der alte Mann lachte und rieb sich vergnügt die Hände.
«Großartig! Nun werden sie sich den ganzen Nachmittag die Köpfe zerbrochen haben! Ausgezeichnet! Jetzt sollen sie heraufkommen!»
Horbury machte kehrt und ging lautlos zur Tür. Als der alte Mann ihm noch etwas sagen wollte, war er bereits im Korridor verschwunden.
«Der Kerl bewegt sich wie eine Katze», brummte Simeon Lee. «Man weiß nie, ob er noch da ist oder schon draußen!»
Er saß still in seinem Stuhl und strich sich über die Wange, bis ein Klopfen ertönte und Alfred und Lydia eintraten.
«Ach, da seid ihr ja! Komm, Lydia, meine Beste, setze dich zu mir. Was du für frische Farben hast.»
«Ich war draußen, in der Kälte. Da brennt einem nachher das ganze Gesicht.»
«Wie geht es dir, Vater?» fragte Alfred. «Hast du gut geschlafen?»
«Sehr gut, sehr gut! Ich habe von alten Zeiten geträumt, von meinem Leben, bevor ich eine Stütze der Gesellschaft wurde und mich häuslich niederließ.»
Er lachte laut auf. Seine Schwiegertochter verzog den Mund zu einem höflich-aufmerksamen Lächeln.
«Vater, was bedeutet das, daß zwei weitere Gäste zum Fest kommen?»
«Ja, richtig! Das muß ich euch ja erklären. Es soll ein grandioses Weihnachtsfest werden. Also: George und Magdalene kommen... Armer George, korrekt, steif, und doch nur ein aufgeblasener Ballon! Immerhin ist er mein Sohn. Seine Wähler lieben ihn, weil sie wahrscheinlich denken, er sei ehrlich! Noch nie war ein Lee wirklich ehrlich!... Mit Ausnahme von dir, mein Junge, selbstverständlich mit Ausnahme von dir!»
«Und David?» fragte Lydia.
«David! Ich bin gespannt, ihn nach all den Jahren wiederzusehen. Er war ein exaltiertes Kind. Ich frage mich, wie seine Frau aussieht. Jedenfalls hat er nicht ein Mädchen geheiratet, das zwanzig Jahre jünger ist als er, wie dieser Narr George.»

«Hilda hat einen sehr netten Brief geschrieben», schaltete sich Lydia hier ein, «und eben kam ein Telegramm, das ihre Ankunft für morgen nachmittag bestätigt.»
Ihr Schwiegervater sah sie scharf und durchdringend an. Dann lachte er. «Dich werde ich nie aus der Fassung bringen können, Lydia! Ich meine das als Kompliment! Du bist sehr wohlerzogen, und Erziehung ist wichtig, das weiß ich. Aber Vererbung ist geheimnisvoller. Nur eines meiner Kinder ist mir wirklich nachgeraten ... nur eines von der ganzen Brut.»
Seine Augen funkelten.
«Erratet jetzt, wer noch herkommt. Dreimal dürft ihr raten, aber ich wette, daß ihr nicht draufkommt!»
Er sah von einem zum anderen. Alfred runzelte die Stirn.
«Horbury sagte, daß du eine junge Dame erwartest.»
«Und das beunruhigt euch jetzt, wie? Pilar wird gleich hiersein. Ich habe bereits den Wagen geschickt, damit man sie vom Bahnhof abholt.»
«Pilar?» fragte Alfred scharf.
«Ja, Pilar Estravados — Jennifers Tochter. Meine Enkelin. Ich bin so neugierig, wie sie aussieht.»
«Um Himmels willen, Vater, du hast mir nie gesagt ...»
«Um dir die Überraschung nicht zu verderben, lieber Sohn», erwiderte der alte Lee mit einem bösen Grinsen. «Ich weiß schon kaum mehr, wie es ist, wenn junges Blut unter diesem Dach lebt. Ihn, Estravados, habe ich nie gesehen. Ob die Kleine wohl ihm nachschlägt oder ihrer Mutter?»
«Hältst du es wirklich für klug», begann Alfred wieder, «angesichts der Sachlage ...»
Der alte Mann unterbrach ihn.
«Sicherheit! Sicherheit! Du suchst immer und überall zuerst nach Sicherheit, Alfred! Das war nie meine Art. Das Mädchen ist mein Großkind, das einzige unserer Familie! Mir ist es völlig einerlei, was ihr Vater war oder tat! Sie ist mein Fleisch und Blut! Und sie wird hier in meinem Hause leben.»
«Sie soll hier leben?» fragte Lydia verblüfft.
Er streifte sie mit einem Blick. «Hast du etwas dagegen einzuwenden?»
Sie schüttelte den Kopf und sagte lächelnd: «Ich könnte doch

nicht gut Einwände dagegen erheben, daß du sie in dein eigenes Haus einlädst. Nein, ich dachte vorhin eher an sie. Ob sie hier glücklich sein wird?»
Der alte Simeon richtete sich etwas auf.
«Sie hat keinen roten Heller. Ergo wird sie mir dankbar sein!»
Lydia zuckte die Achseln.
«Du siehst also», wandte sich Simeon wieder an seinen Sohn, «es wird ein großes Weihnachtsfest werden! All meine Kinder um mich versammelt – alle! Und jetzt, Alfred, errate, wer der andere Gast sein wird.»
Alfred sah ihn verwirrt an.
«Herrschaft, Junge! *Alle* meine Kinder! Kommst du nicht drauf? Harry, natürlich, dein Bruder Harry!»
Alfred wich das Blut aus dem Gesicht.
«Harry? Nein!» stammelte er. «Wir ... dachten, er sei tot.»
«O nein! Der nicht!»
«Und du läßt ihn heimkommen? ... Nach allem, was er ...»
«Der verlorene Sohn, wie? Ganz richtig. Das gemästete Kalb! Wir müssen ein gemästetes Kalb für ihn schlachten, Alfred. Er muß einen großartigen Willkomm haben!»
«Er hat uns schändlich behandelt! Er hat ...»
«Du brauchst mir seine Untaten nicht aufzuzählen. Eine lange Liste, ich weiß. Aber Weihnachten, weißt du, ist das Fest der Vergebung, und darum werden wir den Verlorenen zu Hause willkommen heißen.»
Alfred erhob sich. «Das war ein ziemlicher Schock», murmelte er. «Ich hätte mir nie träumen lassen, daß Harry jemals hierher zurückkäme.»
Simeon lehnte sich vor.
«Du hast Harry nie leiden können, nicht wahr?» fragte er sanft.
«Nach allem, was er dir angetan hat ...»
Simeon lachte. «Nun, was vorbei ist, ist vorbei. Das ist der Sinn der Weihnachtsbotschaft, wie, Lydia?»
Lydia war ebenfalls blaß geworden. Sie sagte trocken: «Du scheinst dieses Jahr viel über Christfest und Weihnachtsbotschaft nachgedacht zu haben.»
«Ich will meine Familie um mich haben! Friede und Vergebung

auf Erden! Ich bin ein alter Mann. Gehst du auch schon, meine Liebe?»
Alfred war aus dem Zimmer gestürzt. Lydia zögerte noch, ehe sie ihm folgte. Simeon deutete mit dem Kopf nach der Türe.
«Es hat ihn aufgeregt. Er und Harry haben sich nie vertragen können. Harry hat Alfred immer ausgelacht. Nannte ihn immer Herr Langsam-aber-Sicher.»
Lydia öffnete den Mund; doch als sie den begierigen, gespannten Ausdruck auf dem Gesicht des alten Mannes sah, schwieg sie. Ihre Selbstbeherrschung ärgerte ihn sichtlich. Diese Tatsache gab ihr die Überlegenheit, leichthin zu sagen: «Der Hase und der Igel! ... Nun, der Igel gewinnt den Lauf!»
«Nicht immer», kicherte der Alte. «Nicht immer, meine liebe Lydia.»
Sie lächelte: «Verzeih, aber ich sollte Alfred nachgehen. Plötzliche Aufregungen machen ihn immer ganz krank.»
Simeon kicherte. «Ja, der arme Alfred liebt weder Überraschungen noch Veränderungen. Er war von jeher ein langweiliger Mensch!»
«Alfred ist dir sehr ergeben.»
«Und das kommt dir komisch vor, nicht wahr?»
«Manchmal», sagte Lydia langsam, «kommt es mir wirklich komisch vor.»
Damit verließ sie den Raum, Simeon Lee sah ihr nach. Er lachte leise und schien sehr zufrieden zu sein. «Das wird ein Hauptspaß!» sagte er. «Ein Hauptspaß! Dieses Weihnachtsfest wird mir gefallen!»
Er erhob sich mühsam aus seinem Stuhl und humpelte mit Hilfe des Stockes durch das Zimmer. Vor einem großen Kassenschrank in einer Ecke blieb er stehen und drehte am Kombinationsschloß. Die Türe öffnete sich. Er griff mit zitternden Händen ins Innere des Safes, zog einen Lederbeutel heraus, öffnete ihn und ließ eine Unmenge ungeschliffener Diamanten durch seine Finger gleiten.
«Nun, meine Schönen! Immer noch die gleichen, meine alten Freunde! ... Das war eine glückliche Zeit ... eine sehr glückliche Zeit! ... Euch wird man nicht schleifen und schneiden, Freunde! Ihr werdet nicht um Frauenhälse hängen, an ihren

Fingern kleben oder in ihren Ohren stecken. Ihr gehört *mir!* *Meine* alten Freunde! Wir wissen allerhand voneinander, ihr und ich. Ich sei alt, sagen sie, und krank ... aber mit mir ist es noch lange nicht aus! Noch viel Leben in dem alten Hund! Und noch viel Freude aus diesem Leben herauszuholen! Noch viel Freude ...»

Zweiter Teil

23. Dezember

Tressilian ging zur Eingangstüre. Es war auf eine äußerst aufdringliche und ungehörige Art geläutet worden, und jetzt eben, ehe er noch die Eingangshalle hatte durchqueren können, erklang das durchdringende Schrillen schon wieder.
Tressilian ärgerte sich. So ungezogen, ungeduldig läutete man nicht an der Haustüre seines Herrn! Wenn es vielleicht wieder eine Gruppe dieser Weihnachtssinger war, dann wollte er ihnen seinen Standpunkt deutlich klarmachen!
Durch die Milchglasscheibe der Tür sah er eine Silhouette – einen großen Mann mit einem Schlapphut. Er öffnete. Wie er gedacht hatte: ein unordentlich gekleideter, auffälliger Fremder – gräßlich schreiender Anzug! – ein aufdringlicher Bettler, wenn nicht alle Anzeichen trogen.
«Alle Wetter! Das ist doch Tressilian!» rief der Fremde. «Wie geht es Ihnen, Tressilian?»
Tressilian starrte ihn an, holte tief Atem, starrte noch einmal. Diese scharfgeschnittene, arrogante Wangen- und Kinnpartie, die schmale Nase, die vergnügten Augen ...
«Mr. Harry», stieß er hervor.
Harry Lee lachte. «Habe ich Sie erschreckt? Warum? Ich werde doch erwartet, oder etwa nicht?»
«Doch, Sir. Natürlich, Sir!»
«Also! Weshalb dann dieses Erstaunen?» Harry Lee trat ein paar Schritte zurück und sah sich das Haus, einen soliden, aber wenig künstlerisch anmutenden Ziegelbau, von außen an.
«Immer noch der alte Greuel», sagte er, «aber es steht jedenfalls noch, das ist die Hauptsache. Wie geht es meinem Vater?»
«Er ist leicht invalid, Sir. Muß das Zimmer hüten und kann sich nicht bewegen. Aber den Umständen entsprechend, geht es ihm sehr gut.»
«Der alte Sünder!» Harry Lee trat ein und überließ Tressilian seinen Shawl und den theatralischen Hut.

«Und mein lieber Bruder Alfred? Geht es ihm auch gut? Freut er sich, mich zu sehen?»
«Ich glaube schon, Sir.»
«Na, ich nicht! Im Gegenteil! Wahrscheinlich hat ihn die Nachricht von meinem Kommen in alle Zustände versetzt! Wir haben uns nie leiden können. Lesen Sie manchmal die Bibel, Tressilian?»
«Gewiß, von Zeit zu Zeit lese ich darin.»
«Dann kennen Sie doch die Geschichte vom verlorenen Sohn. Der brave Bruder freute sich gar nicht darüber, daß der andere zurückkam, erinnern Sie sich? Das brave Heimchen am Herd, Alfred, freut sich bestimmt nicht über meine Rückkehr.»
Tressilian sah wortlos, scharf an seiner Nase entlang, vor sich hin. Sein steifer Rücken drückte Protest aus. Harry schlug ihm auf die Achsel.
«Los, alter Knabe! Das fette Kalb erwartet mich! Führen Sie mich sofort zu ihm.»
«Wollen Sie mir bitte vorerst in das Wohnzimmer folgen, Mr. Harry. Ich weiß nicht, wo die Herrschaften alle sind. Man konnte Ihnen den Wagen nicht entgegenschicken, weil niemand Ihre genaue Ankunftszeit wußte.»
Harry blickte sich nach allen Seiten um.
«Alle alten Schaustücke noch am alten Platz», stellte er fest. «Ich glaube, es hat sich überhaupt nichts verändert, seit ich vor zwanzig Jahren fortging.»
Er trat in das Wohnzimmer. Der alte Diener murmelte: «Ich werde nun Mr. oder Mrs. Alfred suchen gehen», und entfernte sich eilig.
Harry Lee hatte ein paar Schritte getan, als er plötzlich wie angewurzelt stehenblieb. Fassungslos und ungläubig starrte er die Gestalt an, die dort auf dem Fenstersims saß. Seine Augen überflogen das schwarze Haar und die gelbliche, warme Tönung der Haut mit unverhohlener Verblüffung.
«Allmächtiger!» stieß er endlich hervor. «Sind Sie vielleicht die siebente und schönste Frau meines Vaters?»
Die Gestalt glitt von ihrem Sitz und trat auf ihn zu.
«Ich bin Pilar Estravados», stellte sie sich vor. «Und du mußt mein Onkel Harry sein, Mutters Bruder.»

«Dann bist du also Jennys Tochter?»
Pilar überhörte diese Frage. «Warum hast du mich gefragt, ob ich deines Vaters siebente Frau sei? Hatte er wirklich sechs Frauen?»
Harry lachte. «Nein, ich glaube, er hatte nur eine — offiziell wenigstens. Nun, Pilar, es ist wirklich kaum glaublich, daß etwas so Helles wie du in diesem Mausoleum blühen soll!»
«Diesem Maus . . . was?»
«In diesem Wachsfigurenkabinett! Ich habe dieses Haus immer gräßlich gefunden; aber beim heutigen Wiedersehen kommt es mir lausiger vor denn je.»
«O nein!» wandte Pilar hier entschieden, wenn auch mit einer fast ehrfürchtig gedämpften Stimme ein, «es ist sehr schön hier. Die Möbel sind aus schwerem Holz und die Teppiche — dicke, weiche Teppiche überall — und viele, viele Ornamente. Alles ist von so guter Qualität und sehr kostbar!»
«Das stimmt allerdings.» Er sah sie belustigt an. «Und trotzdem ist es für mich wie ein Schlag in das Sonnengeflecht, das du hier bist . . .»
Er brach ab, denn Lydia hatte eben das Zimmer betreten.
«Guten Tag, Harry! Ich bin Lydia — Alfreds Frau.»
«Guten Tag, Lydia!» Er schüttelte ihr die Hand, wobei er ihr intelligentes, ausdrucksvolles Gesicht mit einem kurzen Blick musterte und gleichzeitig befriedigt wahrnahm, wie elegant sie sich bewegte. So wenige Frauen hatten hübsche Bewegungen.
Lydia ihrerseits versuchte schnell, sich über den Eindruck klarzuwerden, den er ihr machte. Er sieht erschreckend bärenhaft aus, aber nicht abstoßend. Trotzdem würde ich ihm nicht von hier bis da trauen, dachte sie. Laut sagte sie lächelnd: «Nun, wie sieht es hier nach so vielen Jahren aus? Sehr verändert?»
«Ziemlich unverändert.» Er sah sich um. «Dieses Zimmer wurde umgestellt.»
«O ja, verschiedentlich, und zwar durch mich.»
Er lachte ihr mit einem plötzlichen, koboldartigen Grinsen zu, das sie an den alten Mann im oberen Stock erinnerte.
«Es hat jetzt viel mehr Klasse. Man hat mir ja seinerzeit berichtet, der gute alte Alfred habe ein Mädchen geheiratet, dessen Vorfahren mit dem Eroberer herüberkamen.»

Lydia lächelte. «Ja, ich glaube. Aber sie haben sich enorm vermehrt seit jenen Tagen.»
«Und wie geht es Alfred?» fragte Harry. «Ist er immer noch der gleiche Traumichnicht wie früher?»
«Ich habe keine Ahnung, ob du ihn verändert finden wirst.»
«Und was machen alle die anderen? Sind sie über ganz England verstreut?»
«Nein — sie werden zu Weihnachten alle hier sein.»
Harry riß die Augen weit auf. «Was? Ein richtiggehender Familientag? Früher war er doch gar nicht sentimental! Hat sich nie einen Deut um seine Familie gekümmert. Er muß sich sehr verändert haben!»
«Vielleicht.» Lydias Stimme klang trocken.
Pilar hörte wortlos und interessiert zu.
«Und George? Noch immer ein alter Geizkragen? Wie der sich aufregen konnte, wenn er einmal einen halben Penny von seinem Taschengeld hergeben mußte.»
«George ist Parlamentsmitglied, Abgeordneter für Westeringham.»
Harry warf den Kopf zurück und lachte schallend.
«Nein! Unser Dickerchen im Parlament? Das ist ja ungeheuer komisch!»
Sein hemmungsloses Lachen klang fast brutal und schien den Raum zu sprengen. Pilar hielt den Atem an, und auch Lydia zuckte leicht zusammen.
Dann, als Harry eine Bewegung hinter sich hörte, brach seine laute Heiterkeit jäh ab. Alfred stand hinter seinem Bruder und musterte ihn mit einem eigentümlichen Gesichtsausdruck.
Zuerst starrte Harry ihn bewegungslos an; doch dann überflog ein Lächeln sein Gesicht. Er trat einen Schritt vor.
«Nein, so etwas! Das ist ja Alfred!»
Alfred nickte. «Hallo, Harry», sagte er steif.
Wie absurd! dachte Lydia. Da stehen sie sich gegenüber wie zwei Hunde, die sich beschnüffeln.
Pilars Augen waren weit aufgerissen. Wie blöd sich die beiden anstarren! dachte sie. Warum küssen sie sich nicht? Ach nein, das tun Engländer ja nicht. Aber sie könnten doch irgend etwas reden. Warum sehen sie einander nur an?

Harry brach schließlich das Schweigen. «Ein komisches Gefühl, wieder da zu sein, wirklich!»
«Begreiflich. Es sind ja auch ein paar Jahre vergangen, seit du ... seit du von hier fortgingst.»
Harry fuhr sich mit dem Zeigefinger über die Wange – eine Bewegung, die immer auf Kampfbereitschaft bei ihm schließen ließ.
«Ja», sagte er. «Ich bin froh, daß ich ...» – er machte eine Pause, um dem Wort größeren Nachdruck zu verleihen – «heimgekommen bin.»

«Ich bin wahrscheinlich ein sehr verworfener Mensch gewesen», sagte Simeon Lee. Er lehnte sich in seinem Stuhl zurück und strich sich mit einem Finger über die kriegerisch hochgereckte Wange. Vor ihm brannte und tanzte ein Kaminfeuer. Pilar saß daneben und schützte ihr Gesicht mit einem kleinen Papierfächer vor der Glut. Manchmal fächelte sie sich damit Luft zu. Simeon beobachtete ihr weiche, elegante Handbewegung mit großer Genugtuung. Mehr zu sich selber als zu dem jungen Mädchen meinte er dann: «Jawohl, ein schlechter Mensch. Oder was meinst du dazu, Pilar?»
Pilar zuckte die Achseln. «Alle Männer sind schlecht, sagen die Nonnen, und deshalb müssen sie für sie beten.»
«Aber ich bin noch viel schlechter gewesen als die meisten anderen.» Simeon lachte. «Ich bereue es nicht, weißt du. Nichts bereue ich! Es hat mir Spaß gemacht ... jede Minute habe ich genossen. Man sagt, im Alter bereue man manches. Das ist Quatsch! Ich bereue nichts, und dabei habe ich wie gesagt so ziemlich alle Sünden begangen! Ich habe betrogen, gestohlen und gelogen ... Herrgott, ja! Und Frauen – immer Frauen! Jemand hat mir kürzlich von einem Araberhäuptling erzählt, der vierzig Söhne als Leibwache hatte – alle ungefähr gleichaltrig. Vierzig! Ich weiß zwar nicht, ob ich es auf vierzig brächte, aber ich könnte ebenfalls eine ganz anständige Leibwache zusammenstellen, wenn ich alle meine Unehelichen um mich versammelte! Nun, Pilar? Was sagst du dazu? Bist du entsetzt?»

«Nein, warum sollte ich entsetzt sein?» fragte Pilar verwundert. «Männer sind immer hinter den Frauen her. Mein Vater auch. Deshalb sind doch Frauen so oft unglücklich und gehen in die Kirche, um zu beten.»
Der alte Simeon runzelte die Stirne. «Ich habe Adelaide unglücklich gemacht», murmelte er. «Gott, war das eine Frau! Rosig, gesund und hübsch, als ich sie heiratete. Und später? Immer jammernd und weinend. Es macht einen Mann verrückt, wenn seine Frau dauernd weint ... Sie hatte keinen Mut, das war es. Wenn sie mir nur ein einziges Mal widersprochen hätte. Aber sie hat immer nachgegeben, immer! Als ich sie heiratete, glaubte ich, daß ich seßhaft werden, eine Familie gründen, mein altes Leben vergessen könnte ...»
Er verstummte und starrte in das Feuer.
«Eine Familie gründen! ... Und was für eine Familie!» Er stieß ein hohes, verächtliches Lachen aus. «Schau sie dir an! Nicht *ein* Kind dabei, das mir gleicht! Haben sie eigentlich nichts von meinem Blut mitbekommen? Nicht ein wirklicher Sohn unter all den ehelich und unehelich geborenen! Alfred zum Beispiel — um des Himmels willen! Ich habe so genug von ihm! Wenn er mich mit seinen treuen Hundeaugen ansieht, immer bereit, mir gehorsam zu sein! Dieser Trottel! Seine Frau ... Lydia mag ich gern. Lydia ist gescheit, aber sie kann mich nicht ausstehen, ganz und gar nicht ausstehen. Sie findet sich nur Alfreds wegen mit mir ab.»
Er sah auf das Mädchen hinab. «Pilar, merke dir eines: nichts ist so aufreizend wie Ergebenheit.»
Sie lächelte ihn an. Ihre junge, lebensvolle Weiblichkeit erwärmte sein Herz.
«Und George?» fuhr er fort. «Was ist George? Ein fetter Stockfisch! Ein aufgeblasener Windbeutel! Keinen Verstand, keinen Mut und knauserig in Geldsachen! ... David ist ein Narr und ein Träumer, immer gewesen. Ein Muttersöhnchen. Das einzige Vernünftige, was er jemals getan hat, ist, daß er diese energische, zuverlässige Frau geheiratet hat.» Er schlug plötzlich mit der Hand auf die Armlehne. «Harry ist noch der Beste! Der arme alte Harry, der Schandfleck der Familie! Aber er ist wenigstens lebendig!»

Pilar nickte. «Ja, er ist nett. Er lacht und dabei wirft er den Kopf so zurück ... O ja, ich mag ihn auch sehr gern.»
Der alte Mann sah sie an. «So, du magst ihn gern? Harry hat immer Glück bei den Frauen, darin schlägt er mir nach.» Er kicherte. «Ich habe ein gutes Leben gehabt – ein sehr gutes Leben. Von allem habe ich bekommen.»
«In Spanien haben wir ein Sprichwort, das heißt: Nimm dir, was du willst, und bezahle dafür, sagt Gott.»
«Das ist ausgezeichnet!» Simeon Lee horchte ihren Worten nach. «Nimm dir, was du willst ... Das habe ich mein Leben lang getan, genommen, was ich wollte ...»
«Und hast du dafür bezahlt?» Pilars Stimme klang plötzlich hell wie eine Fanfare, zwingend.
Simeon fuhr auf und starrte sie an. «Was sagst du da?»
«Ich fragte: hast du dafür bezahlt, Großvater?»
«Das ... weiß ich nicht», antwortete der alte Mann zögernd. Dann schlug er wieder mit der Hand auf die Armlehne. «Wie kommst du dazu, mich das zu fragen?»
«Ich habe eben darüber nachgedacht», sagte Pilar sanft.
«Du kleiner Teufelsbraten!»
«Aber du hast mich trotzdem gern, Großvater, nicht wahr?»
«Ja, ich habe dich gern, ich sitze gern hier mit dir! Ich habe lange niemand so Junges und Schönes mehr um mich gehabt. Es tut mir gut, und es wärmt meine alten Knochen ... Du bist mein Fleisch und Blut ... Das rechne ich Jennifer hoch an! Sie war noch die Beste von allen.»
Pilar lächelte weich, aber undurchdringlich.
«Dabei kannst du mich nicht etwa hinters Licht führen, kleine Katze! Ich weiß genau, weshalb du so geduldig hier sitzt und mir zuhörst. Geld! ... Immer geht es um Geld! ... Oder willst du mir vielleicht weismachen, daß du deinen alten Großvater liebst?»
«Nein, ich liebe dich nicht. Aber ich mag dich gern. Das mußt du mir glauben, denn es ist wahr. Wahrscheinlich warst du ein verworfener Mann, aber sogar das gefällt mir. Und du hast Interessantes erlebt, du bist viel gereist und hast ein Abenteuerleben geführt. Wenn ich ein Mann wäre, wollte ich genauso leben.»

Simeon nickte. «Jawohl, das würdest du vermutlich. Wir hätten Zigeunerblut in uns, sagt man. In meinen Kindern, mit Ausnahme von Harry, scheint es nicht mehr wirksam zu sein; aber ich glaube, in dir ist es wieder lebendig geworden. Man muß nur warten können. Ich habe einmal fünfzehn Jahre lang gewartet, um mit einem Mann, der mich gekränkt hatte, eine Rechnung zu begleichen. Das ist ein weiteres Merkmal für uns Lees – daß wir nichts vergessen! Wir rächen alles Böse, und wenn es Jahre dauert. Jenen Mann habe ich nach fünfzehn Jahren gefaßt... und ich habe ihn zertreten, ruiniert, ausgelöscht! Das war in Südafrika! Ein großartiges Land!»
«Bist du noch einmal dort gewesen?»
«Ja, die fünf Jahre nach meiner Verheiratung verbrachte ich noch unten. Nachher bin ich nie mehr zurückgefahren.» Seine Stimme wurde leiser. «Warte, ich will dir etwas zeigen.»
Er stand mühsam auf, nahm seinen Stock und humpelte an den Safe, öffnete ihn und winkte sie zu sich.
«Da! Schau dir die an! Spüre sie! Laß sie durch deine Finger laufen!» Er lachte über ihr erstauntes Gesicht. «Das sind Diamanten, Kind! Diamanten!»
Pilars Augen weiteten sich. «Aber das sind ja nur kleine Kieselsteine!»
«Es sind ungeschliffene Diamanten. So findet man sie.»
«Und wenn sie geschliffen würden, würden sie funkeln und blitzen wie richtige Diamanten? Nein! Das glaube ich nicht!»
Er amüsierte sich königlich. «Trotzdem ist es wahr. Und diese Handvoll Kieselsteine ist viele tausend Pfund wert.»
Pilar wiederholte seine Worte, stockend, mit Pausen zwischen den einzelnen Silben.
«Ist ... viele ... tausend ... Pfund ... wert?!»
«Sagen wir neun- oder zehntausend mindestens. Es sind große Steine, weißt du.»
«Warum verkaufst du sie dann nicht?»
«Weil ich sie gerne hierbehalte. Ich brauche kein Geld.»
«Ah! Darum!» Pilar schien zutiefst beeindruckt zu sein. «Und warum läßt du sie nicht schleifen, damit sie schön werden?»
«Weil sie mir so besser gefallen.» Sein Gesicht verdüsterte sich plötzlich. Er wandte sich um und sprach wie zu sich selber wei-

ter. «Weil sie mir alles zurückbringen, wenn ich sie spüre... die helle Sonne, den Geruch der weiten Weiden, die Ochsenherden, den alten Eb, die Freunde, die Abende...»
Es wurde leise an die Türe geklopft.
«Schnell, wirf sie hinein und schlag die Türe zu!» zischelte Simeon. Dann rief er: «Herein!»
Horbury trat ein und meldete ehrerbietig: «Der Tee, Sir.»

Hilda sagte: «Ach, da bist du, David? Ich habe dich überall gesucht. Aber hier wollen wir nicht bleiben. Es ist scheußlich kalt hier drinnen.»
David antwortete ihr nicht sofort. Er stand vor einem tiefen Fauteuil mit verblichenem Bezug. Plötzlich stieß er hervor: «Das ist ihr Stuhl... hier saß sie immer, in diesem Stuhl! Nur der Satin ist ein wenig verschossen.»
Hilda runzelte leicht die Stirne.
«Ich verstehe. Aber komm jetzt, David. Es ist kalt hier.»
Doch David schien sie nicht zu hören. Er sah sich um.
«Ja, hier saß sie meistens. Ich weiß noch, wie ich auf jenem Schemel dort saß, wenn sie mir vorlas... *Jack, der Riesentöter* – ja, das war es, das hat sie mir vorgelesen, als ich etwa sechs Jahre alt war.»
Hilda schob ihre Hand unter seinen Arm.
«Komm jetzt wieder ins Wohnzimmer, Lieber. In diesem Zimmer ist ja nicht einmal eine Heizung.»
Er wandte sich gehorsam um, aber sie fühlte, daß er am ganzen Leibe zitterte. «Genau wie damals», murmelte er, «genau wie damals... Als wäre die Zeit stillgestanden...»
Hilda war bekümmert; aber sie sprach fröhlich und entschlossen weiter. «Wo nur die anderen alle stecken? Es muß doch annähernd Teezeit sein.»
David machte sich frei und öffnete die Tür zu einem der Zimmer. «Da drinnen war ein Klavier... Ja, da steht es noch! Ob es auch noch klingt?»
Er setzte sich davor, öffnete den Deckel und spielte eine Kadenz. «Tatsächlich! Es scheint sogar gestimmt worden zu sein!»
Er begann zu spielen. Sein Anschlag war weich und voll.

«Was ist das, was du spielst?» fragte Hilda. «Es kommt mir bekannt vor, aber ich weiß nicht, was es ist.»
«Ich habe es seit vielen Jahren nicht mehr gespielt. *Sie* hat es besonders geliebt ... Eines von Mendelssohns Liedern ohne Worte.»
Die süße, fast zu süße Melodie flutete durch den Raum.
Plötzlich ließ David die Hände in schrillem Mißakkord auf die Tasten fallen. Er stand auf. Sein Gesicht war totenblaß, und er zitterte.
«David!» sagte Hilda beschwörend. «David!»
«Laß nur, es ist nichts ... wirklich nicht ...»

Die Türglocke schrillte. Tressilian stand im Küchenoffice von seinem Stuhl auf und ging gemessenen Schrittes zum Eingang.
Die Glocke schrillte noch einmal. Tressilian runzelte die Stirne. Durch die Milchglasscheibe erblickte er die Silhouette eines Mannes im Schlapphut ... Tressilian fuhr sich mit der Hand über die Augen. Es war gespenstisch. Alles schien sich zweimal abzuspielen. Das hatte er doch bereits einmal erlebt ... bestimmt ...
Er schob den Riegel zurück und öffnete die Türe. Da zerbrach der Zauber. Der Mann sagte laut und deutlich:
«Wohnt hier Mr. Simeon Lee? ... Ich möchte ihn sprechen.»
Seine Stimme rief eine Erinnerung in Tressilian wach. Sie glich derjenigen seines Herrn, als dieser in alten Tagen nach England zurückgekommen war.
Er schüttelte zweifelnd den Kopf. «Mr. Lee ist bettlägerig, mein Herr. Er empfängt nicht oft Besuche. Wenn Sie ...»
Der Fremde unterbrach ihn, indem er einen Briefumschlag hervorzog und dem Butler aushändigte. «Geben Sie das bitte Mr. Lee.»

Simeon Lee entnahm dem Umschlag einen einfachen Bogen Papier. Er sah erstaunt aus, aber er lächelte.
«Das ist ja herrlich», sagte er. Und zum Butler gewandt:
«Führen Sie Mr. Farr sofort herauf, Tressilian. Eben habe ich

an Ebenezer Farr gedacht! Er war mein Geschäftspartner unten in Kimberley. Und jetzt taucht plötzlich sein Sohn hier auf!»
Tressilian verschwand und meldete kurze Zeit später Mr. Farr.
Stephen Farr trat nervös ein, versuchte das aber durch ein besonders forsches Gehaben zu verstecken. Sein leichter Südafrika-Akzent klang noch deutlicher durch als vorhin.
«Ich freue mich, Sie zu sehen», rief ihm Simeon Lee entgegen. «Also Sie sind Ebs Sohn?»
Stephen lachte verlegen. «Mein erster Besuch im Mutterland. Vater hat mir immer gesagt, ich sollte Sie aufsuchen, wenn ich einmal herüberkäme.»
«Bravo! Darf ich bekannt machen? Meine Enkelin – Pilar Estravados.»
«Sehr erfreut», sagte Pilar unbefangen.
Raffinierte kleine Hexe! dachte Farr. Sie ist überrascht, mich wiederzusehen, aber sie kann es großartig verbergen.
Er sagte bedeutungsvoll: «Ich bin glücklich, Ihre Bekanntschaft zu machen, Miss Estravados.»
«Setzen Sie sich, und erzählen Sie mir von sich», befahl der alte Lee. «Bleiben Sie lange in England?»
«Nun, ich werde mir Zeit lassen, wenn ich jetzt schon einmal hier bin.»
Er lachte und warf den Kopf zurück.
«Da haben Sie recht. Sie müssen vorerst eine Weile bei uns bleiben.»
«Aber, Sir, ich kann doch nicht so hereinfallen. Es ist schließlich Weihnachten und ...»
«Sie werden Weihnachten bei uns verbringen – wenn Sie nichts anderes vorhaben ... Nein? ... Gut, dann ist das abgemacht! Pilar! Geh und sage Lydia, daß wir noch einen weiteren Gast haben. Sie soll heraufkommen.»
Pilar ging. Stephen sah ihr nach. Simeon beobachtete es mit diebischem Vergnügen.
Bald waren die beiden Männer in ein Gespräch über Südafrika verwickelt. Lydia trat ein paar Minuten später ein.
«Das ist Stephen Farr, der Sohn meines alten Freundes Ebenezer Farr. Er wird über Weihnachten bei uns bleiben, und du mußt ihm bitte ein Zimmer richten lassen.»

Lydia lächelte. «Selbstverständlich, gerne.» Sie betrachtete den Fremden, seine bronzefarbene Haut, die blauen Augen und den leicht nach hinten geworfenen Kopf.
«Meine Schwiegertochter», stellte Simeon vor.
«Es ist mir gar nicht recht, daß ich derart ins Haus platze», sagte Stephen, «mitten in ein Familienfest . . .»
«Sie gehören zur Familie, mein Lieber», unterbrach der alte Lee seine Entschuldigungen, «merken Sie sich das.»
«Sie sind zu gütig, Sir.»
Pilar war wieder hereingekommen. Sie ließ sich gelassen neben dem Feuer nieder und nahm ihren Fächer auf. Geschmeidig bewegte sie ihn aus dem Handgelenk hin und her. Ihre Augen waren niedergeschlagen, und sie sah sehr sittsam aus.

Dritter Teil

24. Dezember

«Willst du wirklich, daß ich hierbleibe, Vater?» fragte Harry. Er warf den Kopf zurück. «Ich stochere hier nämlich in einem Wespennest herum, weißt du.»
«Inwiefern?» fragte Simeon Lee scharf.
«Bruder Alfred», antwortete Harry, «mein lieber Bruder Alfred mißbilligt meine Anwesenheit.»
«Soll er doch, zum Teufel», schrie Simeon. «Ich bin Herr hier im Hause!»
«Trotzdem, alter Herr ... Du bist irgendwie von Alfred abhängig. Ich will ihn nicht aufbringen ...»
«Du wirst tun, was ich dir befehle!»
Harry gähnte. «Ich weiß auch gar nicht, ob ich es aushalten werde, ein häusliches Leben zu führen. Kommt einen Menschen ziemlich hart an, wenn er bis dahin dauernd in der Welt herumgestoßen worden ist.»
«Du solltest heiraten und dich seßhaft machen.»
«Wen sollte ich heiraten? Schade, daß man nicht seine Nichte heiraten kann! Die kleine Pilar ist bezaubernd!»
«Das hast du also doch bemerkt?»
«Apropos: seßhaft werden ... Unser dicker George scheint gar keine schlechte Wahl getroffen zu haben, was? Wo kommt seine Frau her? Was war sie früher?»
«Was weiß denn ich», brummte der Alte. «Ich glaube, George hat sie bei einer Modenschau als Mannequin entdeckt. Sie behauptet, daß ihr Vater ein pensionierter Marineoffizier gewesen sei.»
«Wahrscheinlich zweiter Maat auf einem Küstendampfer», grinste Harry. «George könnte noch seine Wunder mit ihr erleben, wenn er nicht vorsichtig ist!»
Simeon zuckte die Achseln. Dann griff er plötzlich nach der Klingel, die auf dem Tisch neben ihm stand. Horbury erschien augenblicklich.

«Bitten Sie Mr. Alfred, sofort hierherzukommen!»
Sobald der Diener verschwunden war, fragte Harry gedehnt: «Horcht der Bursche eigentlich an der Tür?»
Wieder hob Simeon die Schultern und ließ sie fallen.
Alfred kam eilends herein. Als er seinen Bruder entdeckte, zuckte er leicht zusammen.
«Setz dich, Alfred», befahl der Alte. «Wir müssen unseren Haushalt ein wenig umorganisieren, nachdem wir nun zwei Hausgenossen mehr haben werden. Pilar bleibt selbstverständlich jetzt bei uns, und auch Harry hat sich entschlossen, daheim zu bleiben.»
«Harry wird hier wohnen?» fragte Alfred starr.
«Ja, warum nicht, alter Knabe?» lachte Harry.
Alfred fuhr herum und sah ihn zornig an. «Mich dünkt, das solltest du selber spüren!»
«Ich bedaure unendlich, aber ich spüre gar nichts.»
«Nach allem, was geschehen ist? Nach deinem schandbaren Verhalten? Nach dem Skandal . . .»
«Aber, aber, das ist doch längst vergangen, Bruderherz!»
«Du hast dich Vater gegenüber abscheulich benommen!»
«Nun hör mich einmal an, Alfred! Das geht nur Vater etwas an, nicht wahr? Wenn er bereit ist, mir zu vergeben . . .»
«Jawohl, dazu bin ich bereit», mischte sich Simeon hier ein. «Harry ist mein Sohn, und er wird hierbleiben, weil ich es wünsche!» Er legte Harry liebevoll die Hand auf die Schulter. «Ich habe Harry sehr gerne!»
Alfred stand auf und ging aus dem Zimmer. Er war totenblaß. Harry erhob sich ebenfalls und ging ihm lachend nach.
Simeon kicherte vor sich hin. Dann schreckte er zusammen und sah sich um. «Wer zum Teufel ist da? Ach, Sie sind es, Horbury! Schleichen Sie doch nicht so herum!»
«Verzeihen Sie, Sir.»
«Schon gut. Übrigens habe ich Aufträge für Sie. Ich wünsche, daß nach dem Mittagessen alle zu mir kommen. Alle, verstanden? Und noch etwas: Sie werden die Herrschaften heraufführen, und sobald Sie ungefähr in der Mitte des Korridors angekommen sind, werden Sie sich irgendwie bemerkbar machen, husten, etwas rufen, was Sie wollen. Ist das klar?»

«Gewiß, Sir.» Horbury ging die Treppe hinunter. Dort sagte er zu Tressilian: «Wenn Sie mich fragen ... das wird ein schönes Weihnachtsfest werden!»
«Was wollen Sie damit sagen?» fragte der alte Diener scharf.
«Na, warten Sie's ab! Heute ist Heiliger Abend! Aber die Stimmung im Haus ist gar nicht danach!»

Sie kamen in das Zimmer und blieben unter der Tür stehen. Simeon war gerade am Telefon; aber er winkte ihnen, nur einzutreten.
«Setzt euch! Ich bin gleich fertig.» Dann sprach er wieder weiter: «Ist dort Charlton? ... Hier spricht Simeon Lee ... Ja, nicht wahr? ... Ja ... Nein, ich möchte nur, daß Sie ein neues Testament für mich aufsetzen ... Jawohl, die Verhältnisse haben sich geändert, so daß mein erster Testament überholt ist ... Nein, nein, so eilt es auch wieder nicht! Weihnachten will ich Ihnen doch nicht verderben. Sagen wir, am zweiten Weihnachtstag, ja? Oder am Tag danach, wie Sie wollen. Kommen Sie zu mir, dann besprechen wir alles. Nein, keine Angst, ich werde nicht vorher sterben!»
Er legte den Hörer auf und sah seine Familie, alle acht Anwesenden, der Reihe nach an. Dann lachte er und sagte:
«Ihr seht alle so verärgert aus! Was ist denn los?»
«Du hast uns rufen lassen, Vater ...» begann Alfred, doch Simeon unterbrach ihn sofort.
«Ja, richtig. Aber nicht für einen gemessenen Familienrat! Ich bin nur müde und möchte nach dem Abendessen niemanden mehr sehen. Ich will früh zu Bett gehen, damit ich morgen zum Fest ganz frisch bin. Eine großartige Einrichtung, Weihnachten! Fördert das Zusammengehörigkeitsgefühl, nicht wahr, Magdalene?»
Magdalene Lee fuhr zusammen. Ihr dümmlicher kleiner Mund klappte auf und schloß sich wieder. Dann sagte sie: «O ja.»
«Du hast doch mit einem pensionierten Marineoffizier zusammengelebt», fuhr der alte Lee fort. «Mit deinem Vater. Der konnte dir wahrscheinlich kein richtiges Weihnachtsfest bereiten, wie? Dazu braucht es eine große Familie.»

«Ja ... natürlich ... ja, vielleicht.»
Simeons Augen schweiften über sie weg zu George.
«Ich will zwar nicht von unerfreulichen Dingen reden, aber ich fürchte, George, daß ich deinen Zuschuß ein wenig werde beschneiden müssen. Mein Haushalt wird mich in Zukunft ziemlich teuer zu stehen kommen.»
George wurde dunkelrot. «Aber, Vater! Das kannst du doch nicht tun!»
«Ach, glaubst du?» fragte Simeon sanft.
«Meine Auslagen sind sehr groß. Ich weiß schon jetzt manchmal kaum, wie ich mit meinem Geld zurechtkommen soll. Ich muß mich an allen Ecken und Enden einschränken.»
«Überlaß die Sparsamkeit doch deiner Frau», riet der alte Lee lächelnd. «Frauen sind so geschickt im Sparen. Ihnen fallen oft Sparmöglichkeiten ein, die ein Mann einfach übersieht. Zum Beispiel könnte sie ihre Kleider selber machen. Meine Frau hat alles selber gemacht, war sehr geschickt in allen Handarbeiten — eine gute Frau war sie, wirklich, nur langweilig ...»
David sprang auf. «Meine Mutter ...»
«Setz dich!» sagte Simeon barsch. «Deine Mutter hatte ein Hasenherz und ein Hühnerhirn! Und ich glaube, beides hat sie euch allen vererbt!» Er erhob sich plötzlich. Auf seinen Wangen bildeten sich rote Flecken, und seine Stimme klang nun laut und schrill. «Keiner von euch ist einen Heller wert! Keiner! Ich habe so genug von euch allen! Schwächlinge seid ihr — alberne Schwächlinge! Pilar ist mehr wert als zwei von euch zusammengenommen. Ich schwöre zu Gott, daß ich irgendwo auf der Welt einen besseren Sohn habe, auch wenn er vielleicht nicht im rechten Ehebett geboren ist!»
«Jetzt ist es genug, Vater!» rief Harry.
Er war aufgesprungen, und über sein gewöhnlich gutgelauntes Gesicht legte sich Zornesröte.
«Das alles gilt ebensogut für dich!» schnauzte Simeon ihn an. «Was hast du denn jemals getan? Mich dauernd um Geld angewinselt! Mich aus allen vier Himmelsrichtungen angebettelt! Ich sage euch noch einmal: ich habe genug von euch allen! Hinaus!»
Der alte Lee sank in seinen Stuhl zurück. Langsam, eines nach

dem anderen, verließen seine Kinder das Zimmer. George war rot und entsetzt, Magdalene sah erschrocken aus, David war leichenblaß und zitterte, Harry trug den Kopf hoch, und Alfred schob sich wie ein Traumwandler Schritt für Schritt vorwärts. Lydia folgte ihm, sicher, damenhaft, wie immer. Nur Hilda blieb auf der Schwelle stehen und ging dann zu ihrem Schwiegervater zurück. Die Art, wie sie ruhig und unbeweglich dicht vor seinem Sessel stehenblieb, hatte etwas Drohendes.

«Als dein Brief kam», sagte sie, «habe ich wirklich geglaubt, was darin stand: daß du zu Weihnachten deine Familie um dich haben wolltest. Und darum habe ich David überredet, herzukommen. Aber du willst deine Kinder nur hierhaben, nur um sie alle bei den Ohren zu nehmen, nicht wahr? Weiß Gott, was dir daran Spaß machen kann.»

Simeon kicherte. «Ich habe eben von jeher einen ganz besonderen Sinn für Humor gehabt. Ich verlange gar nicht, daß man ihn versteht! *Mich* freut der Scherz!»

Da sie nichts antwortete, begann Simeon sich plötzlich unbehaglich zu fühlen.

«Nun, was sagst du dazu?» fragte er scharf.

«Ich fürchte ...» Dann stockte sie.

«Was fürchtest du? ... Mich?»

«Nein, ich fürchte *für* dich», entgegnete sie. Wie ein Richter, der eben ein Urteil gefällt hatte, wandte sie sich um und schritt langsam, schwer aus dem Zimmer.

Simeon starrte die Tür an, durch die sie verschwunden war. Dann stand er auf und ging zu seinem Safe hinüber. Er murmelte: «Sehen wir uns lieber meine Schönen an ...»

Um ungefähr ein Viertel vor acht Uhr klingelte es an der Türe. Tressilian öffnete. Als er ins Office zurückkam, stand dort Horbury, der Kaffeetassen von einem Servierbrett nahm.

«Wer war es?» fragte Horbury.

«Polizeiinspektor Sugden — Mensch, passen Sie doch auf!»

Aber schon hatte Horbury eine der Tassen fallen lassen, und sie zersplitterte auf dem Boden.

«Sehen Sie sich das an!» jammerte Tressilian. «Elf Jahre lang haben wir dieses Service im Gebrauch, immer habe ich es abgewaschen, und nie ist eine Tasse zerbrochen! Und kaum rühren Sie etwas an, wovon Sie überhaupt die Finger lassen sollen, und schon passiert etwas!»

«Es tut mir sehr leid, Mr. Tressilian», entschuldigte sich der andere. Große Schweißtropfen standen ihm auf der Stirne. «Ich weiß gar nicht, wie das geschehen konnte. Sagten Sie, ein Polizeiinspektor habe vorhin geläutet?»

«Ja – Mr. Sugden.»

Der Diener befeuchtete seine bleichen Lippen. «Was ... was wollte er?»

«Er sammelt für das Polizeiwaisenhaus. Ich habe das Sammelbuch Mr. Lee hinaufgebracht, aber er hat mir befohlen, Mr. Sugden zu ihm zu schicken und Sherry bereitzustellen.»

«Nichts als Bettelei um diese Jahreszeit», bemerkte Horbury. «Der alte Teufel ist freigebig, das muß man sagen, trotz seiner anderen Schwächen!»

«Mr. Lee war von jeher sehr großzügig», antwortete Tressilian würdevoll.

Horbury nickte. «Jawohl, das ist seine beste Seite. Nun, ich gehe jetzt.»

«Ins Kino?»

«Wahrscheinlich. Bye-bye, Mr. Tressilian.»

Er verschwand durch die Tür, die in den Aufenthaltsraum der Dienstboten führte.

Tressilian sah auf die Wanduhr. Dann ging er ins Speisezimmer und legte auf jede Serviette ein Brötchen. Nach einem letzten prüfenden Blick über die lange Tafel trat er zum Gong und läutete.

Während der letzte Ton verklang, kam Inspektor Sugden die Treppe herunter. Er war ein großer, hübscher Mensch, trug einen enggeknöpften blauen Anzug und bewegte sich mit der gemessenen Würde, die er seinem Amt beimaß.

«Ich glaube, wir bekommen Frost heute nacht», sagte er leutselig. «Glücklicherweise, denn das Wetter war ja unnatürlich warm in der letzten Zeit.»

Tressilian bestätigte, daß die Feuchtigkeit seinem Rheumatismus sehr abträglich sei, worauf der Inspektor feststellte, Rheu-

matismus sei eine sehr schmerzhafte Sache, und dann mit einem freundlichen Gruß ging.
Der alte Butler sperrte die Haustür wieder hinter ihm ab und ging langsam in die Halle zurück. Er fuhr sich mit der Hand über die Augen und seufzte. Doch als er Lydia in das Wohnzimmer gehen sah, richtete er sich steif auf. George Lee kam eben die Treppe herunter. Sobald der letzte Gast, Magdalene, im Wohnzimmer verschwunden war, trat Tressilian ein und murmelte:
«Das Nachtessen ist serviert.»
Tressilian war in seiner Art ein Kenner von Damenmoden. Wenn er, die Weinflasche in der Hand, jeweils um den Tisch ging und die Gläser nachfüllte, betrachtete und kritisierte er bei sich die Kleider der Damen. Mrs. Alfred trug ihr neues weiß-schwarzes Taftkleid mit den großen Blumen. Ein sehr auffälliger Stoff, aber sie konnte ihn tragen. Mrs. George trug ein Modell, dessen war er ganz sicher. Mußte eine Menge Geld gekostet haben. Wie kam es, daß der geizige Mr. George es bezahlt hatte? Mrs. David ... nun, sie war eine reizende Frau, aber sie verstand es wirklich nicht, sich anzuziehen. Bei ihrer Figur wäre schwarzer Samt eventuell noch angegangen; doch sie trug einen bunten, vorwiegend knallroten Stoff, und das war entschieden eine Geschmacklosigkeit. Miss Pilar konnte tragen, was sie wollte, sie sah in allem bezaubernd aus. Immerhin war ihr weißes, leichtes Kleidchen doch wohl ein bißchen gar zu billig. Nun – dem würde Mr. Lee ja in Zukunft abhelfen! Er war ja förmlich verliebt in seine Enkelin. So waren ältere Herren nun einmal: ein junges, frisches Gesicht verhexte sie!
«Rheinwein oder Klarett?» flüsterte Tressilian Mrs. George ins Ohr. Dabei beobachtete er aus einem Augenwinkel, wie Walter, der zweite Diener, schon wieder das Gemüse *vor* der Bratensauce servierte – nach allem, was er ihm eingeschärft hatte!
Tressilian reichte das Soufflé herum. Nun sein Interesse an den Kleidern der Damen und Walters Ungeschicklichkeiten abgeflaut war, fiel ihm erst auf, wie still heute abend jedermann war. Das heißt, nicht eigentlich still. Der südafrikanische Herr zum Beispiel redete für drei, und auch die anderen Herrschaf-

ten sprachen miteinander, aber alles wirkte so krampfhaft. Es lag eine seltsame Atmosphäre über der ganzen Gesellschaft.
Mr. Alfred sah richtiggehend krank aus, als hätte er einen Schock gehabt. Er stocherte auf seinem Teller herum, ohne zu essen. Seine Frau machte sich sichtlich Sorgen um ihn. Sie sah ihn dauernd an – unauffällig natürlich. Mr. George war sehr rot im Gesicht. Er verschlang sein Essen, ohne überhaupt wahrzunehmen, was er aß. Mrs. George aß wie ein Vögelchen. Miss Pilar hingegen schien es herrlich zu munden, und sie unterhielt sich großartig mit dem Südafrikaner. Er war offensichtlich in sie verliebt. Die beiden schien nichts zu bedrücken.
Mr. David? Tressilian tat er leid. Er glich so sehr seiner Mutter, und er sah noch so jung aus. Aber nervös! Da – jetzt warf er sogar sein Glas um! Tressilian trocknete schnell auf und stellte ein neues Glas hin. Mr. David schien gar nichts von dem Zwischenfall bemerkt zu haben, sondern starrte mit leichenblassem Gesicht vor sich hin.
Übrigens komisch, wie bleich Horbury vorhin geworden war, als er hörte, daß ein Polizeioffizier ins Haus gekommen sei ... fast als ob ...
Tressilian wurde jäh aus seinen Überlegungen gerissen. Walter hatte eine Birne von der Platte fallen lassen, die er eben herumreichte. Diener nannte sich so etwas! Stallburschen sollten diese Jungen werden!
Da – Mrs. Alfred war aufgestanden. Sie glitt um den Tisch. Wirklich eine elegante Erscheinung in dem reichen Taftkleid! Eine schöne und bezaubernde Frau!
Tressilian servierte den Herren einen Port und verließ dann das Speisezimmer. Gleich darauf trug er das Tablett mit dem Kaffee ins Wohnzimmer. Die vier Damen saßen schweigsam und eher gezwungen beisammen.
Als Tressilian wieder herauskam, hörte er, wie die Tür zum Speisezimmer geöffnet wurde. David Lee trat in die Halle und ging hinüber ins Wohnzimmer.
Im Küchenoffice setzte sich Tressilian müde auf einen Stuhl. Er war bedrückt. Heiliger Abend, und all diese Spannung und Unrast ... Es gefiel ihm ganz und gar nicht. Nach einer Weile erhob er sich mühsam, um im Wohnzimmer die Kaffeetassen

abzuräumen. Der Raum war jetzt leer. Nur Lydia stand, halb versteckt durch den Vorhang, am Fenster vorn und sah in die Nacht hinaus. Nebenan wurde Klavier gespielt.

Aber warum spielte Mr. David den «Totenmarsch»? Denn das klang gedämpft herüber ... ein Trauermarsch. Irgend etwas Bedrohliches entwickelte sich, ganz bestimmt. Tressilian schüttelte betrübt den Kopf und ging langsam mit dem Kaffeegeschirr hinaus.

Erst als er wieder im Office stand, hörte er den Lärm von oben: ein Splittern von Porzellan, umstürzende Möbelstücke, eine ganze Reihe von schweren Stößen und krachenden Geräuschen.

«Allmächtiger!» dachte Tressilian. «Was um Gottes willen treibt denn der alte Herr? Was ist da oben los?»

Und dann ertönte ein Schrei — hell und schrill — ein entsetzliches, angsterfülltes Aufheulen, das in einem erstickten Gurgeln erstarb.

Tressilian blieb einen Augenblick wie gelähmt stehen; aber dann rannte er in die Halle hinaus und die Treppe empor. Andere stießen zu ihm. Der fürchterliche Schrei schien im ganzen Hause gehört worden zu sein. Alles hastete die geschwungene Treppe hinauf, an der großen Nische vorbei, in der weiße, unheimliche Statuen leuchteten, und durch den geraden Korridor auf Simeon Lees Zimmertür zu. Mr. Farr und Mrs. David standen bereits dort. Sie lehnte sich gegen die Wand, und er versuchte, die Klinke herunterzudrücken.

«Die Tür ist abgesperrt», flüsterte er. «Abgesperrt.»

Harry Lee drängte sich vor, schob ihn beiseite und versuchte seinerseits, die Tür zu öffnen. «Vater!» schrie er. «Vater! Laß uns doch hinein!»

Er hob die Hand, und alle horchten bewegungslos; es erfolgte keine Antwort. Kein Laut kam aus dem Zimmer.

Die Türglocke schrillte, aber es achtete niemand darauf.

Stephen Farr sagte: «Wir werden die Tür aufbrechen müssen. Anders kommen wir nicht hinein.»

«Das wird nicht so leicht sein», keuchte Harry. «Diese Türen sind sehr solid. Komm, Alfred!»

Sie warfen sich gegen die festen Balken, stießen, mühten sich ab, und schließlich holte man eine schwere Eichenbank als

Prellbock. Endlich spürten sie ein Nachgeben. Die Türfalle brach heraus, und die Tür hing schief in den Angeln.
Während mindestens einer Minute standen alle dichtgedrängt und starrten ins Zimmer. Was sie sahen, war derart, daß niemand es jemals wieder vergessen konnte . . .
Es mußte ein erbitterter Kampf stattgefunden haben. Schwere Möbel waren umgeworfen. Porzellanvasen lagen in Scherben auf dem Boden. In der Mitte des Kaminteppichs vor dem hellflackernden Feuer lag Simeon Lee in einer großen Blutlache . . . Blut war im ganzen Raum herum verspritzt . . . Das Zimmer glich einem Schlachthaus.
Jemand seufzte tief, und dann ertönten nacheinander zwei Stimmen. Eigentümlicherweise sprachen beide Zitate aus.
David Lee sagte: «Die Mühlen Gottes mahlen langsam.»
Und Lydia flüsterte zitternd: «Wer konnte denken, daß der alte Mann noch so viel Blut in sich gehabt . . .?»

Inspektor Sugden hatte schon dreimal geläutet. Nun setzte er verzweifelt den Türklopfer in Bewegung. Nach langer Zeit erschien endlich ein völlig verstörter Walter und öffnete ihm.
«Ach . . .» sagte er nur und schien erleichtert zu sein. «Ich wollte eben die Polizei anrufen.»
«Weswegen?» fragte Inspektor Sugden scharf.
«Der alte Mr. Lee . . .» flüsterte Walter. «Jemand hat ihn erledigt.»
Sugden stieß den Diener beiseite und rannte die Treppe hinauf. Er betrat das Zimmer, ohne daß jemand seine Anwesenheit bemerkt hätte. Im Moment seines Eintretens sah er, daß Pilar sich bückte und etwas vom Boden aufhob. Auch nahm er sofort wahr, daß David Lee die Hände vors Gesicht geschlagen hatte. Die anderen standen in einer Gruppe beisammen. Nur Alfred Lee war totenblaß neben den Leichnam des Vaters getreten und sah auf ihn hinunter.
George Lee befahl wichtigtuerisch: «Es darf nichts berührt werden, merkt euch das, nichts! Bis die Polizei kommt.»
«Erlauben Sie», sagte Sugden und drängte sich höflich an den Damen vorbei.

«Ach?! Inspektor Sugden?» sagte Alfred, der ihn kannte. «Sie waren aber rasch hier!»
«Jawohl, Mr. Lee!» Sugden verschwendete keine Zeit mit Erklärungen. «Was ist hier geschehen?»
«Mein Vater ist ... getötet ... ermordet worden», antwortete Alfred erstickt.
Magdalene begann plötzlich hysterisch zu weinen.
Inspektor Sugden bat mit einer Handbewegung um Ruhe. «Ich ersuche alle Anwesenden, außer Mr. George Lee, das Zimmer zu verlassen.»
Wortlos wandten sich alle zum Gehen, willenlos, wie Schafe. Sugden hielt Pilar plötzlich fest.
«Verzeihen Sie, Miss», sagte er freundlich. «Es darf nichts berührt oder von seiner Stelle gerückt werden.»
Sie starrte ihn an. Stephen Farr sagte ungeduldig:
«Das ist wohl klar! Das weiß Miss Estravados!»
Inspektor Sugden fuhr im gleichen liebenswürdigen Tone fort:
«Sie hoben doch eben etwas vom Boden auf.»
Pilar riß die Augen auf. «Ich?» fragte sie ungläubig.
«Ja. Sie! Ich habe Sie dabei beobachtet. Bitte, geben Sie mir, was immer Sie an sich genommen haben.»
Langsam öffnete Pilar die Hand. Sie hatte einen kleinen Gummistreifen und einen winzigen hölzernen Gegenstand darin verborgen gehalten. Sugden nahm beides an sich, steckte es in einen Briefumschlag und ließ diesen in seiner Brusttasche verschwinden. «Danke», sagte er höflich und wandte sich um.
Stephen Farr sah ihn respektvoll an. Es war, als ob er den hübschen jungen Polizeiinspektor bis dahin unterschätzt hätte. Dann gingen auch er und Pilar langsam hinaus. Hinter sich hörten sie die sachlichen Worte des Inspektors: «Und jetzt, bitte ...»

«Es geht doch nichts über ein Kaminfeuer», sagte Oberst Johnson, als er einen neuen Buchenklotz in die Flammen legte und seinen Stuhl näher zum flackernden Feuer zog. «Bitte, bedienen Sie sich», forderte er seinen Gast auf, indem er auf die Flasche wies, die auf dem Tischchen stand.

Nun, Oberst Johnson, Polizeichef von Middleshire, mochte seinerseits ein Kaminfeuer für das höchste der Gefühle halten, aber Hercule Poirot, sein Gast, war gleichwohl der Meinung, eine gute Zentralheizung, die einem auch den Rücken und nicht nur die Schuhsohlen wärmte, sei weit angenehmer.

«Ja, das war ein eigenartiger Fall, die Sache mit Cartwright», bemerkte der Gastgeber nachdenklich. «Ein erstaunlicher Mann, charmant, wohlerzogen ... Tatsächlich, wir haben ihm doch alle aus der Hand gegessen, als er neu hierherkam. Und dann das! Einmalig! Nikotin als Gift ist wirklich selten – glücklicherweise!»

«Es gab eine Zeit, da taten Sie jegliche Art von Giftmord als unenglisch ab», warf Hercule Poirot ein. «Teufelei von Ausländern, unsportlich.»

«Nun, das kann ich heute nicht mehr sagen», meinte der Chefinspektor. «Wir haben ziemlich viele Arsenikmorde – vielleicht mehr, als jemals zu vermuten war ... Überhaupt sind Giftmorde immer eine unangenehme Sache! Die Zeugen widersprechen sich meistens, die Ärzte sind übervorsichtig in ihren Aussagen, und man weiß manchmal kaum, wie man den Fall vor ein Geschworenengericht bringen soll. Nein, wenn schon Mord, dann irgend etwas Klares, etwas, das keine Zweifel über die Todesursache offenläßt!»

Poirot nickte. «Also die Schußwunde, die durchschnittene Kehle, der eingeschlagene Schädel? Ziehen Sie solche Tatsachen vor?»

«Vorziehen ... ist wohl nicht das richtige Wort! Bitte, glauben Sie ja nicht, daß ich Mordfälle *liebe*! Ich möchte, wenn möglich, nie mehr einen behandeln müssen. Nun, während Ihres Aufenthaltes bei mir dürften wir wohl sicher sein! Weihnachten ... Friede auf Erden ... Liebet einander und all das, wissen Sie.»

Hercule Poirot lehnte sich in seinem Lehnstuhl zurück und betrachtete seinen Gastgeber nachdenklich.

«Sie glauben also», murmelte er nach einer Weile, «daß die Weihnachtszeit keine Saison für Morde sei?»

«Ja, das glaube ich.» Johnson war leicht aus dem Konzept gebracht. «Eben, wie ich sagte, wegen der allgemeinen Versöhnlichkeit und so ...»

«Die Engländer sind so sentimental», bemerkte Poirot leise.
«Und wenn wir es sind?» fragte Johnson hochmütig. «Wenn wir die Traditionen lieben, die alten Feste? Wem schadet das?»
«Niemandem. Es ist im Gegenteil sehr charmant. Aber wenn wir es nüchtern betrachten: ist Weihnachten nicht auch das Fest der Freude? Pflegt man zu Weihnachten nicht reichlich zu essen und zu trinken? Sich vielleicht zu überessen? Nun, der übervolle Magen führt zu Indigestionen, und die Indigestionen zu Reizbarkeit!»
«Verbrechen», warf der Oberst ein, «werden nicht aus Reizbarkeit begangen!»
«Ich bin nicht so sicher! Oder etwas anderes: Weihnachten ist das Fest der Versöhnung, sagten Sie. Alte Streitigkeiten werden vergessen und vergeben, Menschen, die sich nicht mehr vertragen haben, sind bereit, sich wieder gut zu sein — wenn auch vielleicht nur vorübergehend.»
Johnson nickte. «Man begräbt die Kriegsbeile.»
«Und Familien», fuhr Poirot unbeirrt fort, «die jahrelang getrennt waren oder sich das Jahr hindurch nie sahen, vereinigen sich wieder. Das, mein Freund, führt zu ernstlichen Spannungen, glauben Sie mir. Menschen, die keineswegs liebevoll voneinander denken, geben sich Mühe, liebevoll zu *scheinen*. Deshalb ist Weihnachten also auch eine Zeit der Heuchelei, ehrenhafter Heuchelei, in der besten Absicht, *c'est entendu*, aber eben doch Heuchelei!» Er lächelte Johnson strahlend an. «Wohlverstanden, mein Lieber, das ist *meine* Ansicht! Ich versuche Ihnen begreiflich zu machen, daß es unter diesen Umständen — seelische Spannung *und* körperliche *malaise* — durchaus möglich ist, daß Abneigungen, die bisher gering, Zwistigkeiten, die bisher ziemlich bedeutungslos waren, plötzlich viel ernsteren Charakter annehmen. Das Resultat von solchen Vorspiegelungen der Verträglichkeit, Liebe, Seelengröße und Gutherzigkeit muß früher oder später zur Explosion von Gefühlen des Hasses und der Rachsucht führen, die viel intensiver sind, als sie es das ganze Jahr hindurch waren. Wenn Sie den Strom natürlicher Regungen eindämmen, *mon ami*, dann muß dieser Damm einmal brechen, und dann erfolgt eine Überschwemmung!»
Oberst Johnson sah seinen Gast zweifelnd an.

«Ich weiß nie, wann Sie ernsthaft reden und wann Sie mir ein Bein zu stellen versuchen», brummte er.
Poirot lächelte. «Ich meine es nicht ernst, ganz und gar nicht! Trotzdem ist es wahr: künstlich gezüchtete und erzeugte Stimmungen führen zu natürlichen Reaktionen.»
Oberst Johnsons Diener erschien unter der Türe.
«Inspektor Sugden ist am Telefon, Sir.»
«Ja, ich komme.» Mit einer Entschuldigung Poirot gegenüber ging Johnson hinaus, kam aber schon nach kaum drei Minuten wieder zurück. Er sah ernst und verstört aus.
«Der Teufel hol's!» stieß er hervor. «Ein Mord! Am Heiligen Abend – ein Mord!»
Poirot hob erstaunt die Augenbrauen. «Sind Sie ganz sicher ... ich meine, daß es ein Mord ist?»
«Wie? Ach so! Ja, es ist gar nichts anderes möglich! Ein absolut klarer Fall. Mord – und ein sehr brutaler noch dazu!»
«Wer ist das Opfer?»
«Der alte Simeon Lee, einer der reichsten Männer dieser Gegend. Machte in Südafrika ein Vermögen. Mit Gold ... nein, mit Diamanten, wenn ich nicht irre. Und außerdem verdiente er Unsummen mit technischen Verbesserungen der Miniermaschinen – irgend etwas, das er selber erfunden hat, soviel ich weiß. Man sagt, daß er mindestens doppelter Millionär sei.»
«Und war er sehr beliebt?»
«Ich glaube nicht, daß jemand ihn liebte», erwiderte Johnson langsam. «Ein eigentümlicher Kauz. Er war seit Jahren invalid. Ich selber habe ihn nicht näher gekannt, aber er war zweifellos eine der auffallendsten Erscheinungen weit und breit.»
«So daß dieser Fall also ziemlich Staub aufwirbeln wird?»
«Allerdings! Ich muß sofort nach Longdale hinüber.»
Poirot stellte die unausgesprochene Frage von sich aus.
«Möchten Sie, daß ich Sie begleite?»
Johnson sagte ein wenig betreten: «Nun, ich darf es Ihnen wirklich kaum zumuten. Aber Sie wissen ja, wie das ist: Inspektor Sugden ist ein guter Polizist, genau, sorgfältig, durch und durch verläßlich, nur – Phantasie hat er nicht viel. Da Sie zufällig hier sind, würde ich natürlich gerne von Ihrer Ansicht und Ihrem Rat profitieren.»

Er hatte vor lauter Verlegenheit fast scharf gesprochen. Poirot beeilte sich, ihm zu versichern: «Ich komme mit Begeisterung. Sie können auf meine Mithilfe rechnen. Aber wir dürfen den guten Inspektor nicht beleidigen. Das ist *sein* Fall – nicht der meine. Ich werde lediglich einen sachverständigen Beobachter abgeben.»
«Sie sind wirklich ein Freund, Poirot», sagte Johnson warm.

Ein Polizist öffnete ihnen die Eingangstür und salutierte stramm. Hinter ihm kam Inspektor Sugden durch die Halle.
«Ich bin froh, Sie hier zu sehen, Sir! Wollen wir in den Raum gleich links gehen – Mr. Lees Herrenzimmer? Ich möchte Ihnen den Fall in großen Umrissen schildern. Das Ganze ist eine scheußliche Sache.»
Er führte die beiden Herren in ein kleines Zimmer auf der linken Seite der Halle. Ein großer, mit Papieren bedeckter Schreibtisch, auf welchem ein Telefon stand, nahm die Mitte des Raumes ein; die Wände waren von Bücherschränken verdeckt.
Der Polizeioberst stellte vor: «Sugden, das ist Hercule Poirot, von dem Sie bestimmt schon gehört haben. Er war zufällig bei mir ... Inspektor Sugden.»
Poirot machte eine kleine Verbeugung und betrachtete den Mann. Er sah einen großgewachsenen Menschen mit breiten Schultern, militärischem Gehaben, einer schmalen, langen Nase, einem kühnen Wangenschnitt und einem großen, dichten braunen Schnurrbart. Sugden starrte Hercule Poirot an, Hercule Poirot starrte Sugdens Schnurrbart an.
«Gewiß habe ich schon von Ihnen gehört, Mr. Poirot», sagte der Inspektor. «Sie waren doch vor einigen Jahren hier in England, nicht wahr? Der Fall von Sir Bartholemew Strange. Giftmord. Nikotin. Nicht in meinem Distrikt, aber natürlich weiß ich davon ...»
«Also, Sugden, was ist hier passiert?» unterbrach ihn sein Vorgesetzter. «Ein ganz klarer Fall, sagten Sie.»
«Jawohl, Sir, Mord, ganz ohne Zweifel. Mr. Lees Kehle ist durchschnitten und die Halsader dabei verletzt worden, stellte

der Arzt fest. Aber irgend etwas stimmt bei der Sache nicht ... Die Umstände liegen folgendermaßen: heute nachmittag um fünf Uhr wurde ich im Addlesfielder Polizeibüro von Mr. Lee angerufen. Er schien mir verwirrt, bat mich, um acht Uhr abends bei ihm vorzusprechen und dem Butler zu sagen, ich sammelte für irgendeine unserer Wohltätigkeitsinstitutionen.»

«Er suchte also nach einem plausiblen Grund, um Sie ins Haus zu bekommen?»

«Jawohl, Sir. Nun, Mr. Lee ist eine so gewichtige Persönlichkeit, daß ich natürlich zu kommen versprach. Kurz vor acht war ich hier und sagte, ich käme für die Sammlung zugunsten des Polizeiwaisenhauses. Der Butler meldete mich an und führte mich dann in das Zimmer von Mr. Lee im ersten Stock, welches direkt über dem Speisezimmer liegt.»

Sugden machte eine Pause, holte Atem und fuhr dann in seiner streng offiziellen Meldung fort.

«Mr. Lee saß in einem Lehnstuhl vor dem Kamin. Er trug einen Schlafrock. Mr. Lee bot mir dicht neben sich Platz an und sagte dann ziemlich zögernd, daß er mir einen Diebstahl zu melden habe. Er habe Grund, anzunehmen, daß Diamanten – ungeschliffene Diamanten, sagte er, wenn ich mich recht erinnere – im Werte von mehreren tausend Pfund aus seinem Safe entwendet worden seien.»

«Diamanten?» warf der Polizeioberst ein.

«Jawohl, Sir. Ich stellte ihm ein paar sachliche Fragen, aber er beantwortete sie unsicher, ausweichend. Schließlich sagte er: ‹Sehen Sie, Inspektor, ich könnte mich ja auch irren.› ‹Wieso?› fragte ich. ‹Entweder sind die Diamanten verschwunden, oder sie sind nicht verschwunden.› Darauf antwortete er: ‹Die Diamanten sind verschwunden, aber es könnte sich dabei ja auch um einen dummen Scherz handeln.› Das habe ich nicht begriffen. Und er fuhr fort: ‹Soweit ich es beurteilen kann, könnten nur zwei Menschen die Steine möglicherweise genommen haben. Eine dieser Personen dürfte es wirklich aus Scherz getan haben. Wenn aber die andere Person sie haben sollte, dann liegt ein Diebstahl vor ... Ich bitte Sie nun, Inspektor, in einer Stunde, oder sagen wir um Viertel nach neun, wieder herzukommen. Dann werde ich in der Lage sein, Ihnen mit Be-

stimmtheit zu sagen, ob man mich bestohlen hat oder nicht.›
Darauf versprach ich ihm wiederzukommen und ging.»

Oberst Johnson sah Poirot groß an. «Merkwürdig – sehr sonderbar, nicht wahr, Poirot?»

«Darf ich wissen, welche Schlußfolgerungen Sie selber aus all dem zogen, Inspektor?» fragte Poirot.

Sugden fuhr sich mit einem Finger nachdenklich über die Wange, während er vorsichtig antwortete: «Nun, mir kamen viele Gedanken in den Sinn, aber eines steht für mich ganz fest: daß niemand an einen Scherz gedacht hat und daß die Diamanten tatsächlich gestohlen worden sind; nur war sich der alte Herr noch nicht im klaren, wer der Täter sein könnte. Ich vermute, daß von den beiden Personen, die er als in Frage kommend erwähnte, eine der Dienerschaft und eine der Familie angehört.»

Poirot nickte anerkennend. «*Très bien!* Das würde seine undurchsichtige Haltung erklären.»

«Deshalb wahrscheinlich auch seine Bitte, ich möchte später noch einmal zurückkommen. Er wollte in der Zwischenzeit mit der betreffenden Person reden und ihr sagen, daß er bereits mit der Polizei Fühlung genommen habe, eine Untersuchung aber noch aufhalten könne, sofern die Steine sofort zurückgegeben würden.»

«Und wenn der oder die Schuldige leugnen sollte?» warf Oberst Johnson ein.

«In diesem Falle wollte er die ganze Sache der Polizei übergeben, Sir.»

«Das hätte er doch von Anfang an tun können, ohne vorher eine geheime Zusammenkunft mit Ihnen zu haben.»

«Nein, Sir», wandte der Inspektor eifrig ein. «Das hätte wie eine leere Drohung ausgesehen und wäre nicht halb so überzeugend gewesen. Die schuldige Person hätte sich vielleicht gesagt: ‹Der Alte wird doch nicht die Polizei rufen, mag er verdächtigen, wen er will!› Aber wenn ihm nun der alte Herr sagen konnte, daß er bereits mit der Polizei gesprochen, daß der Inspektor eben fortgegangen sei, und wenn der Butler das noch bestätigte, falls der Dieb ihn danach fragte – dann mußte das den Täter überzeugen, daß Mr. Lee handeln würde, und

dann hätte es ihn vermutlich bewogen, die Diamanten zurückzugeben.»
«Hm ... ja. Das hat etwas für sich», brummte Oberst Johnson. «Haben Sie eine Ahnung, Sugden, wer dieses Familienmitglied sein könnte?»
«Nein, Sir.»
«Keinerlei Anhaltspunkte?»
«Nein, Sir.»
Johnson schüttelte den Kopf. Dann sagte er verdrießlich: «Schön, dann fahren Sie fort.»
«Ich kam also um genau neun Uhr fünfzehn wieder hierher. Im Moment, wo ich läuten wollte, hörte ich von innen einen Schrei und dann ein gedämpftes Rufen und Rennen. Ich läutete wiederholt und benützte sogar den Türklopfer. Es dauerte mindestens drei Minuten, wenn nicht vier, bis mir jemand öffnete. Der Diener zitterte am ganzen Leib und sah aus, als werde er ohnmächtig zusammenbrechen. Er stammelte, Mr. Lee sei ermordet worden. Ich rannte die Treppe hinauf. Mr. Lees Zimmer war in einem unbeschreiblichen Zustand. Es hatte dort ganz offensichtlich ein schwerer Kampf stattgefunden. Mr. Lee lag vor dem Kaminfeuer – mit durchgeschnittener Kehle in einer Blutlache.»
«Selbstmord ist also ausgeschlossen?» fragte der Polizeichef scharf.
«Ausgeschlossen, Sir. Erstens: die umgeworfenen Stühle und Tische, die zerbrochenen Vasen und Statuetten, und zweitens: das Fehlen irgendeines Messers oder Rasiermessers, mit welchem ein Selbstmord begangen worden wäre.»
«Ja, das ist aufschlußreich. War jemand im Zimmer?»
«Fast sie ganze Familie, Sir. Alle standen beisammen.»
Oberst Johnson sah den Inspektor scharf an. «Irgendeinen Verdacht, Sugden?»
«Es ist eine teuflische Affäre, Sir», antwortete der Inspektor bedächtig. «Es sieht aus, als müsse jemand von ihnen es getan haben. Ich kann mir nicht vorstellen, wie jemand von außen hereinkommen, den Mord begehen und rechtzeitig wieder hätte fliehen können.»
«Waren die Fenster offen oder geschlossen?»

«Es sind zwei Fenster in dem Zimmer, Sir. Eines war geschlossen und verriegelt. Das andere stand ein paar Zentimeter weit offen, war aber durch einen Sicherheitsriegel gehalten. Ich habe sofort versucht, es zu öffnen, aber es steckte fest, wurde seit Jahren nicht weiter geöffnet, glaube ich. Außerdem ist die Hauswand sehr glatt, kein Efeu, keine Kletterpflanzen. Ich glaube nicht, daß jemand auf diesem Weg fliehen konnte.»
«Wie viele Türen hat das Zimmer?»
«Nur eine. Und die war von innen abgesperrt. Als die Hausbewohner den Schrei des alten Herrn hörten und hinaufrannten, mußten sie zuerst die Tür einbrechen.»
«Und? . . . Wer war im Zimmer?» Gespannt stieß Johnson diese Frage hervor.
«Niemand, Sir. Niemand außer dem alten Mann, den man fünf Minuten zuvor getötet hatte.»

Oberst Johnson starrte Sugden sekundenlang fassungslos an. Dann überstürzten sich seine Worte. «Wollen Sie mir vielleicht weismachen, Inspektor, daß hier einer jener blödsinnigen Fälle vorliege, die sonst nur in Kriminalromanen vorkommen, wo jemand in einem verschlossenen Raum durch irgendwelche übernatürlichen Mächte umgebracht wird?»
Ein kaum wahrnehmbares Lächeln brachte Sugdens Schnurrbart leise zum Zittern.
«Ich glaube, gar so geheimnisvoll ist es nicht, Sir.»
«Also Selbstmord! Es *muß* Selbstmord sein!»
«Wo ist dann die Waffe, das Instrument, Sir?»
«Und wie wäre Ihr Mörder entkommen? Durchs Fenster?
Sugden schüttelte den Kopf. «Nein, Sir, ich könnte beschwören, daß er das nicht getan hat.»
«Aber die Tür war von innen abgesperrt?»
Der Inspektor nickte. Er zog einen Schlüssel aus der Tasche und legte ihn auf den Tisch. «Fingerabdrücke sind keine darauf», gab er bekannt. «Aber sehen Sie sich bitte diesen Schlüssel einmal durchs Vergrößerungsglas an.»
Poirot und der Oberst beugten sich beide vor und unterzogen den Schlüssel einer eingehenden Prüfung.

«Bei Gott!» rief Johnson plötzlich. «Jetzt verstehe ich! Diese leichten Kratzer am Bart! Sehen Sie sie, Poirot?»
«Gewiß sehe ich sie. Das bedeutet, daß der Schlüssel von außen gedreht wurde, nicht wahr? Mittels irgendeines Instrumentes, das durch das Schlüsselloch gesteckt wurde und den Bart ergreifen konnte. Dazu könnte unter Umständen schon eine Pinzette genügen.»
Der Inspektor nickte.
«Und das alles», fuhr Poirot fort, «damit der Tod wie ein Selbstmord aussehen sollte, nachdem die Tür abgesperrt und niemand im Zimmer war?»
«Das war vermutlich die Absicht, Mr. Poirot.»
Poirot schüttelte den Kopf. «Aber die Unordnung im Zimmer! Der Mörder hätte doch bestimmt zuallererst die Spuren eines Kampfes verwischt.»
«Dazu blieb ihm gar keine Zeit, Mr. Poirot», erklärte Inspektor Sugden. «Das ist der springende Punkt – er hatte keine Zeit! Nehmen wir an, daß er den alten Herrn zu überraschen hoffte. Das gelang ihm nicht. Es fand ein Kampf statt – ein Kampf, den man im Zimmer unterhalb genau hören mußte. Und mehr noch: der alte Herr rief um Hilfe. Jedermann rannte die Treppe hinauf. Da blieb dem Mörder wirklich nur noch knapp Zeit, aus dem Zimmer zu schlüpfen und den Schlüssel von außen umzudrehen.»
«Das stimmt», gab Poirot zu. «So mag sich Ihr Mörder benommen haben. Aber warum, warum in aller Welt ließ er die Waffe nicht liegen? Denn wo keine Waffe ist, kann kein Selbstmord stattgefunden haben. Das war ein sehr verhängnisvolles Versehen.»
Inspektor Sugden sagte den törichten Gemeinsatz: «Verbrecher machen meistens irgendeinen Fehler. Das erfahren wir immer wieder.»
Poirot seufzte leise. Dann murmelte er: «Und trotz dieses Fehlers ist er entwischt, der Verbrecher.»
«Ich glaube nicht, daß er wirklich entkommen ist.»
«Sie glauben, daß er sich noch in diesem Haus befindet?»
«Ich wüßte nicht, wo er sonst sein könnte. Das Verbrechen ist hier im Haus geschehen.»

«Aber *tout de même*», beharrte Poirot liebenswürdig, «insofern ist er entwischt, als Sie nicht wissen, wer er ist.»
Inspektor Sugden sagte fest, aber ebenso höflich: «Ich habe das Gefühl, daß wir das sehr bald wissen werden. Wir haben noch niemand verhört.»
«Hören Sie, Sugden», mischte sich Johnson nun wieder in das Gespräch, «etwas will mir nicht eingehen: wer immer den Schlüssel von außen im Schloß drehte, muß genau gewußt haben, wie man das macht. Das heißt, er muß sozusagen Einbrechererfahrung haben, denn diese Spezialwerkzeuge sind gar nicht leicht zu handhaben.»
«Sie denken an einen Berufsverbrecher, Sir?»
«Genau das denke ich.»
«Es sieht wirklich so aus», gab Sugden zu. «Ich habe mich auch schon gefragt, ob vielleicht unter der Dienerschaft ein professioneller Dieb sei. Das würde das Verschwinden der Diamanten erklären, und der Mord wäre dann lediglich eine logische Folgerung davon ... Aber diese Theorie hat auch schwache Seiten. Von den acht Angestellten sind sechs Frauen, von denen fünf schon vier Jahre und länger im Hause sind. Dann ist da ein Butler und ein Diener. Der Butler ist seit fast vierzig Jahren in der Familie – ein Rekord, möchte ich sagen. Der Diener ist ein Einheimischer, Sohn des Gärtners und hier aufgewachsen. Ich wüßte nicht, wie und wo er sich im Einbrecherhandwerk hätte ausbilden können. Und dann ist noch ein weiterer Diener da, der persönliche Kammerdiener des alten Herrn. Er ist verhältnismäßig neu hier, aber er war nicht im Haus – ist es übrigens noch jetzt nicht – sondern ist kurz vor acht Uhr ausgegangen.»
«Haben Sie eine Liste der derzeitigen Bewohner des Hauses?»
«Jawohl, Sir. Ich habe den Butler nach den Namen gefragt.» Er zog sein Notizbuch hervor. «Soll ich sie Ihnen vorlesen?»
«Bitte, Sugden.»
«Mr. und Mrs. Alfred Lee. Mr. George Lee, Abgeordneter, und seine Frau. Mr. Harry Lee. Mr. und Mrs. David Lee. Miss –» der Inspektor machte eine kleine Pause und nahm dann das Wort sorgfältig in Angriff, «Pilar –» wieder ein Anlauf, «Estravados. Mr. Stephen Farr. Dann die Dienerschaft: Edward Tressilian, Butler. Walter Champion, Diener. Emily

Reeves, Köchin. Queenie Jones, Küchenmädchen. Gladys Spent, erstes Hausmädchen. Grace Best, zweites Hausmädchen. Beatrice Moscombe, drittes Hausmädchen. Joan Kench, Haushalthilfe. Dann Sydney Horbury, Kammerdiener.»
«Und wo befanden sich die Herrschaften Lee alle zur Zeit des Mordes?»
«Das weiß ich nur oberflächlich. Wie ich schon sagte, habe ich noch niemanden verhört. Laut Tressilian waren die Herren noch im Speisezimmer, die Damen bereits ins Wohnzimmer gegangen. Tressilian hatte den Kaffee serviert. Er sagt aus, daß er eben in das Office zurückgekommen war, als er den Lärm von oben hörte, dem fast unmittelbar der Schrei folgte. Er ist dann mit und hinter den anderen die Treppe hinaufgerannt.»
«Wer von der Familie wohnt hier im Haus, und wer ist nur besuchsweise da?» fragte Oberst Johnson.
«Mr. und Mrs. Alfred Lee wohnen ständig hier. Alle andern Herrschaften kamen nur zu Besuch.»
«Und wo befinden sie sich jetzt?»
«Ich bat sie, im Wohnzimmer zu bleiben, bis ich bereit sei, ihre Aussagen aufzunehmen.»
«Gut. Dann wollen wir jetzt hinaufgehen und den Tatort inspizieren.»
Als sie das Zimmer betraten, in welchem der Mord stattgefunden hatte, pfiff der Oberst leise durch die Zähne.
«Ziemlich scheußlich», murmelte er.
Er blieb lange stehen und betrachtete die umgestürzten Stühle, die Scherben und die blutbefleckten Trümmer. Ein magerer älterer Mann erhob sich nächst der Leiche von den Knien und nickte kurz.
«Abend, Johnson», sagte er. «Nettes Schlachthaus, wie?»
«Das kann man wohl sagen! Wie lautet Ihr Befund, Doktor?»
Der Arzt zuckte die Achseln und lächelte. «Ich werde bei der gerichtlichen Totenschau mit wissenschaftlichen Ausdrücken um mich werfen. Aber zu Ihnen gesagt: klarer Fall – Gurgel durchgeschnitten, wie bei einem Schwein. Hat sich binnen weniger Minuten zu Tod geblutet. Keine Waffe vorhanden.»
Poirot ging zu den Fenstern. Wie der Inspektor gesagt hatte, war das eine geschlossen und verriegelt. Das andere stand we-

nige Zentimeter offen, war aber durch einen starken Sicherheitsriegel in dieser Position fixiert.

«Der Butler behauptet, daß dieses Fenster bei keiner Witterung ganz geschlossen wurde», erklärte Sugden. «Für den Fall, daß Regen hereinpeitschen würde, ist der Linoleumbelag darunter angebracht worden, obwohl das überhängende Dach so ziemlich jedes Unwetter abhält.»

Poirot nickte. Er trat wieder an den Leichnam und blickte auf den alten Mann hinunter.

Die Lippen hatten sich von dem blutleeren Zahnfleisch zurückgezogen, so daß es aussah, als ob Simeon Lee die Zähne fletschte. Die Finger waren gebogen wie Vogelklauen.

«Er scheint kein kräftiger Mann gewesen zu sein», sagte Poirot.

«Nun, er war trotzdem sehr widerstandsfähig», widersprach ihm der Arzt. «Er hat ein paar Krankheiten überstanden, die den meisten Menschen zum Verhängnis geworden wären.»

«Ich meinte es nicht in diesem Sinne. Ich wollte sagen, daß er physisch kein Riese gewesen sei.»

«Das stimmt, gewiß. Er war ziemlich zart gebaut.»

Poirot wandte sich ab und beugte sich forschend über einen umgestürzten Stuhl, einen schweren Mahagonisessel. Daneben stand ein Mahagonitisch mit den Scherben einer großen Porzellanlampe. Zwei kleinere Stühle lagen ebenfalls umgeworfen da, Splitter einer zerbrochenen Flasche und zweier Gläser lagen herum, ferner ein unversehrt gebliebener gläserner Briefbeschwerer, Bücher, eine zertrümmerte große japanische Vase und die Bronzestatuette eines nackten jungen Mädchens.

Poirot beugte sich über all diese Zeugen eines heftigen Kampfes, ohne jedoch irgend etwas zu berühren. Er hob erstaunt die Augenbrauen.

Der Polizeioberst bemerkte das. «Fällt Ihnen etwas Besonderes auf, Poirot?»

Hercule Poirot seufzte. «Ein so schwächlicher alter Mann ... und doch all dies Durcheinander», murmelte er.

Johnson sah ihn erstaunt an. Dann fragte er den Inspektor: «Sind Fingerabdrücke vorhanden?»

«Viele, Sir, überall im Zimmer.»

«Und am Safe?»

«Nur diejenigen des alten Herrn.»
Johnson wandte sich an den Arzt.
«Wie steht es mit Blutflecken? Wer immer ihn umgebracht hat, muß doch Blut an sich haben, oder nicht?»
«Nicht unbedingt», antwortete der Arzt zögernd. «Die Blutung erfolgte fast ausschließlich durch die Halsschlagader, und die pulsiert weniger stark als etwa eine Arterie.»
Poirot warf plötzlich ein: «Und darum ist das viele Blut verwunderlich, sehr verwunderlich.»
«Können Sie daraus ... hm ... irgendwelche Schlüsse ziehen?» fragte Sugden schüchtern und sehr respektvoll.
Poirot sah ihn an und schüttelte betrübt den Kopf. «Irgend etwas ... Heftigkeit, übergroße Gewalt ...» Er unterbrach sich und dachte lange nach, ehe er weitersprach. «Ja, das ist es: brutale Gewalt! Und dann das Blut ... Es ist hier – wie soll ich mich ausdrücken? – es ist hier zu viel Blut! Blut auf den Stühlen, auf den Tischen, auf den Teppichen ... Ein Blutgericht? Ein Blutopfer? Wir wissen es nicht. Vielleicht ... Dieser zarte alte Mann, so mager, so eingeschrumpft und vertrocknet ... und doch vor seinem Sterben so viel Blut in ihm ...»
Er verstummte. Sugden, der ihn mit großen, erstaunten Augen ansah, flüsterte fast ehrfürchtig:
«Seltsam – genau das hat sie auch gesagt – die Dame ...»
«Welche Dame?» fragte Poirot scharf. «Was hat sie gesagt?»
«Mrs. Lee – Mrs. Alfred Lee. Stand dort an der Türe und murmelte es halblaut. Ich wußte nicht, was sie damit meinte.»
«Was murmelte sie?»
«Irgend etwas, daß niemand gedacht hätte, daß der alte Herr noch so viel Blut in sich hätte ...»
«Wer konnte denken, daß der alte Mann noch so viel Blut in sich gehabt?» zitierte Poirot leise. «Die Worte der Lady Macbeth. Eigenartig, daß sie das sagte ...»

Alfred Lee und seine Frau traten in das kleine Herrenzimmer, wo Poirot, Sugden und der Chefinspektor warteten. Oberst Johnson ging ihnen entgegen.
«Guten Abend, Mr. Lee. Wir sind uns noch nie begegnet, aber

Sie werden vermutlich wissen, daß ich Polizeichef der Grafschaft bin. Johnson ist mein Name. Ich kann Ihnen nicht sagen, wie sehr mich die Geschehnisse hier erschüttern.»
Alfred, dessen braune Augen an die eines traurigen Hundes erinnerten, sagte heiser: «Ich danke Ihnen. Es ist entsetzlich! Entsetzlich ... meine Frau.»
Lydias Stimme klang ruhig.
«Es war ein furchtbarer Schock für meinen Mann — für uns alle — aber für ihn ganz besonders.»
Sie legte die Hand auf Alfreds Schulter.
«Bitte, setzen Sie sich, Mrs. Lee», ordnete Johnson an. «Darf ich Ihnen Monsieur Hercule Poirot vorstellen?»
Poirot verbeugte sich. Seine Augen huschten interessiert zwischen den Ehegatten hin und her.
Lydia drückte Alfred sanft auf einen Stuhl nieder. «Setz dich, Alfred!»
Alfred gehorchte wortlos. «Hercule Poirot? ... Wer? ...» Er fuhr sich benommen über die Stirne.
«Oberst Johnson wird dich vieles fragen wollen, Alfred», sagte Lydia Lee beherrscht.
Der Chefinspektor warf ihr einen bewundernden Blick zu. Er war glücklich, daß Mrs. Alfred Lee eine vernünftige, gefaßte Frau zu sein schien.
«Ja, natürlich ... gewiß, natürlich ...» stammelte Alfred.
Der Schock hat ihn vollkommen erledigt, dachte Johnson. Hoffentlich wird er sich zusammennehmen.
Laut sagte er: «Ich habe hier eine Liste mit den Namen aller heute abend im Hause Anwesenden. Würden Sie mir bestätigen, daß sie stimmt, Mr. Lee?»
Er gab Sugden einen Wink, worauf dieser noch einmal sein Notizbuch hervorzog und sämtliche Namen herunterlas.
Die Sachlichkeit, mit welcher hier vorgegangen wurde, schien Alfred Lee zu beruhigen. Er hatte seine Selbstbeherrschung wiedergefunden, und seine Augen blickten nicht mehr verstört und gehetzt. Als Sugden geendet hatte, nickte er zustimmend.
«Die Liste ist korrekt.»
«Würden Sie mir Ihre Gäste näher schildern? Die Ehepaare George Lee und David Lee sind vermutlich Verwandte?»

«Es sind meine beiden jüngeren Brüder und ihre Frauen.»
«Sie sind nur zu Besuch hier?»
«Ja, sie kamen zur Weihnachtsfeier her.»
«Mr. Harry Lee ist ebenfalls ein Bruder?»
«Ja.»
«Und die beiden anderen Gäste? Miss Estravados und Mr. Farr?»
«Miss Estravados ist meine Nichte. Mr. Farr ist der Sohn des ehemaligen Geschäftspartners meines Vaters in Südafrika.»
«Also ein alter Freund?»
«Nein, wir haben ihn erst jetzt kennengelernt», warf Lydia ein.
«Ach so? Aber Sie haben ihn über Weihnachten eingeladen?»
Alfred zögerte und sah seine Frau hilflos an. Sie antwortete klar und ruhig auf die Frage. «Mr. Farr tauchte gestern recht unerwartet auf. Er war zufällig in der Gegend und wollte meinem Schwiegervater einen Besuch machen. Als mein Schwiegervater begriff, daß es sich um den Sohn seines alten Freundes und Geschäftspartners handelte, beharrte er darauf, daß Mr. Farr Weihnachten mit uns verbringen sollte.»
«Ich verstehe. Soweit also die Familie. Was nun die Dienerschaft betrifft, Mrs. Lee, vertrauen Sie allen Ihren Angestellten?»
Lydia dachte eine Weile nach, ehe sie antwortete. «Ja. Ich bin sicher, daß sie alle durchaus vertrauenswürdig sind. Die meisten sind seit Jahren im Haus, Tressilian, der alte Butler, sogar schon seit der Kinderzeit meines Mannes. Die einzigen, die noch nicht lange hier sind, sind Joan, die Haushalthilfe, und der persönliche Kammerdiener und Pfleger meines Schwiegervaters.»
«Und was halten Sie von den beiden?»
«Joan ist nicht übermäßig intelligent. Das ist das Schlimmste, was man von ihr sagen kann. Horbury kenne ich eigentlich kaum. Er ist seit etwas über einem Jahr hier. Seiner Arbeit scheint er zuverlässig nachzukommen, denn mein Schwiegervater war sehr zufrieden mit ihm.»
«Aber Sie, Madame, waren nicht dieser Ansicht?» warf Poirot hier blitzschnell ein.

Lydia zuckte die Achseln. «Ich habe nichts mit Horbury zu tun.»
«Immerhin sind Sie die Herrin dieses Hauses, Madame, und die Dienerschaft untersteht Ihrem Befehl.»
«Gewiß, aber Horbury war ausschließlich zur Bedienung meines Schwiegervaters da und unterstand mir in keiner Weise.»
«Ach so.»
Oberst Johnson wurde leicht ungeduldig. «Wir kommen nun zu den Ereignissen des heutigen Abends. Ich fürchte, daß dies für Sie schmerzlich ist, Mr. Lee, aber ich bitte Sie, mir genau zu schildern, was eigentlich geschah.»
Alfred nickte wortlos.
«Wann sahen Sie zum Beispiel Ihren Vater zum letztenmal?» fuhr Johnson rasch fort.
Alfreds Gesicht verzog sich schmerzlich, und er antwortete sehr leise: «Nach dem Tee. Ich war kurze Zeit bei ihm. Dann sagte ich ihm gute Nacht und verließ ihn um ... Wie spät mag es gewesen sein? ... Ungefähr um ein Viertel vor sechs Uhr.»
«Sie sagten ihm gute Nacht?» warf Poirot fragend ein. «Setzten Sie denn voraus, daß Sie Ihren Vater heute abend nicht mehr sehen würden?»
«Ja. Mein Vater speiste sehr leicht am Abend, und sein Nachtessen wurde ihm um sieben Uhr auf seinem Zimmer serviert. Danach pflegte er oft gleich zu Bett zu gehen; manchmal saß er noch eine Weile in seinem Stuhl, aber er wollte niemanden von der Familie sehen, wenn er nicht ausdrücklich nach jemandem schickte.»
«Tat er das öfter?»
«Es kam vor, wenn er Lust darauf hatte.»
«Aber es war nicht eigentlich üblich?»
«Nein.»
«Bitte, fahren Sie fort, Mr. Lee.»
«Wir aßen um acht Uhr. Das Essen war vorüber, und meine Frau war mit den anderen Damen ins Wohnzimmer gegangen.» Seine Stimme schwankte, und seine Augen starrten wieder gehetzt aus dem fahlen Gesicht. «Wir waren am Tisch sitzen geblieben ... Plötzlich hörten wir von oben einen entsetzlichen Lärm. Fallende Stühle, das Splittern von Holz, Glas und Por-

zellan und dann – mein Gott!» er schauerte zusammen – «ich höre es noch jetzt, dann schrie mein Vater! Ein grauenvoller, langgezogener Schrei, der Schrei eines Menschen in höchster Todesangst ...»

Er verbarg sein Gesicht in den zitternden Händen. Lydia streichelte beruhigend seinen Ärmel. Oberst Johnson fragte behutsam: «Und dann?»

«Ich glaube – wahrscheinlich waren wir sekundenlang einfach wie gelähmt», sagte Alfred mit erstickter Stimme. «Aber dann sprangen wir auf, rannten zur Tür hinaus und die Treppe zu Vaters Zimmer hinauf. Die Tür war verschlossen. Wir konnten nicht hinein. Mit vereinten Kräften mußten wir sie erst aufbrechen. Und dann, als wir ins Zimmer traten, sahen wir ...»

Seine Stimme erstarb.

«Das genügt, Mr. Lee», sagte Johnson schnell. «Bitte, gehen wir noch ein paar Minuten zurück, also zu dem Zeitpunkt, als Sie noch im Speisezimmer saßen. Wer war mit Ihnen dort, als der Schrei ertönte?»

«Wer? Nun, wir alle! ... Nein, warten Sie ... Mein Bruder war bei mir, mein Bruder Harry.»

«Sonst niemand?»

«Nein.»

«Wo waren denn die anderen Herren?»

Alfred runzelte die Stirne und bemühte sich, nachzudenken.

«Wo waren sie? Es scheint alles so weit zurückzuliegen ... Jahre zurück! ... Wie war es? Ja, richtig, George war zum Telefon gegangen. Wir begannen Familienangelegenheiten zu besprechen, und Mr. Farr sagte, daß er uns dabei nicht stören wollte, und empfahl sich, sehr liebenswürdig und taktvoll.»

«Und Ihr Bruder David?»

«David? War er nicht da? Nein, natürlich nicht! Ich weiß wirklich nicht, wann er aus dem Zimmer ging.»

«Sie hatten also Familienangelegenheiten zu diskutieren?» wiederholte Poirot fragend.

«J-ja, ja, gewiß.»

«Das heißt, daß Sie eine Auseinandersetzung mit *einem* Mitglied Ihrer Familie hatten?»

«Was wollen Sie damit sagen?» Lydias Frage kam rasch.

Poirot wandte sich ihr fast heftig zu. «Madame, Ihr Gatte sagt aus, daß Mr. Farr sich entfernte, weil Familienangelegenheiten besprochen werden sollten. Es kann sich jedoch nicht um einen Familienrat gehandelt haben, nachdem sowohl Mr. David als auch Mr. George nicht anwesend waren. Ergo war es eine Auseinandersetzung zwischen nur zwei Mitgliedern der Familie, nicht wahr?»

«Mein Schwager Harry war jahrelang verreist gewesen. Es ist wohl natürlich, daß er und mein Mann sich manches zu sagen hatten.»

«Ach, ich verstehe! So war das.»

Sie warf ihm einen schnellen Blick zu und schlug dann die Augen nieder.

«Nun, das scheint ja klar zu sein», stellte Johnson fest. «Bemerkten Sie, ob außer Ihnen noch jemand die Treppe zum Zimmer Ihres Vaters hinaufrannte?»

«Ich — ich weiß nicht ... Ich glaube schon. Wir kamen alle aus den verschiedensten Richtungen. Aber ich habe nichts klar erfaßt — ich war so aufgeregt. Dieser entsetzliche Schrei ...»

Oberst Johnson ging schnell zu einem anderen Thema über. «Danke, Mr. Lee. Nun ist da noch ein Punkt: wenn ich recht unterrichtet bin, hatte Ihr Vater einige sehr wertvolle Diamanten in seinem Besitz.»

Alfred sah ihn erstaunt an. «Ja, das stimmt.»

«Wo pflegte er die aufzubewahren?»

«In dem Safe in seinem Zimmer.»

«Können Sie mir die Steine beschreiben?»

«Es waren rohe Diamanten, also ungeschliffene Steine.»

«Warum bewahrte Ihr Vater sie in seinem Zimmer auf?»

«Sie waren sein Steckenpferd. Er hatte die Steine aus Südafrika mitgebracht. Nicht, um sie schleifen zu lassen, sondern einfach, um sie zu besitzen. Ein Hobby, wie ich schon sagte.»

«Ich verstehe», sagte Johnson, aber aus seinem Ton ging klar hervor, daß er gar nichts begriff. «Und waren diese Steine sehr wertvoll?»

«Mein Vater schätzte sie auf ungefähr zehntausend Pfund.»

«Also waren sie sogar ungemein wertvoll! Merkwürdige Idee, sie im Schlafzimmer aufzubewahren.»

Wieder griff Lydia in das Gespräch ein. «Mein Schwiegervater war in mancher Hinsicht ein merkwürdiger Mann, Oberst Johnson. Seine Ansichten und Ideen waren sehr oft unkonventionell. Er liebte es, diese Steine zu berühren.»

«Vielleicht erinnerten sie ihn an die Vergangenheit», warf Poirot ein.

Sie sah ihn bewundernd an. «Ja», sagte sie, «das taten sie wahrscheinlich.»

«Waren diese Diamanten versichert?» fragte Johnson.

«Ich glaube nicht.»

Johnson beugte sich vor und fragte ruhig: «Wissen Sie, Mr. Lee, daß diese Steine gestohlen worden sind?»

«Was?!» Alfred Lee starrte ihn an.

«Hat Ihr Vater Ihnen gegenüber ihr Verschwinden nicht erwähnt?»

«Mit keinem Wort!»

«Sie wußten also nicht, daß er Inspektor Sugden hatte kommen lassen, um ihm den Verlust zu melden?»

«Ich hatte nicht die leiseste Ahnung von all dem!»

Der Chefinspektor ließ seinen Blick zu Lydia gleiten.

«Und Sie, Mrs. Lee?»

Lydia schüttelte den Kopf. «Auch ich habe nichts davon gewußt.»

«Sie waren also beide der Meinung, daß die Steine sich noch im Safe befänden.»

«Ja.»

Nach einem Zögern fragte sie: «Ist er darum umgebracht worden? Der Steine wegen?»

«Das herauszufinden wird jetzt unsere Aufgabe sein», antwortete Oberst Johnson. «Wüßten Sie, Mrs. Lee, wer von allen Hausbewohnern einen solchen Diebstahl hätte bewerkstelligen können?»

«Nein, ganz bestimmt nicht! Ich glaube, daß alle Dienstboten ehrlich sind. Außerdem wäre es für sie äußerst schwierig gewesen, jemals an diesen Safe zu kommen. Mein Schwiegervater hat sein Zimmer nie verlassen. Er kam nie mehr die Treppe herunter.»

«Wer räumte sein Zimmer auf?»

«Horbury. Er machte das Bett und staubte ab. Das zweite Hausmädchen besorgte nur den Kamin und feuerte morgens an, alles andere erledigte Horbury.»

«Dann hätte also Horbury am leichtesten den Safe öffnen können?» fragte Poirot.

«Ja.»

«Glauben Sie, daß er es war, der die Diamanten stahl?»

«Es ist möglich. Wahrscheinlich ... Er hatte die beste Gelegenheit dazu. Ach! Ich weiß nicht, was ich denken soll!»

Oberst Johnson ließ sich nicht verwirren. «Ihr Mann hat uns vorhin die Begebenheiten des Abends geschildert. Würden Sie das nun auch tun, Mrs. Lee? Wann sahen Sie Ihren Schwiegervater zuletzt?»

«Wir waren heute nachmittag vor dem Tee alle in seinem Zimmer. Damals habe ich ihn zum letztenmal gesehen.»

«Sie haben ihm nicht mehr gute Nacht gewünscht?»

«Nein.»

«Sind Sie sonst für gewöhnlich noch zu ihm gegangen, um ihm gute Nacht zu sagen?» fragte Poirot.

«Nein», sagte Lydia scharf.

Der Oberinspektor fuhr fort: «Wo waren Sie, als das Verbrechen stattfand?»

«Im Wohnzimmer.»

«Hörten Sie den Kampflärm?»

«Ich glaube, daß ich etwas Schweres fallen hörte. Das Zimmer meines Schwiegervaters liegt über den Speisezimmer, nicht über dem Wohnzimmer, das hat die Geräusche gedämpft.»

«Aber den Schrei haben Sie auch gehört?»

Lydia zuckte zusammen. «Ja, den hörte ich! Es war scheußlich – wie eine Seele im Fegefeuer! Ich wußte sofort, daß irgend etwas Gräßliches geschehen sein mußte. Ich rannte hinaus und folgte meinem Mann und Harry die Treppe hinauf.»

«Wer war zu jener Zeit außer Ihnen im Wohnzimmer?»

Lydia dachte nach.

«Das ... das weiß ich tatsächlich nicht. David war nebenan und spielte Mendelssohn ... Ich glaube, Hilde war zu ihm hinübergegangen ...»

«Und die beiden anderen Damen?»

«Magdalene war beim Telefon», antwortete Lydia langsam, «aber ich kann mich nicht erinnern, ob sie zurückkam oder nicht. Und wo Pilar war, weiß ich ebenfalls nicht.»
«Sie könnten also ebensogut ganz allein im Wohnzimmer gewesen sein», stellte Poirot sanft fest.
«Ja. Ja, das war ich wahrscheinlich auch.»
«Nun zu den Diamanten», sagte Johnson. «Diese Sache müssen wir ganz besonders sorgfältig untersuchen. Kennen Sie das Kombinationsschloß am Safe Ihres Schwiegervaters, Mrs. Lee? Es scheint ein ziemlich altmodisches Modell zu sein.»
«Er hat das Kennwort in einem kleinen Notizbuch notiert, das er immer in der Tasche seines Schlafrockes mit sich trug.»
«Gut. Wir werden das sofort prüfen. Aber vielleicht sollten wir zuerst die übrigen Herrschaften verhören, damit die Damen zu Bett gehen können.»
Lydia erhob sich sofort.
«Komm, Alfred.» Und zu den Herren gewandt: «Ich werde sie Ihnen schicken.»
«Einen nach dem anderen, wenn ich bitten darf, Mrs. Lee.»
«Gewiß.» Sie ging auf die Tür zu. Alfred folgte ihr.
Plötzlich drehte er sich jäh um.
«Natürlich!» sagte er. Er kam rasch auf Poirot zu. «Sie sind Hercule Poirot! Wo habe ich bloß meine Gedanken gehabt? Daß ich das nicht sofort erfaßte!» Er sprach schnell, mit leiser, erregter Stimme. «Sie kommen wie vom Himmel geschickt! Sie müssen die Wahrheit herausfinden, Mr. Poirot. Scheuen Sie keine Ausgaben, ich komme für alles auf! Aber finden Sie die Wahrheit! Mein armer Vater! Getötet! Mit äußerster Brutalität von einem Menschen getötet! Sie *müssen* den Täter finden, Mr. Poirot! Mein Vater soll gerächt werden!»
Poirot erwiderte: «Ich versichere Ihnen, Monsieur Lee, daß ich tun werde, was in meinen Kräften steht, um Oberst Johnson und Inspektor Sugden behilflich zu sein.»
«Ich möchte aber, daß Sie in meinem Auftrage arbeiten!» stieß Alfred erregt hervor. «Mein Vater muß gerächt werden!» Er begann heftig zu zittern. Lydia kam zurück und zog seinen Arm durch den ihren. «Komm, Alfred. Wir müssen jetzt die anderen rufen.»

Sie sah Poirot fest in die Augen, aber diese Augen wußten ihre Geheimnisse zu wahren. Sie gaben den Blick ruhig zurück.
Poirot sagte leise: «Wer konnte denken, daß der alte Mann . . .»
Sie fiel ihm ins Wort.
«Nein! Sagen Sie das nicht!»
«*Sie* haben es gesagt, Madame», gab Poirot sanft zu bedenken.
«Ich weiß», flüsterte sie. «Ich erinnere mich dessen . . . Es war – so grauenvoll.»
Dann verließ sie eilends mit ihrem Mann den Raum.

George Lee war ernst und steif-korrekt.
«Eine entsetzliche Sache», sagte er und schüttelte den Kopf. «Eine ganz und gar scheußliche Sache. Ich kann mir nur denken, daß es – hm – die Tat eines Wahnsinnigen gewesen ist.»
Oberst Johnson hörte ihn höflich an.
«Das ist also Ihre Ansicht?»
«Ja, allerdings. Ein blutrünstiger Verrückter! Vielleicht aus einem Irrenhaus der Umgebung entflohen.»
«Und wie, glauben Sie, hätte dieser Verrückte Zutritt zu diesem Haus erlangen können, Mr. Lee?» fragte hier Inspektor Sugden.
George schüttelte den Kopf. «Es ist Sache der Polizei, das herauszubekommen», bemerkte er kühl.
«Wir haben sofort eine Runde um das ganze Haus gemacht», verteidigte sich Sugden eifrig. «Alle Fenster waren geschlossen und verriegelt. Der Nebeneingang und die Vordertür waren zugesperrt. Niemand hätte durch die Küchentür kommen können, ohne vom Personal bemerkt zu werden.»
«Das ist doch Unsinn!» schrie George Lee ihn an. «Vielleicht wollen Sie auch noch behaupten, daß mein Vater gar nicht ermordet worden ist!»
«Doch, er wurde ermordet, daran ist nicht zu zweifeln», gab Sugden ruhig zur Antwort.
Oberst Johnson räusperte sich und nahm die Zügel der Unterredung wieder in die Hand.

«Wo waren Sie im Augenblick des Mordes, Mr. Lee?»
«Im Speisezimmer. Es war knapp nach dem Nachtessen. Nein, ich glaube, ich war in diesem Zimmer hier. Ich hatte eben ein Telefongespräch beendet.»
«Sie haben telefoniert?»
«Ja. Ich habe einem konservativen Mitarbeiter in Westeringham etwas Dringendes mitteilen müssen.»
«Und nachdem Ihr Gespräch beendet war, hörten Sie den Schrei?»
George Lee zuckte leicht zusammen. «Ja, scheußlich! Er fuhr mit durch Mark und Bein. Und dann erstarb er in einem Gurgeln oder erstickten Keuchen ...»
Er zog ein Taschentuch hervor und wischte sich die feuchtglänzende Stirne ab. «Scheußliche Sache», murmelte er.
«Und dann liefen Sie also die Treppe hinauf?»
«Ja.»
«Haben Sie Ihre Brüder, Mr. Alfred und Mr. Harry, dabei gesehen?»
«Nein, sie müssen kurz vor mir hinaufgerannt sein.»
«Wann haben Sie Ihren Vater zum letztenmal gesprochen?»
«Heute nachmittag. Wir waren alle bei ihm.»
«Nach diesem Beisammensein sahen Sie ihn nicht mehr?»
«Nein.»
Der Polizeioberst machte eine Pause, dann fragte er:
«Wußten Sie, daß Ihr Vater eine Reihe wertvoller ungeschliffener Diamanten im Safe seines Schlafzimmers aufbewahrte?»
George Lee nickte.
«Ein äußerst unkluges Unterfangen», sagte er hochtrabend. «Das habe ich ihm auch wiederholt klargemacht. Er hätte um dieser Steine willen ermordet werden können – ich meine – ich wollte sagen ...»
Oberst Johnson unterbrach ihn. «Wissen Sie, daß diese Diamanten verschwunden sind?»
George blieb der Mund offenstehen. Seine vortretenden Augen bekamen einen glotzenden Ausdruck.
«Dann ist er also tatsächlich der Steine wegen ermordet worden?»

Der Chefinspektor antwortete ihm langsam und gemessen:
«Er hatte den Verlust entdeckt und ihn wenige Stunden vor seinem Tode der Polizei gemeldet.»
«Ja, aber – dann begreife ich nicht –» stotterte George.
Und Hercule Poirot sagte freundlich: «Wir auch nicht, wir begreifen es auch nicht . . .»

Harry Lee trat mit einem gewissen Schwung ein. Poirot betrachtete ihn stirnrunzelnd. Diesen Mann hatte er doch schon irgendwo gesehen! Er studierte die Züge: lange, schmale Nase, ein hochmütiges Hochwerfen des Kopfes, die Wangenlinie, und er erkannte, daß trotz der unterschiedlichen Körpergröße eine starke Ähnlichkeit zwischen Harry Lee und seinem Vater bestanden hatte.
Er erkannte noch etwas: nämlich daß Harry trotz seines forschen Auftretens nervös war. Er versuchte das hinter seiner unbefangenen Sicherheit zu verbergen, aber Poirot spürte die Furcht, die ihn erfüllte.
«Nun, meine Herren, was kann ich für Sie tun?»
«Wir wären Ihnen sehr verbunden», antwortete Johnson, «wenn Sie uns die Ereignisse des heutigen Abends aufklären helfen könnten.»
Harry Lee schüttelte bedauernd den Kopf.
«Ich weiß leider von gar nichts. Die ganze Sache ist ziemlich scheußlich, und sie ist so unerwartet gekommen.»
«Sie sind erst kürzlich vom Ausland zurückgekehrt, nicht wahr, Monsieur Lee?» fragte Poirot.
Harry fuhr herum. «Jawohl. Vor einer Woche in London an Land gegangen.»
«Und waren Sie lange abwesend?»
Harry Lee reckte das Kinn vor und lachte.
«Sie sollen lieber gleich die ganze Wahrheit erfahren – sonst erzählt sie Ihnen irgendein anderer! Ich bin der verlorene Sohn, meine Herren! Es sind bald zwanzig Jahre her, seit ich dieses Haus verließ.»
«Aber jetzt sind Sie zurückgekehrt. Würden Sie uns sagen, warum?» fragte Poirot.

Mit der gleichen Unbefangenheit antwortete Harry sofort: «Es ist wie im guten, alten Gleichnis. Die Treber, die die Säue essen — oder nicht essen, ich habe vergessen, wie es genau heißt —, waren mir verleidet. Und da dachte ich, daß ein gemästetes Kalb eine angenehme Abwechslung wäre. Fast gleichzeitig bekam ich einen Brief meines Vaters, der mich heimzukommen bat. Ich gehorchte seinem Befehl, und da bin ich. Das ist alles.»

«Sind Sie auf kurzen oder längeren Besuch hier?»

«Ich bin für immer heimgekommen», sagte Harry Lee knapp.

«War Ihr Vater damit einverstanden?»

«Der alte Herr war hocherfreut!» Harry lachte wieder, und um seine Augen bildeten sich vergnügte Fältchen. «Scheußlich langweilig für ihn, dieses Leben mit Alfred! Alfred ist ein trostlos steifer Knabe — sehr ehrenhaft natürlich —, aber kein unterhaltsamer Gesellschafter. Mein Vater dagegen war in jungen Jahren ein ziemlicher Windbeutel, und darum sagte ihm meine Art mehr zu.»

«Und Ihr Bruder, Ihre Schwägerin — haben sie sich auch darüber gefreut, Sie künftig im Haus zu haben?»

Diese Frage stellte Poirot mit einem leichten Heben der Augenbrauen.

«Alfred? Alfred tobte! Wie Lydia reagierte, weiß ich nicht. Wahrscheinlich hat sie sich Alfreds wegen gekränkt. Aber wir werden uns großartig verstehen. Lydia gefällt mir. *Ich* hätte sie heiraten sollen! Aber Alfred ist eine ganz andere Währung!» Er lachte laut auf. «Alfred war von jeher eifersüchtig auf mich. Er war immer der brave, gehorsame, unterwürfige Sohn. Und was hat er schließlich dafür bekommen? Was der brave Traumichnicht einer Familie immer zu bekommen pflegt: einen Tritt in den Hosenboden! Glauben Sie mir, meine Herren, Tugend lohnt sich nicht.» Er sah seine Zuhörer der Reihe nach an. «Hoffentlich entsetzt Sie meine Offenheit nicht, aber das ist die Wahrheit. Sie werden ja die Schmutzwäsche des Hauses Lee doch über kurz oder lang am hellen Tageslicht ausbreiten, also kann ich meine persönliche geradesogut jetzt und hier zur Schau stellen. Ich bin nicht besonders verzweifelt über den Tod meines Vaters. Schließlich habe ich ihn nie mehr gesehen, seit ich ein ganz junger Bursche war. Aber er war trotz

allem mein Vater, und jetzt ist er ermordet worden. Mir liegt daran, daß sein Tod gerächt wird.» Er strich sich über den Bakkenknochen. «Wir sind eine ziemlich rachsüchtige Familie. Keiner der Lees vergißt leicht. Ich möchte sicher sein, daß der Mörder meines Vaters gefaßt und gehängt wird!»
«Wir werden tun, was in unseren Kräften steht», sagte Sugden.
«Wenn Sie das nicht tun sollten, würde ich die Vergeltung selber in die Hand nehmen», gab Harry Lee scharf zurück.
«Haben Sie einen Verdacht, wer der Täter sein könnte, Mr. Lee?» fragte Oberst Johnson schnell.
Harry schüttelte den Kopf.
«Nein», antwortete er langsam, «nein, das habe ich nicht. Wissen Sie, irgendwie ist es ein Schlag. Ich habe lange darüber nachgedacht – und mich dünkt, daß niemand von draußen als Täter in Frage kommen kann . . .»
«Aha», warf Sugden hier kopfnickend ein.
«Und wenn ich recht habe, dann hat ihn einer der Hausbewohner umgebracht! Aber wer zum Teufel?! Ein Dienstbote doch bestimmt nicht. Tressilian ist seit ewigen Zeiten hier. Der halbidiotische Diener? Kaum. Horbury? Ein kaltschnäuziger Kerl, aber Tressilian sagte mir, daß er ins Kino gegangen sei. Und wohin kommen wir dann? Wenn man Stephen Farr ausscheidet – und warum sollte Farr eigens von Südafrika hergekommen sein, um einen vollkommen Fremden umzubringen? –, dann bleibt nur noch die Familie, und da kann ich mir um die Welt nicht vorstellen, wer von uns in Frage käme! Alfred? Er vergötterte unsern Vater. George? Viel zu feig dazu! David? Nein. David war von jeher ein Träumer. Der wird ohnmächtig, wenn er an seinem Finger blutet! Und die Frauen? Keine von ihnen würde hingehen und einem alten Mann die Kehle durchschneiden! Wer also tat es? Ich will verdammt sein, wenn ich es weiß!»
Oberst Johnson räusperte sich – eine sozusagen amtliche Angewohnheit von ihm – und stellte seine stereotype Frage:
«Wann haben Sie Ihren Vater zum letztenmal gesehen?»
«Nach dem Tee. Er hatte eben einen Streit mit Alfred gehabt – Ihren ergebenen Diener betreffend. Der alte Mann hatte eine diebische Freude an dem Krach. Er liebte es, seine Umgebung

zu verärgern. Meiner Ansicht nach hatte er nur darum meine Ankunft vor den anderen verborgen gehalten. Er wollte sehen, wie sie in die Luft gingen, wenn ich plötzlich hier auftauchte! Und nur darum hat er auch davon gesprochen, sein Testament zu ändern.»

Poirot hob den Kopf und murmelte:

«Ihr Vater hat also sein Testament erwähnt?»

«Ja. Vor uns allen. Und dabei hat er uns beobachtet wie eine lauernde Katze, um zu sehen, wie wir reagierten. Er rief seinen Anwalt an und bat ihn, nach Weihnachten in dieser Sache zu ihm zu kommen.»

«Welche Änderungen wollte er vornehmen lassen?»

Harry Lee grinste.

«Das hat er uns nicht gesagt, der alte Fuchs! Ich nehme an – oder sagen wir lieber: ich hoffte –, daß sie zugunsten Ihres ergebenen Dieners ausgehen würden! Ich vermute, daß ich aus allen früheren Testamenten gestrichen worden war und jetzt wieder aufgenommen werden sollte. Teuflisch für die anderen! Und Pilar, die er sehr gerne mochte, hätte sicher auch etwas bekommen sollen. Haben Sie sie schon gesehen? Meine spanische Nichte, ein bezauberndes Geschöpf, mit aller Wärme des herrlichen Südens und mit all seiner Grausamkeit. Ich möchte gerne nicht bloß ihr Onkel sein!»

«Ihr Vater hatte sie liebgewonnen?»

Harry nickte. «Sie verstand es, den alten Herrn zu nehmen. Saß oft hier bei ihm. Ich wette, daß sie ganz genau wußte, was sie damit bezweckte! Nun, jetzt ist er tot. Kein Testament kann mehr zu Pilars Gunsten abgeändert werden – zu meinen auch nicht, leider!»

Er grübelte sekundenlang über etwas nach und fuhr dann in verändertem Ton fort: «Aber ich bin vom Thema abgewichen. Sie fragten mich, wann ich Vater zuletzt gesehen habe? Wie gesagt, nach dem Tee, ungefähr kurz nach sechs. Der alte Mann war sehr vergnügt, wenn auch ein wenig müde. Ich ging bald und ließ ihn mit Horbury allein. Dann habe ich ihn nicht mehr gesehen.»

«Wo waren Sie, als der Mord geschah?»

«Im Speisezimmer, mit Bruder Alfred. Wir waren mitten in

einer ziemlich scharfen Auseinandersetzung, als wir den Lärm von oben hörten. Es tönte, als würden zehn Männer miteinander ringen. Und dann schrie der arme alte Vater. Ein Aufkreischen, als ob ein Schwein abgestochen würde. Dieser Schrei schien Alfred vollständig zu lähmen. Er blieb wie angewurzelt sitzen. Ich rüttelte ihn wach und rannte mit ihm die Treppe hinauf. Die Tür zu Vaters Zimmer war verschlossen. Wir mußten sie aufbrechen. Ziemlich mühsame Sache. Wie zum Teufel konnte die Tür überhaupt verschlossen sein? Es war niemand in dem Zimmer außer Vater, und ich fresse einen Besen, wenn jemand durch die Fenster entflohen ist!»
«Die Tür war von außen versperrt worden», sagte Sugden.
«Was?» Harry starrte ihn an. «Ich könnte doch schwören, daß der Schlüssel innen steckte!»
«Das haben Sie also bemerkt?» murmelte Poirot.
Harry Lee sah ihn scharf an. «Ich bemerke manches, das ist so meine Art!» Dann flogen seine Augen von einem zum andern. «Haben Sie mich sonst noch etwas zu fragen, meine Herren?»
Johnson schüttelte den Kopf.
«Danke, Mr. Lee, im Augenblick nicht. Würden Sie bitte das nächste Familienmitglied hereinschicken?»
«Natürlich will ich das.» Harry verließ das Zimmer, ohne sich noch einmal umzusehen.
«Was halten Sie von ihm?» fragte Johnson seinen Untergebenen.
Der Inspektor hob zweifelnd die Schultern und ließ sie wieder fallen.
«Er hat Angst vor irgend etwas. Ich frage mich, warum . . .?»

Magdalene Lee hielt auf der Schwelle eindrucksvoll inne, um sich mit der langen, schmalen Hand über das platinblonde Haar zu streichen. Das blattgrüne Samtkleid schmiegte sich eng an und brachte ihre schlanke Figur voll zur Wirkung. Sie sah sehr jung und ein wenig verängstigt aus.
Die drei Männer waren sekundenlang von ihrem Anblick wie gefesselt. Johnsons Augen sprachen von überraschter Bewunderung, während Sugden eher den Ausdruck eines Menschen zeigte, der gerne ungehindert mit seiner Arbeit vorwärtskom-

men möchte. Hercule Poirot hingegen leuchtete die anerkennende Würdigung förmlich aus dem Gesicht – wie Magdalene sofort bemerkte –, aber diese Anerkennung galt nicht so sehr ihrer Schönheit als vielmehr dem geschickten Gebrauch, den sie davon zu machen verstand.

Jolie mannequin, la petite. Mais elle a les yeux durs, dachte Hercule Poirot.

Oberst Johnson dachte: Sieht verdammt gut aus, das Mädchen. George Lee wird es nicht leicht mit ihr haben, wenn er nicht gut aufpaßt. Sie weiß, was Männer anzieht.

Inspektor Sugden dachte: Eitle, leerköpfige Person! Hoffentlich haben wir nicht lange mit ihr zu tun!

«Bitte nehmen Sie doch Platz, Mrs. ... George Lee?»

Sie setzte sich mit einem warmen, dankbaren Lächeln, das ungefähr besagte: Sie sind zwar ein Polizeimann, aber doch letzten Endes ein *Mann* und also nicht gar so furchterregend.

Ein wenig galt dieses Lächeln auch Poirot. Ausländer waren doch so ritterlich Frauen gegenüber. Inspektor Sugden schien sie nicht zu beachten. Mit reizender Verzweiflung rang sie die Hände und murmelte: «Es ist alles so schrecklich. Ich fürchte mich.»

«Aber, aber, Mrs. Lee», sagte Johnson kurz, jedoch nicht unfreundlich. «Es war ein Schock für Sie alle, aber jetzt ist er vorüber. Wir möchten Ihre Schilderung über das hören, was sich heute abend zugetragen hat.»

«Ich weiß von nichts», schrie sie auf, «wirklich nicht!»

Die Augen des Oberinspektors verengten sich plötzlich. «Nein, natürlich nicht», sagte er langsam.

«Wir sind erst gestern angekommen. George hat mich gezwungen, mit ihm hier Weihnachten zu feiern! Hätte er es bloß nicht getan. Ich weiß bestimmt, daß ich nie vergessen werde ... Ich kenne Georges Familie fast nicht. Mr. Lee habe ich nur ein oder zwei Male gesehen – bei unserer Hochzeit und später noch einmal. Alfred und Lydia kenne ich etwas besser, aber im Grunde genommen sind sie alle Fremde für mich.»

Wieder der große, erschrockene Kinderblick, und wieder beobachtete ihn Hercule Poirot mit Bewunderung.

Elle joue très bien la comédie, cette petite ... dachte er.

«Gewiß, gewiß», erwiderte Johnson. «Nun sagen Sie mir, wann Sie Ihren Schwiegervater zum letztenmal sahen – ich meine, lebend sahen.»
«Heute nachmittag. Es war scheußlich!»
«Scheußlich? Warum?»
«Alle waren so wütend. Nein, George nicht! Sein Vater hatte ihm nichts gesagt ... aber alle anderen.»
«Was ist denn geschehen?»
«Nun, als wir hinaufkamen – er hatte nach uns schicken lassen –, war er am Telefon und sprach mit einem Anwalt über sein Testament. Und dann sagte er Alfred, er sähe so verärgert aus. Das war bestimmt nur wegen Harrys Heimkehr. Das regte Alfred so auf. Wissen Sie, Harry hat einmal etwas Schreckliches getan! Und dann redete er von seiner Frau – sie ist seit vielen Jahren tot – sie habe das Gehirn einer Laus gehabt, sagte er, und dann sprang David auf und starrte ihn an, als ob er ihn umbringen wollte – oh!» Sie brach plötzlich ab. «Ich wollte damit nicht sagen ... das habe ich nicht damit gemeint!»
«Ich verstehe, es war nur eine Redensart», beruhigte sie Johnson.
«Hilda, Davids Frau, konnte ihn wieder beruhigen und – nun, das ist eigentlich alles. Mr. Lee sagte, er wolle niemanden von uns mehr sehen an diesem Abend, und dann gingen wir alle wieder hinaus.»
«Und wo waren Sie um die Zeit, da der Mord geschah?»
«Ich? ... Warten Sie ... Wahrscheinlich im Wohnzimmer.»
«Sind Sie dessen nicht ganz sicher?»
Magdalenes Augen begannen zu zucken und wurden sofort durch die Lider bedeckt.
«Wie dumm ich doch bin! Ich war ja zum Telefon gegangen. Man ist so verwirrt ...»
«Sie haben also telefoniert? In diesem Zimmer?»
«Ja, das ist das einzige Telefon im Haus, außer demjenigen im Zimmer meines Schwiegervaters.»
Sugden warf eine Frage ein. «War noch jemand in diesem Zimmer?»
Ihre Augen weiteten sich. «Nein, ich war ganz allein.»

«Wie lange waren Sie hier?»
«Ziemlich lang. Am Abend dauern die Verbindungen doch so endlos lang.»
«Sie führten also ein Auswärtsgespräch?»
«Ja, mit Westeringham.»
«Und dann?»
«Dann ertönte ein fürchterlicher Schrei – und alle rannten –, und die Tür war verschlossen und mußte eingedrückt werden. O Gott! Es war wie ein Angsttraum! Ich werde ihn nie, niemals vergessen können!»
«Doch, doch.» Oberst Johnsons Ton war von mechanischer Tröstlichkeit. Dann fragte er weiter: «Wußten Sie, daß Ihr Schwiegervater eine Reihe wertvoller Diamanten in seinem Safe aufbewahrte?»
«Nein, wirklich?» Ihre Erregung schien ehrlich zu sein. «Echte Diamanten?»
«Diamanten im Wert von zehntausend Pfund», warf Hercule Poirot ein.
«Nein!» Es klang wie ein ersticktes Flüstern und enthielt eine Welt weiblicher Begierde.
«Ich glaube, das ist alles für den Augenblick. Wir müssen Sie nicht länger belästigen, Mrs. Lee.»
Sie stand auf, lächelte erst Johnson, dann Poirot zu – mit dem Lächeln eines kleinen, dankbaren Mädchens – und ging hocherhobenen Hauptes aus dem Zimmer.
Oberst Johnson rief ihr nach: «Würden Sie bitte Ihren Schwager, Mr. David Lee, hereinschicken?» Nachdem er die Tür hinter ihr zugemacht hatte, trat er an den Tisch zurück.
«So, jetzt kommen wir den Dingen schon etwas näher, meinen Sie nicht auch? Halten wir fest: George Lee hat telefoniert, als der Schrei ertönte. Seine Frau hat auch telefoniert, als der Schrei ertönte. Da stimmt doch etwas ganz und gar nicht!» Er sah Sugden fragend an. «Nun, was halten Sie davon, Sugden?»
«Ich möchte nicht abfällig von der Dame reden», sagte Sugden langsam, «aber mich dünkt, daß sie zwar von der Sorte ist, die einem Mann das Geld aus den Taschen ziehen kann, daß sie aber nicht hingehen würde und einem Mann die Gurgel durchzuschneiden vermöchte. Das liegt nicht auf ihrer Linie.»

«Das kann man nie wissen, *mon vieux*», wandte Poirot leise ein.
Oberst Johnson wandte sich zu ihm um.
«Und Sie, Poirot, was denken Sie von der Sache?»
Hercule Poirot strich über die Löschblattunterlage vor sich und wischte ein winziges Stäubchen von einem Kerzenhalter.
«Ich denke, daß der Charakter des Herrn Simeon Lee selig langsam Form anzunehmen beginnt, und ich glaube, daß darin der springende Punkt des ganzen Falles liegt ... im Charakter des Toten.»
Sugden sah ihn erstaunt an. «Ich verstehe nicht ganz, Mr. Poirot. Was hat der Charakter des Verstorbenen mit diesem Mord zu tun?»
«Der Charakter des Opfers hat immer mit seiner Ermordung zu tun», sagte Poirot nachdenklich. «Das klare, offene Wesen Desdemonas war die indirekte Ursache ihres Todes. Eine mißtrauische Frau hätte Jagos Machinationen durchschaut und abgewehrt. Die körperliche Unsauberkeit Marats führte zu seinem Tod im Bad. Und Mercutios zorniges Temperament führte zu seinem Ende durch eine Degenspitze.»
«Was meinen Sie damit, Poirot?»
«Ich will damit sagen, daß die besonderen Eigenarten von Simeon Lee in anderen Menschen besondere Kräfte in Bewegung brachten und daß diese Kräfte schließlich seinen Tod verursachten.»
«Also setzen Sie voraus, daß die Diamanten nichts damit zu tun hatten?»
Poirot lächelte über die unverhohlene Verblüffung, die Johnsons Gesicht widerspiegelte.
«*Mon cher,* auch daß Simeon Lee ungeschliffene Diamanten im Wert von zehntausend Pfund in seinem Safe aufbewahrte, gehört zu den Absonderlichkeiten seines Charakters. Ein durchaus normaler Mensch hätte das nicht getan.»
«Das ist sehr richtig, Mr. Poirot», nickte Sugden heftig Zustimmung. Endlich schien er zu begreifen, wohin der gewiegte Plauderer kommen wollte. «Eigentümlich, das war er, der alte Mr. Lee. Er hat diese Steine nur hier aufbewahrt, damit er sie herausnehmen und betasten konnte, weil ihm das die Erinne-

rung an frühere Zeiten zurückbrachte. Glauben Sie mir, nur deshalb hat er sie nie schleifen lassen.»

«Ganz richtig», rief Poirot eifrig. «Ich bewundere Ihren Scharfsinn, Inspektor.»

Sugden quittierte dieses Kompliment mit einem etwas unsicheren Blick, aber Oberst Johnson unterbrach das Gespräch.

«Da ist etwas anderes, Poirot, das mir aufgefallen ist . . .»

«Ich weiß, *mais oui*, ich weiß, was Sie meinen! Mrs. George Lee hat ziemlich rückhaltlos von dieser Familienzusammenkunft geplaudert, nicht wahr? Sie schildert – ach, so naiv! –, wie böse Alfred auf seinen Vater war und daß David aussah, als wollte er den alten Herrn umbringen. Diese beiden Behauptungen können stimmen. Für uns sind sie Anlaß zu weiteren Überlegungen. Warum hat Simeon Lee seine Familie zusammenrufen lassen? Warum just in dem Augenblick, da er mit seinem Anwalt telefonierte? Das kann doch kein Zufall gewesen sein. *Parbleu*, er wollte, daß sie dieses Gespräch hören sollten! Der arme Alte! Seit er an seinen Stuhl gefesselt ist, langweilt er sich und denkt sich immer neue Zerstreuungen für sich aus. Es amüsiert ihn, die menschliche Geldgier zu kitzeln und alle mit ihr verbundenen Leidenschaften und Neidgefühle wachzurufen! Aber daraus ergibt sich eine neue Perspektive. Wenn ihm daran lag, in seinen Kindern Neid und Gier zu wekken, dann hat er bestimmt keines von ihnen verschont und also ganz sicher auch auf Mr. George seine Pfeile abgeschossen! Darüber schweigt sich seine Frau geflissentlich aus. Auch sie selber hat er vielleicht mit seinen merkwürdigen Liebenswürdigkeiten bedacht. Wir werden hoffentlich von anderen erfahren, was Simeon Lee seinem Sohn George Lee und dessen Frau zu sagen hatte . . .»

Er schwieg, denn die Tür öffnete sich, und David Lee trat ins Zimmer.

David Lee hatte sich in der Hand. Er war ruhig – fast unnatürlich ruhig. Er trat an den Tisch, schob sich einen Stuhl zurecht, setzte sich und sah Oberst Johnson ernst und fragend an.

«Bitte? Was wollen Sie von mir wissen?»

«Wenn ich recht unterrichtet bin, Mr. Lee, so fand im Zimmer Ihres Vaters heute nachmittag so etwas wie ein Familienrat statt, nicht wahr?» leitete Johnson das Gespräch ein.
«Jawohl, aber es war ein zwangloses Beisammensein, kein Familienrat.»
«Und wie verlief dieses Beisammensein?»
David antwortete ruhig.
«Mein Vater war schlechter Laune. Er war ein alter Mann und hatte das Anrecht auf Nachsicht, das ist klar. Nun, heute hatte er uns wohl nur kommen lassen, um uns die Leviten zu lesen.»
«Erinnern Sie sich, was er sagte?»
«Eigentlich lauter konfuses Zeug. Er warf uns vor, Versager zu sein — alle zusammen — und in unserer ganzen Familie sei nicht ein einziger wirklicher Mann. Er sagte, Pilar — das ist meine spanische Nichte — sei mehr wert als zwei von uns. Und ...»
Hier unterbrach sich David.
«Bitte, die genauen Worte, wenn es Ihnen möglich ist, Mr. Lee», bat Poirot.
«Er wurde fast grob», sprach David zögernd weiter, «und sagte, er hoffe, daß er irgendwo in der Welt bessere Söhne habe — selbst wenn sie vielleicht nicht im rechten Ehebett geboren seien.»
Seine empfindsamen Züge widerspiegelten den Abscheu, mit welchem er diese Worte wiederholte. Inspektor Sugden blickte auf und schien plötzlich sehr interessiert. Er fragte:
«Hat Ihr Vater auch Ihrem Bruder George etwas gesagt?»
«George? Das weiß ich nicht mehr. O doch, ich glaube, er stellte ihm in Aussicht, seinen Monatszuschuß zu kürzen. George war außer sich, wurde rot wie ein Puter und stotterte, er könne unmöglich mit weniger auskommen. Aber Vater sagte ihm sehr kühl, er werde es gleichwohl müssen. Er habe ja eine Frau, die ihm beim Sparen helfen könne. Eine höhnische Bemerkung! George war von jeher knauserig, und er rechnet heute noch mit jedem Penny — aber Magdalene ist ziemlich verschwenderisch und hat einen kostspieligen Geschmack.»
«So daß also auch sie, Mrs. George Lee, sehr unangenehm berührt war?» fragte Poirot.
«Ja. Außerdem griff mein Vater sie noch auf einem anderen

Gebiet sehr heftig an, indem er ihr Zusammenleben mit einem Marineoffizier erwähnte. Natürlich spielte er damit auf ihren Vater an, aber es klang so zweideutig, daß Magdalene tiefrot wurde. Ich kann es ihr nicht verdenken.»

«Und dann», sagte Poirot, «kam Ihr Vater auf Ihre verstorbene Mutter zu sprechen.»

Das Blut schoß David in Wellen ins Gesicht. Seine Hände umklammerten die Tischkante und zitterten merklich.

«Ja. In beleidigenden Worten!» stieß er hervor.

«Was sagte er?» fragte Oberst Johnson.

«Ich weiß es nicht mehr», gab David kurz zurück. «Irgendwelche verächtlichen Bemerkungen.»

«Ihre Mutter ist vor einigen Jahren gestorben, nicht wahr», fragte Poirot behutsam.

«Sie starb, als ich ein Kind war.»

«Und sie war vielleicht nicht sehr glücklich in ihrem Leben?»

David lachte bitter auf. «Wie hätte sie mit einem Mann wie mein Vater glücklich sein können? Meine Mutter war eine Heilige. Sie starb an gebrochenem Herzen!»

«Und war Ihr Vater sehr betrübt über ihr Ableben?» fragte Poirot weiter.

«Das weiß ich nicht», sagte David, «ich verließ dieses Haus.» Nach einer Pause fuhr er fort: «Vielleicht wissen Sie nicht, daß ich meinen Vater zwanzig Jahre lang nicht gesehen hatte, bis ich nun zu diesem Besuch hierherkam. Ich kann Ihnen also gar nichts über seine Gewohnheiten, seine Feinde oder Freunde sagen.»

«Wußten Sie, daß Ihr Vater eine Menge wertvoller Diamanten im Safe seines Schlafzimmers aufbewahrte?» fragte Johnson.

«In seinem Schlafzimmer?» fragte David uninteressiert. «Eine komische Idee!»

«Würden Sie uns bitte noch genau sagen, was Sie selber heute abend alles taten, wo Sie sich aufhielten.»

«Ich? Nun, ich stand sofort nach dem Essen auf. Mich langweilen diese Plaudereien beim Port. Außerdem bemerkte ich, daß Harry und Alfred in gereizter Stimmung waren, und ich hasse Auseinandersetzungen. Ich ging ins Musikzimmer und spielte Klavier.»

«Das Musikzimmer liegt direkt neben dem Wohnzimmer, wenn ich nicht irre», warf Poirot ein.
«Ja. Ich spielte, bis – bis es geschah.»
«Und was hörten Sie?»
«Einen gedämpften Lärm, stürzende Möbel und dann einen gräßlichen Schrei.» Er verkrampfte seine Hände. «Wie eine Seele im Fegefeuer! Gott, es war entsetzlich!»
Johnson fragte: «Waren Sie allein im Musikzimmer?»
«Wie bitte? ... Nein, meine Frau, Hilda, war bei mir. Sie war aus dem Wohnzimmer gekommen. Wir gingen mit den anderen die Treppe hinauf ...» Nervös und flüsternd fügte er noch bei: «Und was wir dort gesehen haben, muß ich Ihnen wohl nicht wiederholen.»
«Nein, gewiß nicht, durchaus nicht notwendig», beeilte sich Johnson zu versichern. «Ich danke Ihnen, Mr. Lee, das ist alles. Eine Frage noch: können Sie sich vorstellen, wer Ihrem Vater nach dem Leben hätte trachten können?»
«Sicher eine ganze Reihe von Leuten», antwortete David kalt, «aber jemand Bestimmtes wüßte ich nicht.»
Dann ging er rasch aus dem Zimmer und zog die Tür geräuschvoll hinter sich ins Schloß.

Oberst Johnson hatte kaum Zeit für sein obligates Räuspern gefunden, als die Tür wieder aufging und Hilda Lee eintrat.
Hercule Poirot betrachtete sie interessiert. Er dachte bei sich, daß die Brüder Lee in der Wahl ihrer Frauen einen eigenartig verschiedenen Geschmack bekundet hatten. Die wache Intelligenz und windhundartige Grazie Lydias, die berechnend-verführerische Anmut Magdalenes, und nun die beruhigende, sichere Kraft Hildas. Sie war jünger, als ihre unvorteilhafte Frisur und Kleidung vermuten ließen, das erkannte er sofort. Ihr Haar wies keinen grauen Schimmer auf, und die klaren Haselnußaugen leuchteten wie freundliche, warme Sterne aus dem rundlichen Gesicht. Sie war eine charmante, anziehende Frau.
Oberst Johnson sprach in den nettesten Tönen.
«... ein Schlag für Sie alle gewesen sein», sagte er eben. «Ihr

Gatte hat mir erzählt, Mrs. Lee, daß dies Ihr erster Besuch in Gorston Hall ist.» Sie nickte.
«Haben Sie Ihren Schwiegervater früher schon kennengelernt?»
«Nein», antwortete sie mit ihrer ruhigen, angenehmen Stimme, «wir haben geheiratet, bald nachdem David sein Vaterhaus verlassen hatte. Er wollte nichts mehr mit seiner Familie zu tun haben, und bis jetzt haben wir auch niemanden von ihnen gesehen.»
«Und wie kam es nun zu Ihrem gegenwärtigen Besuch?»
«Mein Schwiegervater schrieb an David, er fühle sein Alter und möchte alle seine Kinder zu Weihnachten um sich versammelt sehen.»
«Und Ihr Gatte kam dieser Bitte willig nach?»
«Daß er die Einladung annahm, ist leider meine Schuld! Ich ... ich habe die Situation gründlich mißverstanden!»
«Was meinen Sie damit, Mrs. Lee?» warf hier Poirot ein. «Bitte, erklären Sie sich deutlicher, es könnte für uns von großer Wichtigkeit sein.»
Sie wandte sich ihm sofort zu.
«Ich hatte zu jenem Zeitpunkt meinen Schwiegervater noch nie gesehen, und deshalb konnte ich nicht wissen, was er mit dieser Einladung bezweckte. Ich stellte mir vor, daß ein alter Mann tatsächlich Versöhnung mit seinen Kindern suchte.»
«Und welches war sein wirklicher Beweggrund, Madame?»
Hilda zögerte eine Sekunde und sagte dann langsam:
«Jetzt steht es für mich fest – absolut und ohne Zweifel –, daß mein Schwiegervater nicht Frieden stiften, sondern Unfrieden schüren wollte. Es machte ihm Spaß, an die niedrigsten Instinkte des Menschen zu appellieren. Er war erfüllt von einer ... wie soll ich sagen? ... von einer teuflischen Freude am Bösen, und er wollte, daß sich alle Familienmitglieder untereinander verfeinden sollten.»
«Und ist ihm das gelungen?» fragte Johnson scharf.
«O ja, das ist ihm gelungen.»
«Man hat uns erzählt, Madame», sagte Poirot verbindlicher, «daß es heute nachmittag zu einer ziemlich heftigen Auseinandersetzung kam. Würden Sie uns die so wahrheitsgetreu wie nur möglich schildern?»

Sie dachte eine Weile nach.

«Als wir sein Zimmer betraten, war mein Schwiegervater am Telefon und sprach mit einem Anwalt. Er bat diesen Mr. Charlton — oder lautet der Name anders? —, er möchte zu ihm kommen, da er ein neues Testament aufsetzen wollte. Das alte sei nicht mehr zweckentsprechend.»

«Denken Sie gründlich nach, Madame, und sagen Sie uns, ob Sie glauben, daß Ihr Schwiegervater *wollte*, daß Sie alle dieses Gespräch hören sollten, oder ob Ihr Kommen in diesem Augenblick nur ein Zufall war?»

«Ich bin fast sicher, daß er wollte, wir sollten es hören.»

«In der Absicht, Zweifel zwischen Ihnen zu säen?»

«Ja.»

«So daß er vielleicht gar nicht beabsichtigte, sein Testament zu ändern?»

Darüber dachte sie sekundenlang nach.

«Doch, ich glaube, diese Bemerkung war echt», sagte sie schließlich. «Wahrscheinlich wollte er ein neues Testament aufsetzen — aber er freute sich darüber, diese Absicht vor allen zu unterstreichen.»

«Madame», sagte Poirot feierlich, «ich bin in keiner offiziellen Mission hier, und meine Fragen entsprechen vielleicht nicht denjenigen, die ein englischer Polizeifunktionär Ihnen stellen würde. Aber ich wüßte gerne, ob Sie sich Gedanken darüber machten, wie dieses neue Testament ausgefallen wäre. Verstehen Sie mich bitte recht, ich frage nicht, ob Sie das *wissen*, sondern nur, wie Sie darüber denken. Frauen bilden sich im allgemeinen sehr schnell eine eigene Meinung, *Dieu merci!*»

Hilda Lee lächelte ihn an.

«Nun, meine persönliche Meinung kann ich Ihnen sagen. Die Schwester meines Mannes, Jennifer, heiratete einen Spanier, Juan Estravados. Ihre Tochter, Pilar, ist vor wenigen Tagen hier angekommen. Sie ist ein reizendes Mädchen, und vor allen Dingen ist sie das einzige Enkelkind in der Familie. Der alte Mr. Lee war begeistert von ihr und liebte sie heiß. Meiner Ansicht nach wollte er ihr testamentarisch eine größere Summe vermachen, nachdem er sie bis dato in seinem Letzten Willen kaum oder gar nicht bedacht hatte.»

«Kannten Sie Ihre Schwägerin?»
«Nein. Ihr Mann starb unter tragischen Umständen bald nach ihrer Hochzeit. Jennifer selber starb vor einem Jahr. Pilar blieb als Vollwaise zurück. Deshalb hatte Mr. Lee sie eingeladen, künftig bei ihm hier in England zu leben.»
«Und haben die übrigen Familienmitglieder die neue Hausgenossin gerne willkommen geheißen?»
«Ich glaube, daß alle sie gut leiden können», sagte Hilda ruhig. «Es ist beglückend, einen jungen, lebensvollen Menschen im Haus zu haben.»
«Und Pilar, scheint es ihr hier zu gefallen?»
«Ich weiß nicht recht. Es muß ihr doch recht kalt und seltsam vorkommen. Das Mädchen ist im Süden, in Spanien, aufgewachsen.»
«Gerade jetzt dürfte es ja in Spanien auch nicht angenehm sein», bemerkte Johnson sachlich. «Und nun möchten wir Ihre Schilderung der heutigen Auseinandersetzung hören, Mrs. Lee.»
«Entschuldigen Sie», murmelte Poirot, «ich bin vom Thema abgewichen!»
«Nachdem mein Schwiegervater sein Telefongespräch beendet hatte, sah er uns alle an und bemerkte lachend, wir sähen so verdrießlich aus. Dann sagte er, er sei müde und werde früh zu Bett gehen. Es solle niemand mehr heraufkommen heute abend. Er wolle zu Weihnachten ausgeruht und frisch sein, oder so ähnlich.» Hier machte sie eine Pause und dachte angestrengt nach. «Und dann sagte er irgend etwas wie... es sei wichtig, daß eine große Familie zusammen Weihnachten feiere, und dann sprach er von Geldsachen. Er betonte, daß ihn die Führung seines Haushaltes in Zukunft bedeutend mehr kosten werde, und stellte George und Magdalene in Aussicht, daß sie sparsamer werden müßten. Magdalene sagte er, sie könnte sich ihre Kleider selber machen. Eine reichlich altväterische Idee, finde ich, und ich verstehe, daß Magdalene sich über diese Anregung kränkte. Aber er hob besonders hervor, wie geschickt seine Frau mit Nadel und Faden gewesen sei.»
«Hat er seine Frau noch sonstwie erwähnt?» fragte Poirot.
Hilda errötete.

«Er machte eine verächtliche Bemerkung über ihre Intelligenz. Mein Mann hat seine Mutter heiß geliebt, und diese Anspielung brachte ihn sehr auf. Und dann schrie Mr. Lee uns plötzlich alle an. Ich verstehe natürlich, was ihn so sehr erregte ...»
«Was denn?» fiel ihr hier Poirot ins Wort.
Sie richtete ihren ruhigen Blick auf ihn.
«Er war enttäuscht, daß er keine Enkel hatte, die den Namen Lee weitertragen könnten. Ich glaube, daß das seit langem in ihm bohrte, und plötzlich konnte er nicht mehr an sich halten. Er schrie seine Söhne an, sie seien alle alte Waschweiber. Das ungefähr war der Sinn seiner Worte. Er tat mir leid, weil ich fühlte, wie tief sein Stolz durch das Fehlen einer Nachkommenschaft verletzt war ... Und dann gingen wir alle aus dem Zimmer.»
«Damals haben Sie ihn also zum letztenmal gesehen?»
Sie nickte.
«Wo hielten Sie sich auf, als der Mord geschah?»
«Ich war mit meinem Mann im Musikzimmer. Er spielte für mich.»
«Und dann?»
«Dann hörten wir, daß oben Möbelstücke umfielen und Porzellan zersplitterte – einen schrecklichen Lärm. Und dann ertönte der grauenvolle Schrei, als man ihm die Kehle durchschnitt ...»
«War der Schrei so grauenvoll?» fragte Poirot. «Erinnerte er Sie –» er besann sich eine Weile, «an eine Seele im Fegefeuer?»
«Es war viel ärger ... Mir schien, es schreie jemand, der überhaupt keine Seele habe ... Unmenschlich, wie ein Tier ...»
«So also beurteilten Sie ihn, Madame?» Poirot sah sie ernst an.
Sie hob verwirrt die Hand, wollte etwas erwidern, und schlug dann wortlos die Augen nieder.

Pilar trat mit der wachen Aufmerksamkeit eines Tieres ein, das irgendwo eine Falle wittert. Sie sah nicht so sehr ängstlich als vielmehr sehr mißtrauisch von einem zum andern.
Oberst Johnson schob ihr einen Stuhl zurecht.

«Sie verstehen Englisch, nicht wahr, Miss Estravados?»
Pilar riß die Augen auf.
«Natürlich! Meine Mutter war Engländerin! Un ich selber fühle mich sehr englisch!»
Johnson betrachtete ihr glänzendes schwarzes Haar, die dunklen, stolzen Augen und vollen roten Lippen, und ein Lächeln spielte um seinen Mund. Sehr englisch! Kein überzeugendes Eigenschaftswort, wenn man es auf Pilar Estravados anwandte!
«Mr. Lee war Ihr Großvater, nicht wahr? Er ließ Sie aus Spanien kommen, und Sie sind vor einigen Tagen hier eingetroffen.»
Pilar nickte. «Ja, das stimmt. Ich hatte einige Abenteuer zu bestehen, ehe ich aus Spanien fortkam! Eine Bombe fiel auf unseren Wagen, und der Chauffeur wurde getötet. Wo sein Kopf gewesen war, sah man nur noch Blut. Und weil ich nicht chauffieren kann, mußte ich zu Fuß weitergehen. Ich hasse es, zu gehen! Meine Füße waren ganz wund . . .»
«Nun, Sie sind jedenfalls glücklich hier angekommen», lächelte Oberst Johnson. «Hatte Ihnen Ihre Mutter viel von Ihrem Großvater erzählt?»
Pilar nickte strahlend. «O ja, sie sagte oft, er sei ein alter Teufel.»
Hercule Poirot hob amüsiert die Augenbrauen.
«Und wie gefiel er Ihnen, Mademoiselle, als Sie ihn kennenlernten?»
«Er war natürlich alt, sehr alt und vertrocknet, und er mußte immer im Stuhl sitzen. Aber ich mochte ihn gern. Ich glaube, daß er in jungen Jahren sehr hübsch war, so wie Sie», und damit sah sie Inspektor Sugden unverhohlen und naiv bewundernd an. Der gute Polizeibeamte wurde feuerrot über das Kompliment.
Oberst Johnson unterdrückte ein herzhaftes Lachen. Es kam sehr selten vor, daß sein stoischer Untergebener vor Verlegenheit errötete.
«Nur ist er natürlich nie so groß gewesen wie Sie», fügte Pilar sachlich bei.
Hercule Poirot seufzte leise. «Sie lieben also große Männer, Señorita?»

«O ja», gab Pilar begeistert zu, «Männer müssen groß sein und breite Schultern haben und viel, viel Kraft!»
«Waren Sie oft bei Ihrem Großvater, seit Sie hier sind?» lenkte Johnson das Gespräch wieder in offiziellere Bahnen.
«Ja, ich saß viel bei ihm. Er erzählte mir manches — wie schlecht er gewesen sei und was er in Südafrika alles getan hat.»
«Sprach er jemals von den Diamanten, die er in seinem Safe hatte?»
«Er hat sie mir sogar gezeigt. Aber sie sahen gar nicht wie Diamanten aus! Nur wie Kieselsteine, häßliche Kieselsteine.»
«Er hat sie Ihnen gezeigt?» fragte Sugden scharf. «Hat er Ihnen vielleicht einen davon geschenkt?»
Pilar schüttelte den Kopf.
«Nein. Aber ich dachte, daß er mir vielleicht einmal einen schenken würde, wenn ich recht nett zu ihm wäre und oft bei ihm säße. Alte Herren haben junge Mädchen nämlich sehr gerne!»
«Wissen Sie, daß diese Diamanten gestohlen worden sind?»
Pilar starrte Oberst Johnson an. «Gestohlen?»
«Ja! Wissen Sie, wer sie genommen haben könnte?»
«Gewiß», sagte Pilar kopfnickend. «Sicher Horbury.»
«Wie kommen Sie darauf?»
«Weil er ein Diebsgesicht hat. Er schielt immer so aus den Augenwinkeln, schleicht leise herum und horcht an den Türen. Er kommt mir vor wie eine Katze, und alle Katzen stehlen.»
«Hm . . .» räusperte sich Johnson, «nun lassen wir das vorläufig. Man hat uns gesagt, daß die ganze Familie am Nachmittag bei Ihrem Großvater versammelt war und daß dabei einige . . . einige gereizte Worte fielen.»
Pilar lächelte.
«Das ist wahr, und es war sehr lustig! Großvater machte sie so wütend!»
«Und das gefiel Ihnen?»
«Ja! Ich mag es gerne, wenn Leute wütend werden. Aber hier in England ist das ganz anders als in Spanien. In Spanien ziehen die Leute die Messer und fluchen und schreien; aber hier werden sie nur rot im Gesicht und verkneifen den Mund.»
«Können Sie sich erinnern, was Ihr Großvater sagte?»

Pilar schien an ihrem Erinnerungsvermögen zu zweifeln.
«Ich bin nicht sicher. Großvater schrie, er habe keine Kinder. Ich sei ihm lieber als alle anderen. Er hatte mich sehr gern.»
«Sprach er von einem Testament?»
«Testament? Nein, ich glaube nicht.»
«Und was geschah dann?»
«Dann gingen alle aus dem Zimmer, außer Hilda, die Dicke, Davids Frau, die blieb zurück. David sah komisch aus. Er zitterte und war so weiß, daß ich dachte, er werde sich erbrechen müssen.»
«Und dann?»
«Dann traf ich Stephen und tanzte mit ihm.»
«Stephen Farr?»
«Ja. Er kommt aus Südafrika und ist der Sohn von Großvaters Freund. Stephen ist auch sehr hübsch, groß und braun, und er hat nette Augen.»
«Wo waren Sie, als der Mord geschah?»
«Wo ich war? ... Ich war mit Lydia ins Wohnzimmer gegangen. Dann ging ich in mein Zimmer, um mich zu pudern. Und dann wollte ich wieder mit Stephen tanzen. Aber da hörte ich weit entfernt einen Schrei, alles rannte, und ich lief hinterdrein. Man versuchte Großvaters Zimmertür einzuschlagen. Harry hat es dann schließlich mit Stephen fertiggebracht. Sie sind beide große, starke Männer ... Und dann – krach! – gab die Tür nach, und wir sahen alle ins Zimmer. Ein Anblick! Alles zerschmettert und über den Haufen geworfen, und Großvater in einer Blutlache. Seine Gurgel war durchschnitten – so» – sie beschrieb mit einer dramatischen Gebärde an ihrem eigenen Hals, was sie gesehen hatte – «bis unter sein Ohr!»
Sie unterbrach sich, und es war offensichtlich, daß ihr diese Schilderung gefallen hatte.
Johnson fragte: «Ist Ihnen beim Anblick des Blutes übel geworden?»
«Nein, warum? Es fließt gewöhnlich Blut, wenn jemand umgebracht wird. Dabei war wirklich viel Blut – überall!»
«Hat jemand etwas gesagt in diesem Augenblick?» fragte Poirot.
«David sagte etwas so Komisches – was war es nur? Ach ja!

Die Mühlen Gottes –» Sie wiederholte jedes Wort mit pathetischem Nachdruck. «Die Mühlen Gottes ... Was heißt das überhaupt? In Mühlen wird doch Mehl gemahlen, oder nicht?»
«Sie können jetzt gehen, Miss Estravados», schnitt Oberst Johnson weitere Fragen ab.
Pilar erhob sich sofort. Sie bedachte jeden der drei Männer mit einem bezaubernden Lächeln.
«Gut, dann gehe ich», sagte sie folgsam und verschwand.
«Die Mühlen Gottes mahlen langsam, aber sehr fein», murmelte Johnson. «Und das hat David Lee gesagt!»

Oberst Johnson sah erst auf, als sich die Tür wieder öffnete. Im ersten Moment glaubt er, daß Harry Lee zurückgekommen sei; doch als Stephen Farr nähertrat, bemerkte er seinen Irrtum.
Stephen Farr setzte sich. Seine kühlen, intelligenten Blicke schweiften von einem der drei Männer zum anderen. Dann sagte er: «Ich werde Ihnen leider nicht viel wertvolle Auskünfte geben können, aber bitte fragen Sie mich, was Sie wollen. Vielleicht sollte ich Ihnen zuerst erklären, wer ich bin. Mein Vater, Ebenezer Farr, war Simeon Lees Geschäftspartner in Südafrika, doch diese Zusammenarbeit liegt nun schon vierzig Jahre zurück. Mein Vater erzählte mir viel von Simeon Lee – eine wie große Persönlichkeit er gewesen sei und was sie beide gemeinsam schafften und erlebten. Mein Vater hatte mir eingeschärft, den alten Mr. Lee unbedingt zu besuchen, wenn ich einmal in dieses Land kommen sollte. ‹Wenn zwei Männer so vieles zusammen erlebt haben wie Simeon Lee und ich, dann verlieren sie sich auch nach Jahren nie aus den Augen›, sagte mein Vater immer. Nun, er starb vor zwei Jahren, und als ich jetzt zum erstenmal nach England kam, wollte ich Vaters Rat befolgen und Mr. Lee aufsuchen.» Er lächelte, als er fortfuhr. «Ich war richtig nervös, als ich hier ankam, aber das war ganz überflüssig. Mr. Lee empfing mich sehr herzlich und bestand darauf, daß ich Weihnachten mit ihm und seiner Familie verbringen solle. Meine Befürchtungen, zur Unzeit in sein Haus zu fallen, tat er mit einer Handbewegung ab.» Seltsam scheu und verlegen fügte er noch bei: «Es waren überhaupt alle sehr nett zu mir – Mr. und Mrs. Alfrd Lee hätten nicht zuvorkommender

sein können. Ich bedaure unendlich für sie, daß dies alles geschehen ist.»
«Seit wann sind Sie hier, Mr. Farr?»
«Seit gestern.»
«Haben Sie den alten Mr. Lee heute gesehen?»
«Ja, heute früh plauderten wir zusammen. Er war bei guter Laune und wollte tausenderlei von allen möglichen Leuten und Dingen wissen.»
«Und seither haben Sie ihn nicht mehr gesehen?»
«Nein.»
«Erwähnte er die ungeschliffenen Diamanten, die er in seinem Safe aufbewahrte?»
«Nein.» Ehe noch jemand etwas fragen konnte, fuhr er fort: «Soll damit gesagt sein, daß hier ein Raubmord vorliegt?»
«Das wissen wir noch nicht», sagte Johnson zurückhaltend. «Um auf die Ereignisse des heutigen Abends zurückzukommen — wollen Sie uns genau sagen, was Sie taten und wo Sie sich aufhielten?»
«Gerne. Nachdem die Damen das Speisezimmer verlassen hatten, trank ich noch ein Glas Portwein. Aber ich spürte, daß die Lees Familienangelegenheiten zu besprechen hatten; um sie nicht zu stören, entschuldigte ich mich und ging.» Stephen Farr lehnte sich in seinem Stuhl zurück. Sein Zeigefinger strich gedankenverloren über seine Wange. Ein wenig stockend und hölzern fuhr er fort: «Dann ... Ich betrat ein großes Zimmer mit einem Parkettboden ... wahrscheinlich eine Art Ballsaal. Jedenfall steht ein Grammofon drin und daneben Tanzplatten. Ich legte eine dieser Platten auf.»
«Es wäre ja immerhin möglich gewesen», fiel Poirot ein, «daß noch jemand hereingekommen wäre.»
Ein leises Lächeln kräuselte Stephen Farrs Lippen.
«Das war durchaus möglich, gewiß. Man hofft ja immer.»
Nun lachte er wirklich.
«Señorita Estravados ist sehr schön», sagte Poirot.
«Sie ist das Schönste und Beste, was ich bis dahin in England gesehen habe», gab Stephen unumwunden zu.
«Und kam Miss Estravados in diesen Ballraum?» fragte Oberst Johnson.

Stephen schüttelte den Kopf.
«Ich war noch dort, als ich das Gepolter hörte, stürzte in die Halle hinaus und rannte mit den anderen die Treppe hinauf. Dann half ich Harry Lee, die Tür einzudrücken.»
«Mehr haben Sie uns nicht zu sagen?»
«Leider nein.»
Hercule Poirot neigte sich leicht nach vorn und sagte leise:
«Ich glaube, Mr. Farr, daß Sie uns noch eine ganze Menge erklären könnten, wenn Sie wollten.»
Farr fuhr ihn scharf an. «Inwiefern, bitte?»
«Sie können uns, was sehr wichtig für den Fall ist, zum Beispiel den Charakter von Mr. Lee schildern. Sie sagten, daß Ihr Vater oft von ihm sprach. Wie stellte er Ihnen seinen alten Freund vor?»
«Ich begreife, wo Sie hinauswollen», sagte Farr langsam. «Sie möchten herausbekommen, welche Art Mann Simeon Lee in jungen Jahren war, nicht wahr? Nun – soll ich ganz ehrlich sein?»
«Ich bitte Sie darum.»
«Also erstens glaube ich nicht, daß Simeon Lee ein hochmoralisches Mitglied der menschlichen Gesellschaft war. Damit soll nicht gesagt sein, daß er ein Gauner war, aber seine Lebensweise näherte sich dem Ungesetzlichen doch manchmal recht bedenklich. Andererseits hatte er viel Charme und war wirklich großzügig. Er half jedem, der sich in Not an ihn wandte. Er trank, wenn auch nicht übermäßig, hatte Glück bei den Frauen und war ein humorbegabter Mensch. Aber daneben war er eigenartig rachsüchtig. Man sagt, ein Elefant vergesse nichts, und genauso scheint Simeon Lee gewesen zu sein. Mein Vater erzählte mir, daß er in einigen Fällen jahrelang wartete, bis er einen Feind packen und erledigen konnte.»
Inspektor Sugden fragte lauernd: «Haben Sie eine Ahnung, Mr. Farr, ob jemand, dem er übel mitgespielt hatte, noch in Südafrika lebt? Ob ein Streit aus der Vergangenheit mit diesem Mord in Verbindung gebracht werden kann?»
Stephen Farr schüttelte den Kopf.
«Er hatte Feinde, das ist klar. Aber ich weiß von keinem besonderen Fall. Außerdem ...» Seine Augen verengten sich plötz-

lich. «Außerdem hat mir Tressilian gesagt, daß heute abend kein Fremder im Haus war oder sich dem Haus auch nur genähert hat.»

«Mit Ausnahme von Ihnen, Mr. Farr», sagte Hercule Poirot.

Stephen fuhr herum und starrte ihn an.

«Ach, so ist das? Verdächtiger Fremder innerhalb der Tore! Nun, Sie werden wenig Glück haben mit Ihrer Theorie! Es gibt keine längstvergessene Geschichte von Streitigkeiten zwischen Simeon Lee und Ebenezer Farr, die nun Ebs Sohn hier rächen wollte! Ich bin, wie ich Ihnen bereits sagte, aus purer Neugierde hergekommen. Und ein Grammofon ist wahrscheinlich ein ebenso guter Zeuge wie jeder andere. Ich habe dauernd neue Platten aufgelegt, und das muß jemand gehört haben. Eine Plattenlänge hätte mir niemals erlaubt, die Treppe hinaufzurennen, den endlosen Korridor entlangzusausen und dem alten Mann die Gurgel abzuschneiden, mich dann vom Blut zu reinigen und wieder im Musikzimmer zu sein, ehe die anderen herbeistürzten. Der Verdacht ist grotesk!»

«Niemand hat Sie verdächtigt, Mr. Farr», beschwichtigte ihn Johnson.

«So? Jedenfalls hat mir Mr. Hercule Poirots Ton nicht gepaßt.»

«Das tut mir unendlich leid», sagte Poirot und sah Farr versöhnlich lächelnd an.

«Danke, Mr. Farr, das ist im Augenblick alles», schnitt Oberst Johnson mögliche weitere Auseinandersetzungen ab. «Sie werden, bitte, dieses Haus vorläufig nicht verlassen.»

Stephen Farr nickte. Er stand auf und ging mit weitausholenden Schritten aus dem Zimmer.

Sobald sich die Tür hinter ihm geschlossen hatte, sagte Johnson: «Da geht X, der große Unbekannte. Seine Erklärungen klingen zwar durchaus glaubwürdig, aber er ist doch ein schwarzes Schaf. Er *könnte* diese Diamanten gestohlen haben, und er *könnte* mit irgendeiner erfundenen Geschichte hier aufgetaucht sein, um sich Zutritt zu dem Haus zu verschaffen. Nehmen Sie ihm die Fingerabdrücke, Sugden, und forschen Sie nach, ob er bekannt ist.»

«Ich habe Stephen Farrs Fingerabdrücke bereits», sagte der Inspektor mit einem trockenen Lachen.

«Sehr brav! Sie übersehen wirklich nichts. Sie werden die hauptsächlichsten Nachforschungen zuverlässig einleiten.»

Sugden zählte an den Fingern auf. «Die erwähnten Telefongespräche und ihre genaue Zeit feststellen. Horbury kontrollieren, wann er das Haus verließ und wer ihn fortgehen sah. Feststellen, wer hier ein- und ausging. Dienerschaft verhören. Finanzlage der einzelnen Familienmitglieder auskundschaften. Den Anwalt aufsuchen und bezüglich des Testamentes befragen. Das Haus nach der Mordwaffe, blutbefleckten Kleidungsstücken und natürlich nach den eventuell versteckten Diamanten durchsuchen.»

Sugden sah plötzlich verärgert aus. «Dieses Haus wird übrigens gar nicht leicht zu durchsuchen sein, Sir. Noch nie habe ich so viel Zierat und Krimskrams beisammen gesehen wie hier!»

«Ja, Verstecke gibt es hier sicherlich eine Menge», stimmte Poirot ihm bei.

«Und Sie haben also tatsächlich keine Anregungen zu machen, Poirot?» fragte Johnson enttäuscht. Er sah aus wie ein Mann, dessen Hund soeben bei einem seiner Kunststücke versagt hat.

«Wenn Sie gestatten, möchte ich eine eigene Linie einschlagen.»

«Aber natürlich», sagte Johnson, und fast gleichzeitig fragte Sugden ein wenig mißtrauisch: «Was für eine Linie, Mr. Poirot?»

«Ich möchte manchmal, ziemlich oft, mit den Mitgliedern der Familie Lee plaudern können.»

«Sie noch einmal gründlich verhören?» fragte Johnson.

«Nein, nein, nicht verhören — mit ihnen plaudern.»

«Wozu?» Sugden schien nicht zu begreifen.

Hercule Poirot machte eine elegante, sprechende Handbewegung.

«In harmlosen Gesprächen vernimmt man gar manches! Wenn ein Mensch viel spricht, kann er die Wahrheit nicht verbergen.»

«Glauben Sie denn, daß jemand von ihnen lügt?»

Poirot seufzte.

«*Mon cher*, jedermann lügt. Es ist aufschlußreich, die harmlosen Lügen von den wichtigen zu trennen.»

Oberst Johnson sprach plötzlich scharf.

«Es ist einfach unglaublich! Es ist ein ganz besonders grausa-

mer und brutaler Mord geschehen – und wen können wir als Täter verdächtigen? Alfred Lee und seine Frau – beide reizende, wohlerzogene, ruhige Menschen. George Lee, der Parlamentsmitglied und ein Muster an Ehrbarkeit ist. Seine Frau? Eine belanglose moderne Schöne. David Lee scheint ein weichherziger Mensch zu sein, und wir wissen von seinem Bruder Harry, daß er den Anblick von Blut nicht erträgt. Seine Frau ist eine nette, vernünftige Person – weder aufregend noch auffallend. Bleiben die spanische Nichte und der Mann aus Südafrika. Spanische Frauen haben wohl ein ungezügeltes Temperament, aber ich kann mir nicht vorstellen, daß dieses bezaubernde Geschöpf dem alten Mann kaltblütig die Kehle durchgeschnitten haben soll. Um so mehr, als sie alles Interesse daran gehabt haben dürfte, ihn jedenfalls bis nach der Abfassung eines neuen Testamentes am Leben zu wissen. Stephen Farr – das wäre möglich – er könnte ein Gauner sein. Vielleicht hat der alte Mann den Verlust der Steine entdeckt, und Farr schnitt ihm die Kehle durch, um ihn zum Schweigen zu bringen. Das *wäre* durchaus möglich, denn das Grammofon ist kein überzeugendes Alibi.»
Poirot schüttelte den Kopf.
«Lieber Freund, vergleichen Sie doch die körperlichen Gegebenheiten von Monsieur Farr und Simeon Lee. Wenn Farr entschlossen gewesen wäre, den alten Herrn umzubringen, dann hätte er das binnen einer Minute tun können, ohne daß Mr. Lee sich dagegen groß zur Wehr zu setzen Gelegenheit gehabt hätte. Wer sollte glauben, daß der zarte, alte Mann und dieses Prachtexemplar körperlicher Kraft miteinander rangen und Stühle umwarfen, Tische zu Fall brachten und Porzellan zertrümmerten? Diese Vorstellung ist ganz einfach phantastisch!»
Oberst Johnson sah ihn sehr wach und gespannt an.
«Dann glauben Sie also, daß ein schwächlicher Mann den alten Simeon Lee ermordet hat?»
«Oder eine Frau», sagte Inspektor Sugden.

Oberst Johnson sah auf die Uhr.
«Somit wäre ich hier so ziemlich fertig», sagte er müde. «Sie haben nun das Weitere in der Hand, Sugden. Ach, doch, noch

etwas! Ich möchte diesen Butler sprechen. Ich weiß, daß Sie ihn bereits verhört haben, aber es wäre immerhin wichtig, von ihm zu erfahren, wo sich jedermann aufhielt, als der Mord geschah.»

Tressilian trat langsam ein. Johnson bot ihm einen Platz an.

«Danke, Sir, ich werde mich gerne niedersetzen», murmelte der alte Diener. «Ich fühle mich nicht sehr wohl – gar nicht sehr wohl ... Meine Beine, Sir, und mein Kopf ...»

«Kein Wunder, nach allen Schrecken, die Sie erleben mußten», sagte Poirot freundlich.

Der Butler schauerte zusammen. «Eine solche – gräßliche Untat, in diesem Haus! Wo alles sonst so ruhig seinen Gang genommen hat!»

«Es war also ein sehr geordnetes Haus, nicht wahr?» fragte Poirot. «Aber kein sehr glückliches?»

«Das möchte ich nicht sagen, Sir.»

«Früher, als noch die ganze Familie beisammen war – war das Leben hier glücklicher?»

Tressilian zögerte mit der Antwort. «Es war vielleicht nicht sehr harmonisch ...»

«Die verstorbene Mrs. Lee war bettlägerig, nicht wahr?»

«Ja, Sir, sie war sehr bedauernswert.»

«Haben ihre Kinder sie sehr geliebt?»

«Mr. David war seiner Mutter sehr ergeben, fast eher wie eine Tochter als wie ein Sohn. Nachdem Mrs. Lee gestorben war, hielt er ein Leben hier nicht mehr aus und ging fort.»

«Und Mr. Harry?» fragte Poirot, «wie war Mr. Harry?»

«Immer ein wenig wild und ungebärdig, Sir, aber gutherzig. Du liebe Zeit, ich bin doch so erschrocken, als die Türglocke so ungeduldig geläutet wurde und als dann ein fremder Mann vor dem Haus stand, der mit Mr. Harrys Stimme sagte: ‹Hallo, Tressilian! Noch immer hier?› Ganz unverändert.»

Poirot sah den alten Diener fast liebevoll an.

«Ja, das muß ein eigentümliches Gefühl für Sie gewesen sein.»

Tressilians Wangen liefen rot an.

«Manchmal kommt es mir vor, Sir, als sei die Vergangenheit gar nicht vergangen! Darüber hat man in London einmal ein Theaterstück gespielt, und es ist etwas Wahres daran, wirklich,

Sir. Plötzlich überkommt einen das Gefühl, als hätte man alles schon einmal getan und erlebt. Wenn ich die Tür aufmache, weil geklingelt wurde, und Mr. Harry oder Mr. Farr oder jemand draußen steht – dann denke ich: Aber, das habe ich doch schon einmal erlebt . . .»

«Das ist ja sehr interessant», murmelte Poirot.

Tressilian sah ihn dankbar an.

Johnson, ungeduldig geworden, räusperte sich und übernahm wieder die Führung des Gesprächs.

«Ich möchte gewisse Zeitangaben genau überprüfen», sagte er. «Wenn ich recht unterrichtet bin, befanden sich nur Mr. Alfred und Mr. Harry im Speisezimmer, als der Lärm von oben ertönte. Ist das richtig?»

«Das weiß ich wirklich nicht, Sir. Als ich den Kaffee servierte, waren noch alle Herren im Speisezimmer – aber das kann eine Viertelstunde vorher gewesen sein.»

«Mr. George Lee war am Telefon. Können Sie das bestätigen?»

«Jemand hat telefoniert, Sir. Wenn man den Hörer abhebt, schlägt die Glocke in meinem Office ganz leise an. Das erinnere ich mich gehört zu haben, aber ich achtete nicht weiter darauf.»

«Sie wissen nicht, wann genau das gewesen ist?»

«Nein, Sir. Es war, nachdem ich den Herren den Kaffee hineingebracht hatte, mehr weiß ich nicht.»

«Wissen Sie, wo sich die Damen aufhielten? Ich meine, zum erwähnten Zeitpunkt?»

«Mrs. Alfred war im Wohnzimmer, als ich das Kaffeegeschirr abräumen wollte. Das war eine oder zwei Minuten, ehe ich den Schrei hörte. Sie stand dicht beim Fenster, hatte den Vorhang etwas zurückgezogen und sah hinaus.»

«Von den anderen Damen war niemand in dem Zimmer?»

«Nein, Sir, und ich könnte nicht sagen, wo sie alle waren.»

«Wissen Sie, wo sich die übrigen Herrschaften befanden?»

«Mr. David war, glaube ich, im Musikzimmer und spielte Klavier.»

«Hörten Sie ihn spielen?»

«Ja, Sir.» Der alte Mann schauerte zusammen. «Später dachte ich, daß es wie ein Vorzeichen gewesen sei. Er spielte einen Trauermarsch. Ich weiß noch, daß es mich ganz kalt überlief.»

«Das ist allerdings seltsam», bemerkte Poirot.

«Nun zu dem Kammerdiener, diesem Horbury», fuhr Johnson unbeirrt fort. «Können Sie beschwören, daß er das Haus um acht Uhr verließ?»

«Gewiß, Sir. Er ging, kurz nachdem Mr. Sugden gekommen war. Das weiß ich genau, weil er nämlich eine Kaffeetasse zerschlug ... eine von den Worcestertassen. Elf Jahre lang habe ich sie abgewaschen, und nie ist eine kaputtgegangen bis heute abend.»

«Was hat Horbury mit den Kaffeetassen zu tun?» fragte Poirot.

«Das ist es ja gerade, Sir, er hatte gar nichts mit ihnen zu schaffen! Er hatte nur eine aufgehoben, um sie anzusehen, und als ich sagte, Mr. Sugden sei gekommen, ließ er sie fallen.»

«Sagten Sie wirklich nur ‹Mr. Sugden›, oder erwähnten Sie die Polizei?»

Tressilian sah ihn erstaunt an.

«Nun, da ich darüber nachdenke, glaube ich, daß ich sagte, der Polizeiinspektor habe eben geläutet.»

«Und daraufhin ließ Horbury die Tasse fallen», beendete Poirot den Satz.

«Das ist allerdings aufschlußreich», bemerkte Johnson gespannt. «Hat Horbury irgendwelche Fragen betreffend den Besuch des Inspektors gestellt?»

«Ja, Sir. Er fragte, was er hier wollen könne. Ich antwortete wahrheitsgemäß, daß er für das Polizeiwaisenhaus sammle und zum alten Herrn hinaufgegangen sei.»

«Schien diese Erklärung Horbury zu beruhigen?»

«Ja, wenn ich es mir recht überlege ... Ja, er war ganz bestimmt sofort wieder der alte. Sagte, Mr. Lee sei eine gute alte Haut und sehr freigebig – so respektlos drückte er sich aus – und dann ging er weg.»

«Durch welche Tür verließ er das Haus?»

«Durch die, welche zum Angestelltenzimmer führt.»

«Das stimmt, Sir», warf Sugden ein. «Er ging durch die Küche, das haben die Köchin und das Küchenmädchen bestätigt, und dann durch die Hintertür.»

«Nun, Tressilian, sagen Sie uns bitte, ob Horbury ins Haus zurückkommen konnte, ohne daß er gesehen wurde?»

Der alte Mann schüttelte den Kopf.
«Ich wüßte nicht, wie, Sir. Die Türen sind alle von innen verschlossen.»
«Und wenn er einen Schlüssel hätte?»
«Die Türen werden auch verriegelt.»
«Wie kommt er denn herein, wenn er zurückkommt?»
«Er hat einen Schlüssel zur Hintertüre, Sir, wie alle Dienstboten.»
«Er *könnte* also auf diesem Weg zurückgekommen sein?»
«Nicht, ohne durch die Küche zu gehen, Sir. Und in der Küche war bis ungefähr ein Viertel vor zehn immer jemand.»
Oberst Johnson stand auf.
«Nun, das klärt alles ab. Danke, Tressilian.»
Der alte Mann erhob sich, machte eine kleine Verbeugung und verließ das Zimmer. Aber nach kaum zwei Minuten kam er zurück.
«Horbury ist eben heimgekommen, Sir. Möchten Sie ihn noch sprechen?»
«Ja, gerne, schicken Sie ihn sofort herein.»

Sydney Horbury wirkte keineswegs sympathisch, als er das Zimmer betrat. Er blieb in der Nähe der Tür stehen, rieb sich die Hände und sah rasch und forschend von einem der drei Gesichter zum anderen. Sein ganzes Gehaben war demütig und glatt in einem.
«Sie sind der Kammerdiener des verstorbenen Mr. Lee?» fragte Johnson.
«Ja, Sir. Ist es nicht schrecklich? Man hätte mich mit einer Feder zu Boden werfen können, als Gladys mir die Sache erzählt hat. Der arme alte Herr . . .»
«Bitte, beantworten Sie nur meine Fragen.» Johnson war nicht gewillt, die Sitzung noch mehr in die Länge zu ziehen. «Wann sind Sie heute abend ausgegangen, und wo waren Sie?»
«Ich habe das Haus kurz vor acht Uhr verlassen, Sir, und ich war im *Superb*, fünf Minuten von hier entfernt. ‹Liebe in Sevilla› hieß der Film, Sir.»
«Hat jemand Sie dort gesehen?»

«Das Fräulein an der Kasse, Sir, sie kennt mich. Auch der Platzanweiser kennt mich. Und außerdem – hm – war ich mit einer jungen Dame im Kino. Wir hatten uns verabredet.»
«Ach, wirklich? Wie heißt die junge Dame?»
«Doris Buckle, Sir. Sie arbeitet in den Vereinigten Molkereien, Markham Road 23.»
«Gut, wir werden dem nachgehen. Sind Sie gleich heimgekommen?»
«Ich habe erst meine Begleiterin nach Hause gebracht. Dann kam ich sofort heim. Sie werden feststellen, daß das alles wahr ist, Sir, und daß ich nichts mit all dem zu tun hatte. Ich war . . .»
«Niemand beschuldigt Sie, etwas damit zu tun zu haben», unterbrach ihn Johnson schroff.
«Nein, Sir, natürlich nicht. Aber es ist sehr unangenehm, wenn in einem Hause ein Mord passiert.»
«Niemand hat behauptet, daß es angenehm sei. Wie lange waren Sie in Mr. Lees Diensten?»
«Etwas über ein Jahr, Sir.»
«Waren Sie zufrieden mit Ihrer Stellung?»
«Ja, Sir, sehr zufrieden. Die Entlohnung war gut. Mr. Lee war wohl manchmal schwierig, aber schließlich habe ich Übung, mit Invaliden umzugehen.»
«Inspektor Sugden wird notieren, wo und bei wem Sie früher angestellt waren. Was ich vor allen Dingen wissen möchte, ist dies: wann haben Sie den Verstorbenen zuletzt gesehen?»
«Um ungefähr halb acht, Sir. Mr. Lee bekam immer um sieben ein leichtes Nachtessen in seinem Zimmer serviert, und dann machte ich ihn bereit zum Schlafengehen. Danach saß er meist noch vor dem Kaminfeuer, bis er müde war und zu Bett ging.»
«Um wieviel Uhr tat er das gewöhnlich?»
«Das war ganz verschieden, Sir. Oft ging er schon um acht Uhr schlafen – wenn er sehr müde war. Aber es kam auch vor, daß er bis elf Uhr und später sitzen blieb.»
«Und dann läutete er nach Ihnen, und Sie halfen ihm ins Bett?»
«Ja, Sir.»
«Aber heute waren Sie zum Beispiel ausgegangen. War der Freitag immer Ihr Urlaubstag?»
«Ja, Freitag hatte ich abends immer Ausgang.»

«Was geschah, wenn Mr. Lee zu Bett gehen wollte?»
«Dann läutete er, und entweder Tressilian oder Walter halfen ihm.»
«Er war also nicht ganz hilflos? Er konnte herumgehen?»
«Ja, Sir, aber nur sehr mühsam. Er litt an rheumatoider Arthritis. Es ging ihm an manchen Tagen viel besser als an anderen.»
«Ging er tagsüber nie in ein anderes Zimmer?»
«Nein, Sir. Er zog es vor, in seinem Zimmer zu bleiben. Mr. Lee stellte keine großen persönlichen Ansprüche. Der Raum war groß, sehr luftig und licht.»
«Also hatte Mr. Lee um sieben wie immer zu Abend gegessen?»
«Ja, Sir. Ich holte das Tablett und stellte Sherry und zwei Gläser auf seinen Schreibtisch. So hatte es Mr. Lee befohlen.»
«War das üblich?»
«Manchmal schon. In der Regel suchte niemand von der Familie den alten Herrn auf, ohne dazu aufgefordert worden zu sein. Meist wollte er abends allein sein, aber es kam vor, daß er Mr. Alfred oder Mrs. Alfred oder beide bat, nach dem Nachtessen noch zu ihm zu kommen.»
«Aber heute abend war das also nicht der Fall? Das heißt, er hatte, soviel Sie wissen, niemand um einen Besuch gebeten?»
«Ich jedenfalls habe niemandem eine solche Bitte ausgerichtet, Sir.»
«Also erwartete er niemanden von der Familie?»
«Er kann natürlich persönlich jemanden um einen Besuch gebeten haben.»
«Selbstverständlich.»
«Ich sah nach, ob alles in Ordnung sei, wünschte Mr. Lee eine gute Nacht und verließ das Zimmer.»
«Haben Sie noch Holz auf das Feuer gelegt, ehe Sie gingen?» fragte Poirot.
Der Diener zögerte.
«Das war nicht notwendig, Sir. Es brannte ziemlich stark.»
«Könnte Mr. Lee selber Holz nachgelegt haben?»
«Nein, Sir. Vermutlich hat das Mr. Harry getan.»
«War Mr. Harry bei seinem Vater, als Sie vor dem Nachtessen zu Mr. Lee hinaufgingen?»

«Ja, Sir. Er ging, als ich kam.»
«Wie war die Stimmung der beiden Herren, sofern Sie das beurteilen können?»
«Mr. Harry schien gut gelaunt zu sein, Sir. Er trug den Kopf sehr hoch und lachte.»
«Und der alte Herr?»
«Er war still und ziemlich nachdenklich.»
«So? ... Nun möchte ich noch etwas wissen, Horbury: was wissen Sie von den Diamanten in Mr. Lees Safe?»
«Diamanten, Sir? Ich habe nie Diamanten gesehen.»
«Mr. Lee bewahrte eine Reihe ungeschliffener Diamanten hier auf. Sie müssen doch gesehen haben, daß er sie in Händen hielt oder betrachtete.»
«Diese kleinen Kieselsteine, Sir? Ja, die habe ich ein paarmal in seinen Händen gesehen. Aber ich wußte nicht, daß es Diamanten waren. Erst gestern hat er sie der ausländischen jungen Dame gezeigt — oder war es vorgestern?»
«Diese Steine sind gestohlen worden», sagte Oberst Johnson plötzlich laut und scharf.
«Sie werden doch nicht denken, Sir, daß ich etwas damit zu tun habe», fuhr Horbury auf.
«Ich habe nichts Derartiges erwähnt», antwortete Johnson kurz. «Nun, können Sie uns noch irgendwelche Auskünfte über die Sache geben?»
«Über die Diamanten, Sir? Oder den Mord?»
«Beides.»
Horbury dachte nach. Seine Zunge fuhr über die blassen Lippen. Als er nach einer Weile wieder aufsah, blickten seine Augen ziemlich verängstigt in die fragenden Johnsons.
«Ich glaube nicht, Sir.»
«Kann nichts, was Sie vielleicht während der Ausübung Ihrer Pflichten gehört haben, aufschlußreich sein für uns?» fragte Poirot sanft.
Die Lider des Dieners begannen zu zucken.
«Nein, Sir, ich glaube nicht. Höchstens vielleicht ... Es gab eine Auseinandersetzung zwischen Mr. Lee und ... einigen Familienmitgliedern.»
«Welchen Mitgliedern der Familie?»

«Es handelte sich um die Heimkehr von Mr. Harry Lee, die Mr. Alfred Lee gar nicht zu passen schien. Darüber hatte er mit seinem Vater einen Wortwechsel – das war aber auch alles. Der alte Herr warf ihm keineswegs vor, die Diamanten genommen zu haben, und ich bin überzeugt, daß Mr. Alfred niemals so etwas getan hätte.»

Poirot fragte sehr schnell:

«Dieser Streit fand statt, *nachdem* Mr. Lee den Verlust der Diamanten entdeckt hatte, nicht wahr?»

«Ja, Sir.»

Poirot beugte sich vor.

«Ich glaubte, Horbury, daß Sie keine Ahnung vom Verschwinden der Diamanten hatten, daß Sie erst jetzt, durch uns, davon gehört hätten. Wie also können Sie wissen, daß Mr. Lee den Diebstahl entdeckte, *bevor* er mit seinem Sohn sprach?»

Horbury wurde tiefrot.

«Zwecklos, zu lügen», sagte Sugden. «Heraus damit! Wann haben Sie vom Verschwinden der Steine erfahren?»

«Ich hörte ihn mit jemandem in dieser Sache telefonieren», antwortete Horbury dumpf. «Ich war vor der Tür und konnte nur ein, zwei Worte deutlich verstehen.»

«Und was genau haben Sie verstanden?» fragte Poirot sehr freundlich.

«Ich hörte die Worte ‹Raub› und ‹Diamanten› und daß er sagte: ‹Ich weiß nicht, wen ich verdächtigen soll› – und dann etwas von heute abend um acht Uhr.»

Inspektor Sugden nickte.

«Er hatte mit mir gesprochen, mein Bester. Ungefähr um zehn Minuten nach fünf, stimmt's?»

«Jawohl, Sir.»

«Und als Sie nachher sein Zimmer betraten, war Mr. Lee da sehr aufgeregt?»

«Nicht sehr. Er sah eher bekümmert aus.»

«So bekümmert, daß Ihnen ein wenig mulmig zumute wurde, wie?»

«Hören Sie, Mr. Sugden, das dürfen Sie mir nicht sagen! Ich habe diese Diamanten nie auch nur angerührt, und Sie können mir nicht das Gegenteil beweisen. Ich bin kein Dieb!»

Inspektor Sugden antwortete ungerührt:
«Das werden wir ja sehen.» Er sah den Obersten fragend an, nahm dessen Nicken wahr und fuhr fort: «Das ist alles, Horbury. Ich brauche Sie heute abend nicht mehr.»
Horbury verschwand erleichtert und sehr rasch.
«Das war fabelhaft, Mr. Poirot», sagte Sugden bewundernd. «So glatt habe ich noch nie jemanden in ein Falle gehen sehen. Ob er ein Dieb ist oder nicht – jedenfalls ist er ein erstklassiger Lügner!»
«Kein besonders einnehmender Mensch», stellte Poirot fest.
«Ein ekelhafter Kerl», verschärfte Johnson dieses Urteil. «Die Frage ist jetzt: was können wir mit seiner Aussage anfangen?»
Sugden faßte die Sachlage kurz zusammen.
«Meiner Ansicht nach gibt es drei Möglichkeiten, Sir. Erstens: Horbury ist ein Dieb *und* ein Mörder. Zweitens: Horbury ist wohl ein Dieb, aber *kein* Mörder. Drittens: Horbury ist unschuldig. Zu Punkt eins: er hörte das Telefongespräch und wußte, daß der Diebstahl entdeckt worden war. Aus dem Gehaben des alten Herrn glaubte er schließen zu können, daß er verdächtigt werde. Faßte rasch einen Entschluß. Ging um acht Uhr ostentativ aus und besorgte sich ein Alibi. Einfache Sache, aus einem Kino wegzuschleichen und unbemerkt hierher zurückzukommen. Allerdings muß er des Mädchens ganz sicher sein, daß sie ihn nicht verrät. Ich werde morgen ja sehen, was ich aus ihr herausbekomme.»
«Und wie sollte er ins Haus gekommen sein?» fragte Poirot.
«Das ist schon schwieriger», gab Sugden zu. «Aber auch das hätte sich bewerkstelligen lassen. Wenn ihm zum Beispiel eine der Angestellten die Seitentüre aufsperrte.»
Poirot hob zweifelnd die Augenbrauen.
«Damit hätte er sein Leben gleich zwei Frauen in die Hand gegeben? *Eine* Frau bedeutet schon ein großes Risiko, aber *zwei* – *eh bien*, meiner Meinung nach würde das an Selbstmord grenzen!»
«Gewisse Verbrecher glauben eben, ihnen könne gar nichts passieren», sagte Sugden. «Zu Punkt zwei: Horbury erwischte diese Diamanten, brachte sie heute abend aus dem Haus und übergab sie wahrscheinlich einem Komplizen. Das wäre an sich

einfach und möglich. Aber in diesem Fall müssen wir annehmen, daß jemand anders den alten Herrn heute abend umbrachte, jemand, der von dem Diamantendiebstahl keine Ahnung hatte. Das ist ebenfalls möglich, aber reichlich unwahrscheinlich. Punkt drei: Horbury ist unschuldig. Irgend jemand anders stahl die Diamanten und ermordete Mr. Lee. Das sind die drei Möglichkeiten. Welche den Tatsachen entspricht, werden wir jetzt herausfinden müssen.»

Oberst Johnson gähnte, sah wieder auf seine Uhr und stand auf.

«Nun, ich glaube, jetzt wollen wir schlafen gehen. Sehen wir uns noch vorher den Safe an. Es wäre verrückt, wenn diese verdammten Steine die ganze Zeit friedlich dort dringelegen wären.»

Aber die verdammten Diamanten lagen nicht im Safe. Die Herren fanden das Kennwort zum Kombinationsschloß im Notizbuch des Toten. Im Safe lag nur ein leerer Wildlederbeutel. Unter all den Papieren, die der Kassenschrank enthielt, war einzig das vor fünfzehn Jahren abgefaßte Testament von Bedeutung.

Abgesehen von verschiedenen Vergabungen und Legaten, lautete der Verteiler sehr einfach. Alfred Lee war Erbe der Hälfte des väterlichen Vermögens. Die andere Hälfte sollte zu gleichen Teilen an die übrigen Kinder gehen, also an Harry, George, David und Jennifer.

Vierter Teil

25. Dezember

Hercule Poirot spazierte in der hellen Vormittagssonne des Weihnachtstages durch den Garten von Gorston Hall. Hier, an der Südseite des weitläufigen Hauses, war eine große, von geschnittenen Eibenhecken eingefaßte Terrasse. Poirot betrachtete die Miniaturgärtchen, die überall zwischen den Steinplatten und Pflanzen angebracht worden waren, mit huldvoller Bewunderung.

«*C'est bien imaginé, ça*», murmelte er vor sich hin.

In der Ferne konnte er zwei Gestalten sehen, die sich einem kunstvoll angelegten Teich näherten. Pilar war leicht zu erkennen, und im ersten Augenblick glaubte Poirot, daß die andere Figur Stephen Farr sei; aber dann sah er, daß Pilars Begleiter Harry Lee war. Er schien sich sehr fürsorglich um seine hübsche Nichte zu kümmern. Manchmal warf er den Kopf zurück und lachte, dann beugte er sich wieder zu ihr hinunter.

«Ein Mensch wenigstens, der nicht tief trauert», sagte Poirot laut zu sich selber.

Ein Geräusch hinter ihm ließ ihn herumfahren. Magdalene Lee stand da und sah ebenfalls den beiden verschwindenden Gestalten nach. Dann wandte sie den Kopf und lächelte Poirot betörend an.

«Es ist ein so herrlich sonniger Tag, daß man kaum an die Greuel der vergangenen Nacht zu glauben vermag, nicht wahr, Mr. Poirot?»

«Ja, tatsächlich, Madame.»

Magdalene seufzte.

«Ich war noch nie in eine solche Tragödie verwickelt. Ich bin – ich bin wirklich kaum erst erwachsen. Wahrscheinlich blieb ich zu lange ein Kind... Das ist immer verhängnisvoll.» Sie seufzte wieder. «Pilar ist so ungewöhnlich gefaßt... Das macht wohl das spanische Blut. Es ist alles so merkwürdig, nicht wahr?»

«Was finden Sie merkwürdig, Madame?»
«Die Art und Weise, wie sie hier auftauchte, sozusagen aus heiterem Himmel.»
«Man hat mir gesagt, daß Mr. Lee längere Zeit nach ihr suchen ließ. Er stand zu diesem Zweck in Verbindung mit dem Konsulat in Madrid und mit dem Vizekonsul von Aliquara, wo Pilars Mutter gestorben ist.»
«Er hat ein großes Geheimnis aus all dem gemacht», sagte Magdalene. «Alfred hat nichts davon gewußt. Auch Lydia nicht.»
«Ach?»
Magdalene trat etwas näher an Poirot heran. Er konnte das feine Parfüm riechen, das sie verwendete.
«Wissen Sie, Mr. Poirot, es gibt da irgendeine Geschichte mit Estravados, Jennifers Mann. Er starb sehr bald nach ihrer Heirat, und mit seinem Tod ist eine Unklarheit verknüpft. Alfred und Lydia wissen dieses Geheimnis. Ich glaube, es war etwas ziemlich ... Unerquickliches.»
«Das», sagte Poirot, «ist wirklich traurig.»
«Mein Mann findet – und ich bin durchaus seiner Ansicht –, daß die Familie ein wenig eingehender über die Abkunft des Mädchens unterrichtet werden sollte. Schließlich war ihr Vater ein Verbrecher –»
Sie hielt inne, aber Hercule Poirot sagte kein Wort. Er schien in die Schönheit der winterlichen Landschaft um Gorston Hall versunken zu sein.
«Ich werde das Gefühl nicht los», hob Magdalene wieder an, «daß die Art, wie mein Schwiegervater ermordet wurde, sehr bedeutungsvoll ist. Dieser Mord war so ... so ganz unenglisch.»
Hercule Poirot wandte sich ihr langsam zu. Seine klugen Augen trafen die ihrigen mit dem Ausdruck erstaunter Frage.
«Ach, eher von spanischer Art, meinen Sie?»
«Nun, sie *sind* grausam, oder nicht?» Magdalene sprach wie ein wißbegieriges Kind. «All diese Stierkämpfe und so!»
«Wollen Sie damit sagen, daß Sie glauben, Señorita Estravados habe ihrem Großvater die Kehle durchgeschnitten?» Hercule Poirot äußerte diese Frage mit einem amüsierten Lächeln.

«Aber nein, Monsieur Poirot!» Magdalene war entsetzt. «Ich habe nichts Derartiges gesagt. Wirklich nicht!»
«Nein, das haben Sie vielleicht wirklich nicht.»
«Aber ich glaube, daß sie eine ... eine verdächtige Erscheinung ist. Schon nur die Art, wie sie heimlich etwas vom Boden aufhob gestern abend.»
Poirots Stimme klang plötzlich ganz anders. Scharf fragte er: «Sie hat gestern abend etwas vom Boden aufgehoben?»
Magdalene nickte. Ihr kindlicher Mund verzog sich böse.
«Ja, kaum daß wir das Zimmer betreten hatten. Erst sah sie sich schnell um, ob niemand sie dabei beobachtete, und dann stürzte sie sich darauf. Aber dieser Inspektor hatte es gesehen, glücklicherweise, möchte ich sagen, und zwang sie, das Ding herauszugeben.»
«Was hatte sie denn aufgehoben, wissen Sie das, Madame?»
«Nein, ich stand nicht nahe genug, um es zu sehen.» Das klang ehrlich bedauernd. «Irgend etwas sehr Kleines.»
Poirot runzelte die Stirne. «Das ist interessant», murmelte er.
«Ja, und deshalb fand ich, daß man Ihnen diese Sache mitteilen sollte», sagte Magdalene schnell. «Schließlich wissen wir überhaupt nichts von Pilars Erziehung und von dem Leben, das sie bis dahin geführt hat. Alfred ist immer so vertrauensvoll, und die liebe Lydia ist gleichgültig.» Dann schien ihr etwas einzufallen. «Ja, nun müßte ich fragen gehen, ob ich Lydia nicht etwas helfen kann. Es sind sicher viele Briefe zu schreiben.»
Sie verabschiedete sich mit einem befriedigten Lächeln.
Poirot blieb gedankenverloren auf der Terrasse stehen.

Dort traf ihn Inspektor Sugden, dessen Gesicht nicht von heiterer Laune sprach.
«Guten Morgen, Mr. Poirot. ‹Fröhliche Weihnacht› scheint hier nicht der richtige Gruß zu sein, nicht wahr?»
«*Mon cher collègue*, fröhlich sehen Sie allerdings nicht gerade aus. Aber wenn Sie mir eine fröhliche Weihnacht gewünscht hätten, dann hätte ich geantwortet: ‹Noch manche fröhliche Weihnacht!›»
«Ich wünsche mir keine zweite wie diese», sagte Sugden.

«Haben Sie gute Fortschritte gemacht?»
«Ich habe verschiedene Punkte klargestellt. Horburys Alibi ist wasserdicht. Der Platzanweiser des Kinos sah ihn mit dem Mädchen hineingehen und am Schluß des Films wieder herauskommen, und er ist ziemlich sicher, daß Horbury das Kino während der Vorstellung nie verließ. Das Mädchen schwört, daß er immer neben ihr gesessen sei.»
«Nun, dann ist zu diesem Punkt nicht mehr viel zu sagen», stellte Poirot nachdenklich fest.
Doch der zynische Sugden sagte:
«Mit jungen Mädchen kann man nie wissen, Sir! Lügen sich für einen Mann ins tiefste Fegefeuer.»
«Das ehrt ihre Herzen», lächelte Poirot.
«Eine ausländische Art, die Dinge zu betrachten», brummte Sugden. «Und eine, die den Zielen der Gerechtigkeit zuwiderläuft.»
«Gerechtigkeit ist eine seltsame Sache», sagte Hercule Poirot. «Haben Sie jemals darüber nachgedacht?»
Sugden sah ihn groß an.
«Eine komische Frage, Mr. Poirot.»
«Gar nicht. Ich folge nur einem logischen Gedankengang. Aber wir wollen uns auf keine Diskussion einlassen, nicht wahr? Ihrer Ansicht nach hat also das Fräulein vom Milchgeschäft nicht die Wahrheit gesagt?»
Sugden schüttelte den Kopf.
«Nein, so ist es nicht. Ich glaube sogar, daß sie nicht gelogen hat. Sie ist ein harmloses Geschöpf, und ich hätte es bestimmt sofort gemerkt, wenn sie geflunkert hätte.»
«Sie haben große Erfahrung.»
«Jawohl, Mr. Poirot. Nachdem man sein Leben lang Aussagen aufgenommen hat, weiß man, wann jemand lügt und wann nicht. Nein, ich bin überzeugt, daß das Mädchen die Wahrheit sagte, und daraus ergibt sich also, daß Horbury den alten Mann nicht umgebracht hat und daß wir den Mörder im Familienkreise zu suchen haben.»
Er holte tief Atem.
«Jemand von ihnen hat es getan, Mr. Poirot. Aber wer?»
«Haben Sie keine neuen Anhaltspunkte?»

«Doch. Mit den Telefongesprächen hatte ich sogar ziemlich Glück. Mr. George Lee ließ sich um zwei Minuten vor neun mit Westeringham verbinden. Das Gespräch dauerte sechs Minuten.»
«Aha!»
«Sehr richtig! Ferner wurde kein anderes Gespräch angemeldet – weder nach Westeringham noch anderswohin.»
«Interessant», sagte Poirot anerkennend. «Mr. George Lee gab an, daß er eben fertig war mit seinem Telefonat, als er den Lärm von oben hörte; aber er muß also mindestens zehn Minuten vorher damit fertig gewesen sein. Wo war er während dieser zehn Minuten? – Mrs. George Lee behauptet, ebenfalls telefoniert zu haben – und tatsächlich wurde kein zweiter Anruf getätigt. Wo war *sie* also?»
«Sie haben eben mit ihr gesprochen, Mr. Poirot.» Sugdens Feststellung enthielt eine Frage.
Doch Poirot antwortete: «Sie irren sich.»
«Wie bitte?»
«Ich habe nicht mit ihr gesprochen – sie hat mit mir gesprochen.»
Erst wollte Sugden diese feine Unterscheidung ungeduldig beiseite schieben, aber plötzlich begriff er ihre Bedeutung.
«Ach so? Was hatte sie Ihnen zu erzählen?»
«Sie wollte verschiedenes festgehalten wissen: die unenglische Art des Mordes an Mr. Lee – die möglicherweise recht zweifelhafte Abkunft väterlicherseits von Miss Estravados – die Tatsache, daß Miss Estravados etwas vom Boden aufhob, als sie das Zimmer des Toten betrat.»
«So? Das hat sie Ihnen erzählt?» sagte Sugden interessiert.
«Ja. Was hat die Señorita eigentlich aufgehoben?»
Sugden seufzte.
«Dreihundertmal dürfen Sie raten! Ich werde es Ihnen zeigen. Solche Dinge pflegen in Kriminalromanen das ganze Geheimnis schlagartig zu enthüllen! Wenn Sie daraus klug werden sollten, dann gebe ich meinen Beruf auf!»
Sugden zog einen Briefumschlag aus der Tasche und schüttelte dessen Inhalt auf die Handfläche. Ein verstohlenes Lächeln überflog sein Gesicht.

«Hier, bitte. Nun, können Sie sich darauf einen Reim machen?»
Auf der breiten Handfläche des Inspektors lagen ein dreieckiges Stück roten Gummis und ein kleiner Holznagel. Sugdens Heiterkeit vertiefte sich, als Poirot die beiden Gegenstände stirnrunzelnd betrachtete.
«Nun, Mr. Poirot? Können Sie damit etwas anfangen?»
«Dieser kleine Gummifleck könnte aus einem Schwammbeutel geschnitten worden sein.»
«Wurde er auch, und zwar aus einem Beutel, der in Mr. Lees Zimmer hing. Vielleicht hat Mr. Lee das sogar selber getan. Aber warum? Horbury kann darüber gar keine Auskunft geben. Und wo der kleine Holzdübel herkommt, ist gänzlich schleierhaft.»
«Das ist allerdings seltsam», sagte Poirot leise.
«Sie können die Sachen behalten, wenn Sie wollen», bot Sugden ihm freundlich an. «Ich brauche sie nicht mehr.»
«*Mon ami*, ich will Sie nicht berauben!»
«Diese Dinge sagen Ihnen also gar nichts?»
«Ich muß gestehen – nein, gar nichts.»
«Großartig!» sagte Sugden bitter ironisch und schob den Umschlag in seine Tasche zurück. «Wir kommen wirklich vorwärts!»
«Mrs. George Lee erzählte mir, daß die junge Dame sich rasch bückte und die beiden Gegenstände verstohlen an sich nahm. Können Sie das bestätigen?»
Sugden überlegte sich diese Frage.
«N–nein», antwortete er schließlich zögernd, «das möchte ich nicht behaupten. Sie sah dabei nicht schuldbewußt aus, gar nicht, aber sie griff irgendwie – sozusagen zielbewußt und ruhig nach ihnen – wenn Sie verstehen, wie ich es meine. Und sie wußte nicht, daß ich ihr dabei zusah! Davon bin ich überzeugt, denn sie fuhr zusammen, als ich sie stellte.»
Poirot dachte über diese Feststellung nach.
«Dann haben die beiden Sachen eben doch eine Bedeutung! Aber welche? Das kleine Stück Gummi ist ganz frisch. Es scheint zu gar nichts benützt worden zu sein. Was kann es also bedeuten? Und trotzdem ist . . .»
Sugden unterbrach ihn ungeduldig.

«Nun, Sie können sich darüber den Kopf zerbrechen, wenn Sie Lust dazu haben, Mr. Poirot. Ich habe anderes zu denken.»
«Wie weit ist Ihre Klärung des Falles vorgeschritten?» fragte Poirot.
Sugden zog sein Notizbuch hervor.
«Stellen wir einmal die Tatsachen fest. Vor allem wollen wir die Leute ausschalten, die den Mord nicht begangen haben können.»
«Und das sind?»
«Alfred und Harry Lee. Sie haben ein unanfechtbares Alibi, ebenso Mrs. Alfred Lee, die Tressilian kaum eine Minute vor dem Spektakel im ersten Stock noch im Wohnzimmer sah. Von den anderen habe ich mir eine Liste aufgestellt.»
Er reichte Poirot sein Notizbuch.

Zum Zeitpunkt des Mordes waren:

George Lee	?
Mrs. George Lee	?
David Lee	im Musikzimmer und spielte Klavier (betätigt durch seine Frau)
Mrs. David Lee	im Musikzimmer (bestätigt durch ihren Mann)
Miss Estravados	in ihrem Schlafzimmer (unbestätigt)
Stephen Farr	im großen Saal und spielte Grammofon (bestätigt durch drei Angestellte, die in ihrem Aufenthaltsraum die Musik hören konnten)

Poirot gab Sugden die Liste zurück.
«Was folgern Sie daraus?»
«Daraus ergibt sich, daß George Lee den alten Mann hätte töten können. Mrs. George Lee hätte ihn töten können. Pilar Estravados hätte ihn töten können. Und entweder Mr. oder Mrs. David Lee, aber nicht beide, hätten ihn töten können.»
«Sie glauben also nicht an dieses Alibi?»
Inspektor Sugden schüttelte energisch den Kopf.
«Nicht um die Welt! Mann und Frau – glücklich verheiratet! Sie haben möglicherweise beide mit der Sache zu tun. Wenn

aber nur eines von ihnen die Tat beging, dann ist das andere bereit, Meineide auf dieses Alibi zu schwören. Ich sehe die Sache folgendermaßen an: *jemand* hat im Musikzimmer Klavier gespielt — es kann David Lee gewesen sein, der ja nachgewiesenermaßen sehr musikalisch ist; aber nichts beweist, daß auch seine Frau im Musikzimmer war, das sagen nur die beiden aus. Umgekehrt könnte Hilda Lee Klavier gespielt haben, während David die Treppe hinaufschlich und seinen Vater ermordete! Nein, dieser Fall liegt ganz anders als derjenige der beiden Brüder im Speisezimmer. Alfred und Harry Lee können sich nicht ausstehen und würden sich demnach nicht gegenseitig durch falsche Aussagen schützen.»

«Und wie steht es mit Stephen Farr?»

«Auch er ist verdächtig, weil sein Grammofon-Alibi doch ein bißchen fadenscheinig ist. Andererseits ist gerade ein solches Alibi manchmal glaubwürdiger als ein sozusagen unumstößliches, das in zehn von hundert Fällen ja doch konstruiert worden ist.»

Poirot neigte gedankenvoll den Kopf.

«Ich verstehe, wie Sie es meinen. Es ist das Alibi eines Menschen, der nicht ahnte, daß er vielleicht jemals eines brauchen werde.»

«Genau das meine ich! Und außerdem glaube ich nicht, daß ein Fremder in diese Sache verwickelt ist.»

«Da stimme ich Ihnen bei», warf Poirot schnell ein. «Das Ganze ist eine Familienangelegenheit. Gift, das im Blut arbeitet — Gefühle, die tief sitzen ... Ich glaube, hier spielen Haß und Wissen mit ...»

Er machte eine müde Handbewegung.

«Ich weiß nicht — es ist alles sehr schwierig!»

Inspektor Sugden hatte respektvoll gewartet, war aber von Poirots Gedankengängen nicht sonderlich beeindruckt.

«Sicherlich, Mr. Poirot», sagte er höflich. «Aber wir werden schon dahinterkommen, verlassen Sie sich darauf. Wir haben jetzt die *Möglichkeiten* festgestellt. George, Magdalene, David und Hilda Lee — Pilar Estravados — und fügen wir noch bei: Stephen Farr. Jetzt kommen wir zum *Motiv!* Wer hatte einen Grund, den alten Mr. Lee aus dem Weg räumen zu wollen?

Auch dabei können wir ein paar Leute von vornherein ausschalten. Miss Estravados zum Beispiel. Wenn ich recht verstanden habe, bekommt sie nach dem jetzt vorliegenden Testament überhaupt nichts. Wäre Simeon Lee *vor* seiner Tochter Jennifer gestorben, hätte diese ihren Anteil erhalten, und von ihr wäre er vielleicht auf Pilar übergegangen; aber da Jennifer Estravados ihrem Vater im Tod voranging, fällt ihr Erbteil den übrigen Geschwistern zu. Also lag es durchaus im Interesse von Miss Estravados, den alten Herrn am Leben zu wissen. Nachdem er sie sehr freundlich aufgenommen hatte, ist anzunehmen, er hätte sie in einem neuen Testament bedacht. Ergo hatte sie durch seinen Tod nichts zu gewinnen und alles zu verlieren. Sind Sie damit einverstanden?»

«Vollkommen.»

«Natürlich könnte sie ihm im Verlaufe eines Streites die Kehle durchgeschnitten haben, aber das erscheint mir sehr unglaubwürdig. Erstens war sie dem alten Herrn zugetan, und zweitens lebte sie noch nicht lange genug im Hause, um irgendeinen Haß auf ihn zu haben. Aus allen diesen Erwägungen dünkt es mich sehr unwahrscheinlich, daß Miss Estravados etwas mit dem Verbrechen zu tun hatte – es sei denn, daß man geltend machen wolle, einem Menschen die Gurgel durchzuschneiden sie eine sehr unenglische Art zu morden, wie Ihre Freundin Magdalene Lee sich ausdrückte.»

«Nennen Sie sie nicht meine Freundin», fuhr Poirot auf. «Oder soll ich von *Ihrer* Freundin Pilar sprechen, die Sie so hübsch findet?»

Er erlebte das Vergnügen, mit anzusehen, wie der gute Inspektor wieder sichtlich verlegen wurde. Der große Polizist lief tiefrot an. Poirot betrachtete ihn mit diebischer Schadenfreude.

Dabei klang eine Spur ehrlichen Neides in seiner Stimme mit, als er sagte: «Es stimmt übrigens, daß Ihr Schnurrbart prachtvoll ist ... Sagen Sie mir, benützen Sie eine Spezialpomade?»

«Pomade? Allmächtiger! Nein! Ich tue gar nichts zu seiner Pflege ... Er wächst von selber!»

Poirot seufzte.

«Eine Gottesgabe der Natur!» Er zupfte an seinem eigenen eleganten schwarzen Schnurrbart und seufzte wieder. «Man

kann die teuersten Salben verwenden», murmelte er, «das Nachfärben bekommt den Haaren einfach nicht.»
Inspektor Sugden schien für diese Fragen männlicher Schönheitspflege kein Interesse aufzubringen. Er fuhr unbeirrt fort: «Was den Grund für diesen Mord anbelangt, so glaube ich, daß wir auch Stephen Farr ausschließen können. Es ist möglich, daß zwischen dem alten Mr. Lee und Farrs Vater irgendwelche Zwistigkeiten bestanden hatten, unter denen der alte Farr litt – aber mir kommt das nicht sehr wahrscheinlich vor. Farr war zu ruhig und sicher, als er davon sprach, und ich glaube nicht, daß er diese Sicherheit nur spielte. Nein, auf dieser Linie werden wir keine Fortschritte erzielen.»
«Das kommt mir auch so vor», stimmte Poirot ihm bei.
«Und noch eine Person hatte allen Grund, den alten Mr. Lee am Leben erhalten zu wollen – sein Sohn Harry. Zugegeben, er ist Nutznießer des Testamentes, aber ich bin überzeugt, daß er nicht wußte, daß sein Vater ihm etwas hinterlassen werde. Jedenfalls hat er es bestimmt nicht wissen können! Es scheint im Gegenteil die Meinung vorgeherrscht zu haben, Harry sei durch sein Durchbrennen der Erbschaft verlustig gegangen. Aber jetzt schien er wieder in Gnaden aufgenommen zu werden! Es lag also in seinem Interesse, daß sein Vater ein neues Testament verfassen wollte, und er wäre doch nicht so verrückt gewesen, den alten Herrn vorher zu töten. Außerdem wissen wir ja, daß er es gar nicht hätte tun können. Sehen Sie, Mr. Poirot, wir kommen ganz gut vorwärts! Wir können eine ganze Reihe Leute aus der Liste der Verdächtigen streichen.»
«Allerdings. Bald wird überhaupt niemand mehr übrig sein.»
«So weit sind wir denn doch noch nicht! Es bleiben uns George Lee und seine Frau, David Lee und Hilda Lee. Sie alle gewinnen durch den Tod Simeon Lees, und George Lee soll sehr geldgierig sein. Und sein Vater hatte gedroht, ihm seinen Zuschuß zu kürzen. Ergo hatte George Lee Grund *und* Möglichkeit für den Mord.»
«Weiter bitte!»
«Mrs. George Lee! Ebenfalls gierig auf Geld wie eine Katze auf frische Milch! Und ich könnte wetten, daß sie gerade jetzt bis über die Ohren in Schulden steckt! Sie war eifersüchtig auf die

kleine Spanierin, weil sie bemerkte, daß der alte Herr die Kleine gern mochte. Als sie hörte, daß der Schwiegervater nach einem Anwalt verlangte, schlug sie schnell zu. Daraus ließe sich ein Fall ableiten.»
«Sicherlich.»
«Bleiben David Lee und seine Frau. Sie figurieren in dem heutigen Testament als Erben; aber ich glaube nicht, daß das Geldmotiv bei ihnen sonderlich ins Gewicht fällt.»
«Nein?»
«Nein. David Lee scheint ein Träumer zu sein — kein geschäftstüchtiger Mensch. Aber er ist ... nun, er ist ein sonderbarer Kauz. Meiner Ansicht nach hätte der Täter drei Motive haben können: der Diamantendiebstahl — das Testament — purer, klarer Haß.»
«Ach, so sehen Sie die Dinge?»
«Gewiß, und zwar von Anfang an. *Wenn* David Lee seinen Vater ermordet hat, dann bestimmt nicht des Geldes wegen. Und wenn er der Täter war, dann würde das diesen ... ungemein blutigen Mord erklären.»
Poirot sah ihn anerkennend an.
«Richtig! Ich fragte mich, ob Sie das nicht in Erwägung ziehen würden. *So viel Blut* — sagte Mrs. Alfred. Es erinnert einen an uralte Rituale, an Blutopfer, daran, daß sich die Menschen mit dem Blut der Geopferten beschmierten ...»
Sugden runzelte die Stirn.
«Wollen Sie damit sagen, daß der Täter verrückt gewesen sein muß?»
«*Mon cher* — es schlummern tiefe, verborgene Instinkte in den Menschen, von denen sie oft selber keine Ahnung haben. Blutrausch ... Rachegefühle ...»
«David Lee scheint ein ruhiger, harmloser Mensch zu sein», wandte Sugden zweifelnd ein.
«Sie übersehen die psychologische Seite dieser Sache», sagte Poirot. «David Lee ist ein Träumer, lebt fast ausschließlich in der Vergangenheit, und in ihm ist die Erinnerung an seine Mutter noch ungewöhnlich lebendig. Er vermied jahrelang ein Zusammentreffen mit seinem Vater, dem er die schlechte Behandlung seiner Mutter nie verziehen hat. Nun kam er nach

Hause, um sich mit seinem Vater auszusöhnen – dies einmal vorausgesetzt. Aber er *konnte nicht* verzeihen und vergessen... Wir wissen nur eines: daß David Lee angesichts des Leichnams seines Vaters irgendwie befriedigt und beruhigt sagte: ‹Gottes Mühlen mahlen langsam...› Vergeltung! Zahltag! Das Böse getilgt durch Blut!»

Sugden schauderte ein wenig.

«Hören Sie auf, Mr. Poirot!» sagte er. «Es überläuft mich kalt. Aber es könnte sich sehr wohl verhalten, wie Sie sagen. In diesem Fall weiß Mrs. David Lee Bescheid, ist aber entschlossen, ihren Mann zu schützen. Das traue ich ihr ohne weiteres zu, aber daß sie eine Mörderin sein sollte – kann ich mir nicht vorstellen. Sie ist eine so gemütvolle, einfache Frau.»

«Ach, *so* kommt sie Ihnen vor?» Poirot sah den Inspektor eigentümlich forschend an.

«Ja, ich meine... sie ist so häuslich, wenn Sie verstehen, was ich meine.»

«Gewiß, ich verstehe sehr gut.»

Sugden wurde sichtlich verwirrt.

«Mr. Poirot, Sie haben Ihre eigenen Ansichten über den Fall! Bitte, sagen Sie sie gerade heraus!»

«Gewiß habe ich verschiedene Ideen, aber sie sind alle noch recht verschwommen. Wir wollen lieber zuerst Ihre Aufstellung durchgehen... Also: halb vier Familienzusammenkunft. Familie ist Zeuge des Telefongesprächs mit dem Anwalt. Dann beschimpft der alte Mann so ziemlich seine ganze Familie und heißt sie gehen, welcher Aufforderung sie alle wie begossene Pudel nachkommen.» Poirot sah auf. «Hilda Lee blieb doch zurück.»

«Ja, aber nicht für lange. Um sechs Uhr hatte Alfred Lee eine Auseinandersetzung mit seinem Vater – eine unangenehme Auseinandersetzung. Harry soll wieder in den Familienkreis aufgenommen werden, worüber Alfred keineswegs erbaut ist. Damit *wäre* Alfred natürlich der Hauptverdächtige, weil er ein zwingendes Motiv für den Mord gehabt hätte. Aber weiter: dann kommt Harry Lee. Er ist bester Laune, denn er hat den alten Mann zu überreden vermocht. Aber *vor* diesen beiden Unterredungen hat der alte Simeon Lee das Verschwinden der

Diamanten entdeckt und mit mir telefoniert. Seinen beiden Söhnen sagt er nichts von seinem Verlust. Warum? Meiner Ansicht nach deshalb, weil er genau weußte, daß keiner von beiden mit dem Diebstahl zu tun haben konnte! Wie ich schon einmal sagte, glaube ich, daß der alte Mann Horbury und eine zweite Person verdächtigte und daß er ganz genau wußte, was er tun wollte. Erinnern Sie sich, daß er ausdrücklich verlangte, es sollte niemand mehr zu ihm hinaufkommen an jenem Abend. Und warum? Weil er zwei Dinge vorhatte: erstens erwartete er meinen Besuch und zweitens denjenigen der einen verdächtigten Person! *Jemanden* hatte er gebeten, nach dem Abendessen sofort zu ihm zu kommen. Aber wen? Es könnte George Lee gewesen sein, doch wahrscheinlicher dünkt mich Mrs. George Lee! Und da tritt nun auch wieder Pilar Estravados auf. Ihr hatte der alte Mr. Lee die Diamanten gezeigt und ihr gesagt, wie wertvoll sie seien. Wissen wir eigentlich, ob das Mädchen keine Diebin ist? Bedenken Sie, wie undurchsichtig das Geheimnis um ihren Vater ist. Vielleicht war *er* ein Berufsverbrecher und endete deshalb im Gefängnis.»

«Und so betritt, wie Sie sagen, Pilar Estravados wieder die Bildfläche», murmelte Poirot langsam.

«Jawohl ... als Diebin. Dann *könnte* sie den Kopf verloren und ihren Großvater angegriffen haben ... als sie merkte, daß ihr Diebstahl entdeckt worden war ...»

«Gewiß, das wäre möglich ... ja ...»

Inspektor Sugden sah Poirot scharf an.

«Aber Sie selber glauben nicht daran, nicht wahr? So erklären Sie mir doch endlich, was *Sie* von der Sache halten!»

«Sehen Sie, ich komme immer wieder auf das eine zurück ... Auf den Charakter des Verstorbenen. Was war Simeon Lee für ein Mensch?»

«Das ist nun wirklich kein Geheimnis», antwortete Sugden erstaunt.

«Dann klären Sie mich bitte auf. Sagen Sie mir, was man hier in der Gegend von ihm hielt.»

Inspektor Sugden fuhr sich nachdenklich mit dem Finger über die Wange. Er sah ziemlich bestürzt aus.

«Ich selber bin kein Hiesiger. Ich komme aus Reeveshire, aus der nächsten Grafschaft. Aber natürlich war Mr. Lee auch bei uns bekannt. Was ich über ihn weiß, weiß ich vom Hörensagen.»

«Ja? Und was wissen Sie also vom Hörensagen?»

«Nun, es heißt, daß er ein gerissener Kunde war, daß ihn so leicht niemand übers Ohr hauen konnte. Aber er war großzügig in Geldsachen, freigebig, sagen die Leute. Mich wundert nur, wie Mr. George Lee so geizig sein kann als Sohn dieses Vaters.»

«Ach? ... Aber sehen Sie, es scheinen in dieser Familie zwei grundverschiedene Arten entwickelt zu sein. Alfred, George und David gleichen – wenigstens oberflächlich betrachtet – ihrer Mutter. Ich habe mir heute früh die Bilder in der Familiengalerie angesehen.»

«Er war jähzornig», fuhr Sugden fort, «und hatte in bezug auf Frauenaffären einen schlechten Ruf – wenigstens in seinen jüngeren Jahren. Aber sogar in diesen Fällen benahm er sich anständig. Wenn sich unliebsame Folgen einstellten, zahlte er großzügig und sah zu, daß das Mädchen verheiratet wurde. Er mag ein Schürzenjäger gewesen sein, aber gemein war er nicht. Seine Frau soll er schlecht behandelt haben, dauernd anderen nachgelaufen sein, und sie sei an gebrochenem Herzen gestorben, sagen die Leute. Das ist so eine Redensart, aber ich glaube, daß die arme Frau wirklich sehr unglücklich war. Sie war immer kränklich, und man hat sie nicht viel gesehen. Er war ganz bestimmt ein merkwürdiger Mensch, der alte Lee. Auch rachsüchtig soll er gewesen sein. Man erzählt sich, daß er einen Hieb immer zurückzahlte, auch wenn er manchmal jahrelang auf seine Rache warten mußte.»

«Die Mühlen Gottes mahlen langsam, aber sehr fein», murmelte Poirot vor sich hin.

«Die Mühlen des Teufels, müßte man da eher sagen», warf Sugden hart ein. «Göttliches war bestimmt nichts an Simeon Lee! Er war von der Art, die ihre Seele dem Teufel verkauft und sich noch freut über den Handel. Und stolz war er auch, stolz wie Luzifer!»

«Stolz wie Luzifer!» wiederholte Poirot. «Das ist sehr aufschlußreich, was Sie da sagen.»

Inspektor Sugden sah ihn verwundert an.
«Sie wollen doch nicht etwa andeuten, er sei umgebracht worden, weil er stolz war?»
«Ich meine, Stolz ist eine Eigenschaft, die sich vererbt. Simeon Lee kann seinen Stolz den Söhnen vererbt haben . . .»
Er brach ab. Hilda Lee war aus dem Haus getreten und sah die Terrasse entlang.

«Ich habe Sie gesucht, Mr. Poirot.»
Inspektor Sugden hatte sich mit einer Entschuldigung verabschiedet und ging ins Haus zurück. Hilda sah ihm nach und sagte: «Ich habe nicht gewußt, daß er bei Ihnen war. Ich glaubte, er sei mit Pilar im Garten. Ein hübscher Mann, der Inspektor, und sehr rücksichtsvoll.»
Ihre Stimme klang weich und angenehm beruhigend. Sie wandte sich wieder Poirot zu.
«Mr. Poirot, Sie müssen mir helfen.»
«Es wird mir ein Vergnügen sein, Madame.»
«Sie sind ein kluger Mensch, Mr. Poirot, das habe ich gestern abend gespürt. Es gibt vieles, was Sie wahrscheinlich mit Leichtigkeit herausbekommen werden, und ich möchte, daß Sie meinen Mann verstehen.»
«Ja, Madame?»
«Inspektor Sugden würde ich gewisse Dinge nicht gerne anvertrauen. Er könnte sie nicht begreifen. Aber Sie werden Verständnis dafür haben.»
Poirot verbeugte sich. «Ich fühle mich geehrt, Madame.»
Hilda Lee fuhr ganz ruhig fort: «Seit vielen Jahren, eigentlich seit wir verheiratet sind, war mein Mann ein seelischer Krüppel – wenn ich mich so audrücken kann. Sehen Sie, eine körperliche Krankheit tut weh und quält einen; aber Fleischwunden heilen, Knochen wachsen wieder zusammen, und selbst wenn vielleicht eine gewisse Schwäche zurückbleibt oder eine Narbe, so ist man doch nach einiger Zeit wieder gesund. Mein Mann aber hat im treffbarsten Alter eine schwere *seelische* Krankheit durchgemacht. Er sah seine über alles geliebte Mutter sterben. Für diesen Tod glaubte er moralisch seinen Vater

verantwortlich machen zu müssen, und von dieser Zwangsvorstellung hat er sich nie mehr befreien können. Der Haß auf seinen Vater blieb immer lebendig. Ich habe ihn überredet – *ich,* Mr. Poirot! –, zum Weihnachtsfest hierherzufahren, damit er sich mit seinem Vater aussöhnen solle. Das wünschte ich um seinetwillen, damit diese seelische Wunde endlich heilen könnte. Jetzt weiß ich, daß unser Herkommen ein Fehler war. Simeon Lee fand Vergnügen daran, in dieser Wunde herumzustochern! Und das war ein sehr – gefährliches Unterfangen.»

«Wollen Sie mich davon in Kenntnis setzen, Madame, daß Ihr Gatte seinen Vater umgebracht hat?»

«Ich sage Ihnen, Mr. Poirot, daß er das sehr leicht hätte tun können ... Und ich sage Ihnen ferner, daß er es *nicht* tat! Im Augenblick, da Simeon Lee ermordet wurde, saß sein Sohn im Musiksalon und spielte einen Trauermarsch. Der Wunsch zu töten lebte in seinem Herzen, kroch in seine Finger und erstarb in einer Flut von Tönen – das ist die Wahrheit.»

Poirot blieb eine Minute lang in Gedanken versunken stehen. Dann sagte er: «Und wie beurteilen Sie, Madame, das tragische Leben und Sterben der Mutter Ihres Gatten?»

«Ich habe Lebenserfahrung genug, um zu wissen, daß man nie nach äußeren Umständen urteilen soll», antwortete Hilda Lee klar und überlegt. «Allem Anschein nach war Simeon Lee durchaus im Unrecht und behandelte seine Frau abscheulich. Aber gleichzeitig glaube ich, daß es eine Art von Schwächlichkeit, eine Veranlagung zum Leiden und Dulden gibt, die die schlechtesten Instinkte in einem Mann wachrufen kann – jedenfalls in einem Mann, wie mein Schwiegervater einer war. Simeon Lee hätte, glaube ich, Mut und Charakterfestigkeit bewundert. Geduld und Tränen brachten ihn zur Raserei.»

Poirot nickte.

«Ihr Gatte sagte uns gestern abend: ‹Meine Mutter hat sich nie beklagt.› Ist das wahr?»

Ungeduldig erwiderte Hilda Lee:

«Nein, das ist natürlich nicht wahr! Sie beklagte sich dauernd bei David! Die ganze Last ihrer Glücklosigkeit legte sie auf seine Schultern. Und er war zu jung, viel zu jung, um alles tragen zu können, was sie ihm aufbürdete!»

Poirot sah sie nachdenklich an. Sie errötete unter seinen Blikken und nagte an ihrer Lippe.
«Ich verstehe», sagte Poirot.
«Was verstehen Sie?» fragte sie scharf.
«Ich verstehe, daß Sie Ihrem Gatten in erster Linie Mutter sein mußten, wo sie es vorgezogen hätten, seine Frau zu sein.»
Sie wandte sich ab.
In diesem Augenblick kam David Lee über die Terrasse gegangen. Seine Stimme klang hell und fröhlich, als er rief:
«Hilda, ist heute nicht ein herrlicher Tag?! Fast wie Frühling mitten im Winter!»
Er kam näher. Ein Locke blonden Haares fiel ihm in die Stirn, seine blauen Augen leuchteten. Er sah erstaunlich jung und knabenhaft aus. So unbeschwert strahlend und heiter sah er aus, daß Poirot den Atem anhielt.
«Komm, wir wollen zum See hinuntergehen, Hilda», sagte David. Er lächelte sie an, legte den Arm um ihre Schulter, und die beiden entfernten sich.
Poirot sah ihnen nach und bemerkte, daß Hilda sich plötzlich umwandte und ihm einen Blick zuwarf. Es lag eine bange Frage in diesem Blick — oder war es sogar Angst? Langsam ging Poirot bis ans andere Ende der Terrasse.
Ich sage ja immer, daß ich ein richtiger Beichtvater bin! Und da im allgemeinen Frauen häufiger zur Beichte gehen, werden heute morgen hauptsächlich Frauen zu mir kommen. Ich frage mich, wer die nächste sein wird, dachte Poirot.
Kaum hatte er am Ende der Terrasse kehrtgemacht, um langsam zurückzugehen, sah er diese Frage bereits beantwortet. Lydia Lee kam ihm entgegen.

«Guten Morgen, Mr. Poirot. Tressilian sagte mir, daß ich Sie mit Harry hier finden würde, aber ich bin froh, daß Sie allein sind. Mein Mann hat mir von Ihnen gesprochen. Er möchte Sie dringend sehen.»
«Ach? . . . Bitte sehr, soll ich zu ihm hineingehen?»
«Nicht im Augenblick! Er hat heute nacht kaum geschlafen. Ich mußte ihm schließlich ein Schlafmittel geben. Jetzt schläft er noch, und ich möchte ihn nicht wecken.»

«Das verstehe ich sehr gut. Sie haben vollkommen recht. Ich habe schon gestern abend bemerkt, wie tief Ihr Gatte erschüttert war.»

Sie sah ihn ernst an.

«Sehen Sie, Monsieur Poirot, er *liebte* seinen Vater wirklich, mehr als die anderen.»

Poirot nickte.

«Haben Sie — hat der Inspektor — bereits eine Ahnung, wer diesen grauenvollen Mord begangen haben könnte?»

«Wir haben verschiedene Ideen, Madame», gab Poirot ausweichend zurück, «aber nur davon, wer die Tat *nicht* verübt haben kann.»

«Es ist alles wie ein Nachtmahr — phantastisch — man kann nicht fassen, daß es wirklich sein soll», sagte Lydia nervös. Plötzlich sah sie Poirot aufmerksam an. «Was ist mit Horbury? War er wirklich im Kino, wie er angab?»

«Ja, Madame. Seine Aussage wurde genau überprüft. Er hat die Wahrheit gesprochen.»

Lydia zupfte an einem Eibenästchen. Sie wurde blasser.

«Aber das ist ja entsetzlich!» stieß sie plötzlich hervor. «Dann — dann bleibt ja nur die Familie!»

«Sehr richtig.»

«Monsieur Poirot, das kann ich nicht fassen!»

«Madame, das können Sie sehr wohl fassen.»

Sie schien protestieren zu wollen; aber plötzlich begann sie reumütig zu lächeln.

«Jeder Mensch neigt zu Heuchelei», sagte sie leise.

«Gewiß, Madame. Und wenn Sie sich entschließen können, mir gegenüber ganz offen zu sein, dann müssen Sie zugeben, daß Sie es durchaus natürlich fänden, wenn ein Mitglied Ihrer Familie den alten Mr. Lee ermordet haben sollte.»

«Das ist nun wirklich eine ungewöhnliche Feststellung, Monsieur Poirot», sagte Lydia steif und hart.

«Gewiß. Aber Ihr Schwiegervater war ein sehr ungewöhnlicher Mensch.»

«Armer alter Mann! Jetzt tut er mir leid. Solange er lebte, hat er mich unsagbar enerviert».

«Das kann ich mir lebhaft vorstellen», murmelte Poirot.

Er neigte sich über einen der kleinen Ziergärten.
«Reizend. Ganz bezaubernd ausgedacht.»
«Ich freue mich, daß sie Ihnen gefallen», sagte Lydia. «Mein Steckenpferd, wissen Sie. Finden Sie den arktischen mit den Pinguinen und dem Eis auch hübsch?»
«Sehr hübsch! Und das hier — was stellt das vor?»
«Das Tote Meer — soll es werden! Es ist noch nicht ganz fertig. Aber das hier ist Piana auf Korsika. Dort sind die Felsen ganz rot, wissen Sie, und das sieht zusammen mit dem blauen Meer wundervoll aus. Aber ich mag auch meine Wüstenlandschaft gern. Gefällt Sie Ihnen nicht?»
Sie führte ihn plaudernd immer weiter. Als sie das Ende der Terrasse erreicht hatten, sah sie auf ihre Armbanduhr.
«Ich werde jetzt hinaufgehen und sehen, ob Alfred erwacht ist.»
Als sie gegangen war, schlenderte Poirot über die Terrasse zurück und machte erst vor der Toten-Meer-Landschaft halt. Lange sah er interessiert darauf hinunter. Dann bückte er sich und ließ ein paar der Kieselsteinchen durch seine Finger rinnen. Plötzlich stutzte er. Er hielt die Steine dicht vor seine Augen.
«Sapristi!» sagte er. «Das ist allerdings eine Überraschung! Was zum Kuckuck soll nun das wieder bedeuten?»

Fünfter Teil

26. Dezember

Oberst Johnson und Sugden starrten Poirot ungläubig an. Er ließ kleine Kieselsteine sorglich in eine Kartonschachtel rinnen und schob sie dann dem Oberinspektor zu.
«Jawohl, es sind die Diamanten», sagte er abschließend.
«Und Sie fanden sie – wo? Im Garten?»
«In einem der kleinen Gärten, die Mrs. Alfred Lee dort anlegt.»
«Mrs. Alfred?» Sugden schüttelte den Kopf. «Kommt mir unwahrscheinlich vor.»
«Sie zweifeln daran, daß Mrs. Alfred ihrem Schwiegervater die Kehle durchgeschnitten haben soll, nicht wahr?»
«Daß sie das nicht tat, wissen wir bereits», sagte Sugden schnell. «Ich meine, es ist nicht wahrscheinlich, daß sie die Diamanten gestohlen hat.»
«Nein, wie eine Diebin sieht sie allerdings nicht aus», gab Poirot zu. «Jemand anderer könnte sie dort versteckt haben. Denn in diesem besonderen Garten – er stellt das Tote Meer vor – liegen Kieselsteine von ähnlicher Größe und Form.»
«Glauben Sie, daß sie das bewußt so arrangierte, mit vollem Vorbedacht?» fragte Sugden.
Oberst Johnson meldete sich nun überzeugt und mit Wärme zum Wort.
«Das glaube ich nicht. Keine Sekunde lang. Warum sollte sie die Diamanten an sich genommen haben?»
«Nun, was den Grund anbelangt . . .» begann Sugden langsam, aber Poirot fiel ihm ins Wort.
«Auf diese Frage gibt es eine mögliche Antwort. Sie nahm die Diamanten an sich, um damit einen Mordgrund zu konstruieren. Das heißt: sie wußte, daß ein Mord geplant war, obwohl sie selber nichts damit zu tun hatte.»
«Das klingt reichlich unglaubwürdig», beharrte Johnson. «Damit stempeln Sie sie zu einer Komplizin. Aber wessen Komplizin könnte sie sein? Doch nur diejenige ihres Mannes. Und

da wir ja wissen, daß auch er nichts mit dem Mord zu tun haben kann, fällt Ihre Theorie endgültig ins Wasser.»

Sugden fuhr sich nachdenklich über die Wange.

«Jawohl», sagte er, «das stimmt. Wenn also Mrs. Lee die Diamanten genommen hat – und das ist noch ein großes Wenn! –, dann liegt hier ganz einfach Diebstahl vor, und in diesem Falle könnte sie natürlich diesen kleinen Garten eigens dafür angelegt haben, die Steine vorläufig dort zu verstecken, bis der Tumult sich ein wenig legen würde. Eine andere Möglichkeit wäre auch das zufällige Zusammentreffen. Der Garten mit den ähnlichen Kieselsteinen könnte den Dieb angeregt haben, seine Beute dort zu verstecken.»

«Gewiß, das wäre sogar sehr gut möglich», pflichtete Poirot ihm bei. «*Einen* Zufall bin ich immer bereit in Rechnung zu ziehen.»

Inspektor Sugden schüttelte den Kopf.

«Mrs. Lee ist eine sehr nette Frau. Es ist nicht möglich, daß sie in eine solche Affäre verwickelt ist. Wobei ich freilich zugeben muß, daß man so etwas nie wissen kann.»

«Mag nun bezüglich der Diamanten geschehen sein, was will – daß Mrs. Lydia Lee irgendwie mit dem Mord in Zusammenhang stehen soll, ist meines Erachtens unmöglich! Der Butler sah sie im Wohnzimmer, als der Mord passierte.» Oberst Johnson sprach fest und sah Poirot herausfordernd an.

«Das habe ich nicht vergessen», sagte Poirot ruhig.

Der Polizeioberst wandte sich wieder seinem Untergebenen zu. «Also fahren wir fort. Haben Sie etwas zu rapportieren? Etwas Neues geschehen?»

«Ja, Sir. Ich habe einige Auskünfte eingeholt. Zuerst über Horbury. Es gibt tatsächlich etwas in seinem Leben, weswegen er Angst vor der Polizei hat.»

«Aha! Diebstähle, wie?»

«Nein, Sir. Erpressung. Man konnte ihm allerdings nichts beweisen, aber ich vermute, daß er ein, zwei solcher Sachen auf dem Kerbholz hat. Und weil ihn ein schlechtes Gewissen drückt, ist ihm der Schreck so mächtig in die Glieder gefahren, als Tressilian ihm gestern abend sagte, ein Polizeiinspektor habe beim alten Herrn vorgesprochen.»

«Mhm», knurrte Johnson. «Soweit Horbury. Was sonst?»
Der Inspektor hüstelte verlegen.
«Mrs. George Lee, Sir. Wir haben Informationen eingeholt über ihr Leben, bevor sie mit Mr. Lee verheiratet war. Lebte mit einem Kommandanten Jones zusammen. Galt als seine Tochter — war aber nicht seine Tochter ... Ich glaube, daß die Anspielungen, die der alte Herr über ihr Familienleben machte, ganz in Ordnung waren. Er kannte sich bei Frauen aus, wußte, wann er eine von der leichtfertigeren Sorte vor sich hatte, und dieser Schuß aus dem Hinterhalt muß ihm einen diebischen Spaß gemacht haben. Vor allem, weil er bei ihr direkt ins Lebendige traf!»
«Und das gäbe ihr, abgesehen vom Geldstandpunkt, einen weiteren Grund, zu morden. Vielleicht fürchtete sie, daß ihr Schwiegervater etwas Konkretes über sie wußte und es ihrem Mann hinterbringen wollte. Jedenfalls ist ihre Behauptung, telefoniert zu haben, ebenso merkwürdig wie unwahr.»
Sugden wagte einen Vorschlag.
«Wäre es nicht gut, Sir, wenn wir das Ehepaar herbitten und diese Telefonsache aufklären würden?»
«Gute Idee», sagte Oberst Johnson und klingelte. Tressilian erschien sofort.
«Bitten Sie Mr. und Mrs. George Lee, hierherzukommen.»
«Gerne, Sir.»
Als der alte Mann sich zum Gehen wandte, hielt ihn ein Anruf Poirots auf.
«Ist das Datum auf dem Kalender seit dem Mord nicht geändert worden?»
Tressilian wandte sich ihm zu.
«Auf welchem Kalender, Sir?»
«Auf dem dort drüben an der Wand.»
Die drei Herren saßen wieder im kleinen Herrenzimmer Alfred Lees. Der fragliche Kalender war ein Abreißkalender mit einem Blatt für jeden Tag und ziemlich großen Zahlen.
Tressilian blickte kurzsichtig zur Wand hinüber und schlurfte dann einige Schritte näher an den Kalender heran.
Verwundert sagte er: «Verzeihen Sie, Sir, aber die Blätter wurden abgerissen. Heute ist der sechsundzwanzigste.»

«Richtig, entschuldigen Sie. Wer hat wohl die Blätter abgerissen?»
«Mr. Lee, Sir, jeden Morgen. Mr. Alfred ist ein sehr ordentlicher Mensch.»
«Ich verstehe. Danke, Tressilian.»
Der alte Diener verschwand. Sugden sah Poirot entgeistert an.
«Stimmt etwas nicht mit diesem Kalender, Mr. Poirot? Ist mir vielleicht ein wichtiges Indiz entgangen?»
Poirot zuckte die Achseln.
«Der Kalender ist völlig unwichtig. Ich habe nur eben ein kleines Experiment gemacht.»
Oberst Johnson sagte: «Morgen findet die gerichtliche Totenschau statt. Natürlich wird das ganze Verfahren vertagt.»
«Jawohl, Sir», meldete Sugden, «ich habe mit dem Leichenbeschauer gesprochen und alles geordnet.»

George Lee und seine Frau traten ein.
«Guten Morgen», begrüßte sie Oberst Johnson und bot ihnen Platz an. «Ich habe verschiedene Fragen bezüglich einer Sache an Sie beide zu richten, über die ich mir nicht klarwerden konnte.»
«Es wird mir ein Vergnügen bereiten, Ihnen behilflich sein zu können», antwortete George hochtrabend.
Magdalene fügte ein wenig überzeugendes «Gewiß» bei.
Der Polizeioberst nickte Sugden kaum merklich zu, worauf der Inspektor die Befragung einleitete.
«Es handelt sich um die Telefonate am Mordabend. Sie haben, wenn ich mich recht erinnere, mit Westeringham telefoniert, nicht wahr, Mr. Lee?»
«Stimmt», erwiderte George kühl. «Und zwar mit einem Wahlagenten. Ich kann Ihnen seinen Namen nennen und . . .»
Inspektor Sugden hob abwehrend die Hand, um einen Wortschwall zu unterbinden.
«Gut, in Ordnung, Mr. Lee. Dieser Punkt steht gar nicht zur Diskussion. Sie bekamen diese Verbindung um genau acht Uhr neunundfünfzig.»

«Nun ... Ich – hm – könnte das nicht so genau sagen.»
«Aber wir können es! Solche Angaben werden immer sehr sorgfältig überprüft. Acht Uhr neunundfünfzig wurden Sie mit Westeringham verbunden, und um neun Uhr vier war Ihr Gespräch beendet. Ihr Vater, Mr. Lee, wurde um neun Uhr fünfzehn ermordet. Ich muß Sie also noch einmal ersuchen, uns zu sagen, wo Sie sich zu diesem Zeitpunkt aufhielten.»
«Das habe ich Ihnen doch bereits gesagt! Ich war am Telefon!»
«Nein, Mr. Lee – das waren Sie *nicht*!»
«Ach, Unsinn! Sie müssen sich irren! Bitte, vielleicht hatte ich mein Gespräch eben beendet und überlegte mir einen zweiten Anruf ... ich meine, ich überlegte, ob er – hm – die Auslagen wert sei ... als ich den Lärm von oben hörte.»
«Sie würden sich doch wohl einen Anruf nicht zehn Minuten lang überlegen.»
George lief rot an. Er sprach fast stotternd.
«Was meinen Sie damit? Was zum Teufel soll das heißen? Unverschämtheit! Zweifeln Sie vielleicht an meinen Worten? An den Worten eines Menschen in meiner Position? Ich ... Warum sollte ich Ihnen überhaupt über jede Minute meiner Zeit Rechenschaft ablegen?»
Inspektor Sugden antwortete mit einer Gelassenheit, die Hercule Poirots Bewunderung erregte.
«Weil das so üblich ist.»
George wandte sich dem Polizeiobersten zu.
«Oberst Johnson!» stieß er wütend hervor. «Können Sie diese ... dieses unerhörte Benehmen dulden?»
«In einem Mordfall, Mr. Lee», beschwichtigte Johnson, «müssen solche Fragen gestellt und – beantwortet werden.»
«Ich habe sie ja beantwortet! Nachdem ich mein erstes Gespräch beendet hatte, überlegte ich mir – einen zweiten Anruf.»
«Waren Sie in diesem Zimmer hier, als der Lärm losging?»
«Jawohl ... Ja, ich war hier drinnen.»
Johnson wandte sich Magdalene zu.
«Sie haben ausgesagt, Mrs. Lee, daß *Sie* zum fraglichen Zeitpunkt telefoniert hätten und daß Sie allein in diesem Zimmer gewesen seien.»

Magdalene war verwirrt. Sie sah erst George von der Seite an, dann Sugden und schließlich Johnson.
«Ich war so schrecklich aufgeregt, daß ich ... Ich weiß wirklich nicht mehr, was ich sagte.»
«Wir haben alles genau aufgeschrieben», bemerkte Sugden sarkastisch.
Nun ließ sie alle Minen springen, um den steifen Inspektor zu betören: weit aufgerissene, angsterfüllte Kinderaugen, einen bebenden Mund — aber sie begegnete nur der kalten Unnahbarkeit eines Mannes von strenger Rechtschaffenheit, der außerdem auf ihren Typ nicht ansprach.
Sie stammelte: «Doch ... ich habe telefoniert. Ja, ich weiß nur nicht mehr genau — wann ...» Sie brach jäh ab.
George hatte sich ihr zugewandt und schrie:
«Was soll das alles? Wo hast du telefoniert? In diesem Zimmer jedenfalls nicht!»
Sugden sagte ungerührt: «Ich schlage vor, Mrs. Lee, anzunehmen, daß Sie gar nicht telefoniert haben. Wo waren Sie in diesem Fall, und was haben Sie getan?»
Magdalene sah erst wie geistesabwesend vor sich hin und brach dann in Tränen aus.
«George», schluchzte sie, «sie sollen mich nicht einschüchtern! Du weißt, daß ich mich an gar nichts erinnern kann, wenn man mich erschreckt und mich mit Fragen in die Enge treibt! Ich ... ich wußte an jenem Abend überhaupt nicht, was ich sagte, und ... und ich war so aufgeregt ... und sie waren scheußlich zu mir!»
Sie sprang auf und rannte weinend aus dem Zimmer.
Auch George Lee fuhr von seinem Sitz auf.
«Was fällt Ihnen ein!» stammelte er. «Wie können Sie meine Frau derart erschrecken? Sie ist sehr empfindsam. Es ist eine Schande, wie Sie sie behandeln! Ich werde die Frage der unmenschlichen Methoden der britischen Polizei vor dem Parlament zur Sprache bringen. Es ist eine Schande!»
Er ging aus dem Zimmer und schmetterte die Tür ins Schloß.
Inspektor Sugden warf seinen Kopf zurück und lachte.
«Die hätten wir nicht schlecht erwischt! Jetzt werden wir ja sehen!»

Johnson runzelte die Stirn.
«Eine seltsame Sache, das! Sieht ziemlich unklar aus. Wir müssen noch weitere Angaben aus ihr herausbekommen.»
«Oh, sie wird in ein paar Minuten wieder zurückkommen», stellte Sugden leichthin fest. «Sobald sie sich eine plausible Antwort zurechtgelegt hat. Nicht wahr, Mr. Poirot?»
Poirot, der reglos dagesessen hatte, schien aus tiefen Träumen aufzuschrecken.
«Pardon?»
«Ich sagte, sie werde bald zurückkommen.»
«Vermutlich — ja, möglicherweise — gewiß.»
Sugden sah ihn erstaunt an.
«Was ist los, Mr. Poirot? Haben Sie ein Gespenst gesehen?»
Langsam antwortete Poirot: «Wissen Sie, daß ich diese Frage nicht unbedingt verneinen kann?»
Oberst Johnson wurde ungeduldig.
«Nun, Sugden, sonst noch etwas?»
«Ich habe versucht, die Reihenfolge, in welcher die Leute im Mordzimmer erschienen, zu rekonstruieren. Es ist ganz klar, wie sich alles abgespielt hat. Nachdem das Opfer seinen Schrei ausgestoßen hatte, schlüpfte der Mörder aus dem Zimmer, sperrte die Tür mit Hilfe einer Pinzette oder etwas Ähnlichem von außen zu und verwandelte sich Sekunden später in jemanden, der wie alle anderen dem Tatort entgegenrannte. Leider läßt sich nicht mehr mit Bestimmtheit feststellen, wer wen gesehen hat; in diesem Punkt haben die Beteiligten keine klare Erinnerung mehr. Tressilian sagt, daß er Harry und Alfred Lee die Halle, vom Speisezimmer herkommend, durchqueren und die Treppe hinaufrennen sah. Soweit ich begriffen habe, ist Miss Estravados erst spät am Tatort erschienen — als eine der letzten. Es scheint nach allen Aussagen, daß Farr, Mrs. George und Mrs. David die ersten waren. Alle drei behaupten, einen von ihnen vor sich gesehen zu haben. Das macht ja die Untersuchung so schwierig, daß man nie genau unterscheiden kann zwischen vorsätzlicher Lüge und ehrlicher Verschwommenheit der Erinnerung. Daß alle rannten, steht fest — aber in welcher Reihenfolge sie die Treppe hinaufrannten, ist nicht leicht herauszubekommen.»

«Und scheint Ihnen das so wichtig zu sein?» fragte Poirot langsam.
«Ja, wegen der Zeitfrage. Die Zeit war unglaublich kurz.»
«Ich stimme Ihnen bei, daß in diesem Fall die Zeitfrage eminent wichtig ist.»
«Und um alles noch zu erschweren, gibt es in diesem Haus zwei Treppen. Einmal die Haupttreppe, die von der Halle hinaufführt und von den Türen des Speisezimmers und des Wohnzimmers ungefähr gleich weit entfernt liegt. Dann ist noch eine Treppe am anderen Ende des Hauses. Stephen Farr hat sie benützt. Miss Estravados kam ebenfalls aus der Richtung dieser zweiten Treppe gestürzt. Ihr Zimmer liegt in deren unmittelbaren Nähe. Alle anderen geben an, über die Haupttreppe nach oben gelaufen zu sein.»
«Das ist allerdings verwirrend», sagte Poirot.
Die Tür wurde aufgestoßen, und Magdalene Lee trat hastig ein. Sie atmete heftig, und ihre Wangen waren gerötet. Sie kam schnell an den Tisch und sagte:
«Mein Mann glaubt, daß ich mich hingelegt habe; aber ich bin leise aus dem Zimmer geschlüpft.» Sie sah Oberst Johnson aus großen, verzweifelten Augen an. «Wenn ich Ihnen nun die Wahrheit sage, werden Sie sie für sich behalten, nicht wahr? Ich meine . . . Sie müssen nicht alles publik machen?»
«Sofern es nicht mit dem Verbrechen zusammenhängt . . .»
«Aber gar nicht! Es handelt sich um – etwas ganz Privates – um eine . . .» Magdalenes Augen schimmerten feucht. «Ich vertraue Ihnen, Oberst Johnson, ich weiß, daß man Ihnen vertrauen darf. Sie sehen so gut aus, und Sie sind so liebenswürdig. Sehen Sie, es war so: jemand . . .» Sie stockte.
«Ja, Mrs. Lee?»
«Ich beabsichtigte vorgestern, jemandem zu telefonieren. Einem . . . einem Freund von mir. Aber ich wollte nicht, daß George davon wußte. Das war sicherlich nicht recht von mir, und ich . . . Nach dem Abendessen ging ich zum Telefon, weil ich glaubte, daß George noch einige Zeit im Speisezimmer festgehalten werde. Aber als ich mich dem Herrenzimmer näherte, hörte ich meinen Mann telefonieren. Ich mußte also warten.»

«Wo haben Sie gewartet, Mrs. Lee?» fragte Poirot.
«Hinter der Treppe ist eine kleine Garderobe. Der Raum ist ziemlich dunkel. Dort schlüpfte ich hinein, weil ich von diesem Versteck aus gleichzeitig gesehen hätte, wenn George das Herrenzimmer verließ. Aber er kam nicht heraus, und dann ging der Lärm oben los, und alle rannten die Treppe hinauf.»
«Ihr Mann hat also dieses Zimmer nicht verlassen, bis der Schrei oben ertönte?»
«Nein.»
«Und Sie selber haben die Zeit von neun Uhr bis neun Uhr fünfzehn wartend in dieser Garderobe verbracht?» fragte Johnson.
«Ja! Aber das konnte ich doch nicht sagen! Man hätte mich gefragt, was ich dort zu suchen hatte, verstehen Sie? Und alles hätte so ... so komisch ausgesehen für mich, begreifen Sie?»
«Ja, es mutet tatsächlich etwas komisch an», gab Johnson trocken zu.
«Ich bin so erleichtert, daß ich Ihnen nun die Wahrheit gesagt habe.» Sie lächelte ihn süß an. «Sie werden meinem Mann nichts davon erzählen, nicht wahr? Nein, natürlich nicht! Ich weiß, daß man Ihnen vertrauen kann – Ihnen allen!»
Sie bedachte alle Anwesenden mit einem letzten, bezaubernd flehentlichen Blick und schwebte dann aus dem Zimmer.
Oberst Johnson räusperte sich energisch.
«Nun – es *könnte* so gewesen sein! Klingt ganz plausibel. Andererseits ...»
«Könnte es auch *nicht* so gewesen sein!» fiel ihm Sugden ins Wort. «Das ist es ja gerade! Wir wissen es nicht.»

Lydia Lee befand sich, halb verborgen durch die schweren Gardinen, am Fester und sah in den Garten hinaus. Ein Laut hinter ihr ließ sie herumfahren. Hercule Poirot stand unter der Tür.
«Mr. Poirot! Sie haben mich erschreckt!»
«Das tut mir unendlich leid, Madame. Ich bin ziemlich geräuschlos eingetreten.»

«Ich dachte, es sei Horbury.»
Poirot nickte. «Ja, er geht tatsächlich sehr leise im Haus herum, dieser Mann — wie eine Katze oder ein — Dieb.»
Er sah sie aufmerksam an. Sie schnitt eine kleine, verächtliche Grimasse, als sie sagte: «Ich habe nie etwas mit diesem Menschen anfangen können. Mir ist es recht, wenn wir ihn möglichst bald loswerden.»
«Das wird allerdings nur von Vorteil für Sie sein.»
Sie sah ihn forschend an.
«Wieso? Liegt etwas gegen ihn vor?»
«Nun, er ist ein Mensch, der Geheimnisse sammelt und sie dann zu seinem Vorteil ausbeutet.»
«Glauben Sie, daß er etwas über den Mord weiß?» fragte sie.
Poirot zuckte die Achseln.
«Er hat leise Füße und lange Ohren. Vielleicht hat er irgend etwas gehört oder gesehen, das er für sich behält.»
«Und womit er einen von uns erpressen könnte?»
«Das liegt im Bereiche der Möglichkeit, Madame. Aber ich bin nicht hergekommen, um Ihnen das zu sagen.»
«Sondern?»
«Ich habe mit Mr. Alfred gesprochen», sagte Poirot langsam, «und er hat mir einen Vorschlag gemacht, den ich gerne mit Ihnen besprochen hätte, ehe ich ihn annehme oder ablehne. Aber dann war ich so entzückt über das Bild, das Sie abgaben — Ihr reizender Jumper gegen das tiefe Rot der Vorhänge, daß ich stehen blieb, um Sie zu bewundern.»
«Wirklich, Mr. Poirot! Müssen wir unsere Zeit mit Komplimenten verlieren?»
«Verzeihen Sie mir, Madame. Aber so wenige Engländerinnen verstehen sich auf *la toilette*. Das Kleid, das Sie am ersten Abend trugen — das war trotz seiner einfachen, unauffälligen Machart sehr kleidsam — sehr distinguiert.»
Lydia fragte ungeduldig: «Worüber wollten Sie mit mir sprechen, Mr. Poirot?»
Nun wurde auch Poirot ernst.
«Ihr Gatte, Madame, hat mich gebeten, diesen Fall zu untersuchen. Er will, daß ich hierbleibe, in Ihrem Hause wohne und mein Äußerstes tue, um diesen Mord aufzuklären.»

«Ja, und?»
«Ich möchte eine Einladung nicht annehmen, ehe nicht die Dame des Hauses sie für gut befunden hat.»
«Selbstverständlich begrüße ich die Einladung meines Mannes», sagte sie kühl.
«Gewiß, Madame, aber ich brauche mehr als das. *Wünschen* Sie, daß ich herkomme?»
«Gewiß, warum nicht?»
«Ich will mich klarer ausdrücken. Wünschen Sie, daß die Wahrheit an den Tag kommt?»
«Natürlich.»
Poirot seufzte.
«Müssen Sie mir in dieser konventionellen Art antworten?»
«Ich bin eine eher konventionelle Natur.»
Sie nagte an ihrer Unterlippe. Erst schien sie zu zögern, aber dann sagte sie: «Vielleicht ist Offenheit wirklich das Beste. Ich verstehe Ihre Situation sehr gut, und sie ist keineswegs rosig. Mein Schwiegervater ist grausam ermordet worden, und sofern man nicht den Hauptverdächtigen – Horbury – dieses Mordes überführen kann – und es hat den Anschein, daß dies nicht möglich sein wird –, dann muß jemand von unserer Familie der Täter sein. Diesen Jemand der Gerechtigkeit auszuliefern heißt also Schmach und Schande über unsere Familie zu bringen ... Und wenn ich ganz ehrlich sein soll, muß ich sagen, daß ich *das* allerdings nicht wünsche.»
«Sie würden also den Mörder lieber ungestraft entwischen lassen?»
«Wahrscheinlich laufen viele unbestrafte Mörder auf dem weiten Erdenrund herum.»
«Gewiß, da haben Sie recht.»
«Würde da einer mehr eine Rolle spielen?»
Poirot sah sie nachdenklich an.
«Und die anderen Familienmitglieder? Die Unschuldigen?»
Sie horchte auf. «Ja, was ist mit ihnen?»
«Wenn Ihre Hoffnungen sich erfüllen würden, käme die Wahrheit nie an den Tag. Alle stünden gleicherweise unter dem Schatten des Verdachtes, der Zweifel ...»
«Daran habe ich nicht gedacht», murmelte sie unsicher.

«Niemand würde jemals erfahren, wer der Schuldige war.» Leise fügte er bei: «Es sei denn, daß *Sie* ihn bereits kennen.»
«Sie haben kein Recht, mir das zu sagen!» schrie sie auf. «Es ist nicht wahr! Ach! Wenn es doch irgendein Fremder wäre, der nicht zur Familie gehörte!»
«Oder beides zusammen.»
«Was meinen Sie damit?» fragte sie verblüfft.
«Es könnte ein Familienmitglied und trotzdem ein Fremder sein ... Verstehen Sie mich nicht? Nun, das ist so eine Idee, die Hercule Poirots Gehirn entsprungen ist.» Er sah sie ernst an. «Madame, was soll ich also Ihrem Gatten antworten?»
Lydia hob die Hände und ließ sie mit einer müden, hilflosen Gebärde wieder fallen.
«Sie müssen natürlich annehmen.»

Pilar stand mitten im Musikzimmer. Sie hielt sich sehr gerade, und ihre Augen huschten von einer Seite zur anderen wie die eines Tieres, das einen Angriff fürchtet.
«Ich will fort von hier.»
«So fühlen nicht nur Sie», sagte Stephen Farr freundlich. «Aber man wird uns nicht fortlassen, Sie Kind.»
«Die Polizei? ... Es ist gar nicht angenehm, mit der Polizei zu tun zu haben. Anständigen Menschen sollte das nicht passieren.»
«Zum Beispiel – Ihnen, nicht wahr?» lächelte Farr.
«Nein, ich meine Lydia und Alfred, David, George und Hilda und ... doch, auch Magdalene.»
Stephen zündete sich eine Zigarette an. Er rauchte eine Weile, ohne etwas zu sagen. Doch dann fragte er: «Eine Ausnahme? Weshalb?»
«Wieso, bitte?»
«Warum zählen Sie Bruder Harry nicht auf?»
Pilar lachte und zeigte dabei ihre schönen, ebenmäßigen Zähne.
«Oh, Harry ist etwas anderes! Ich glaube, der ist es gewohnt, mit der Polizei in Konflikt zu geraten!»
«Vielleicht haben Sie recht. Jedenfalls ist er zu abenteuerlich,

um sich reibungslos in das häusliche Bild einzufügen. Mögen Sie Ihre englischen Verwandten, Pilar?»
Pilar mußte sich die Antwort erst überlegen.
«Sie sind nett – alle sind sehr nett», sagte sie zögernd. «Aber sie lachen nie, sie sind nicht fröhlich.»
«Liebes Mädchen, in diesem Hause ist eben ein Mord geschehen!»
«J-ja-a», murmelte Pilar.
«Ein Mord», fuhr Stephen belehrend fort, «ist denn doch nichts ganz so Alltägliches, wie Ihre Nonchalance Ihnen vorzuspiegeln scheint. Mag man in Spanien darüber denken, wie man will – in England nimmt man Morde verteufelt ernst!»
«Sie lachen mich aus!»
«Bestimmt nicht! Mir ist gar nicht lächerlich zumute!»
Pilar betrachtete sein braunes Gesicht.
«Sie möchten auch weg von hier, nicht wahr? Und der hübsche, große Polizist läßt Sie nicht gehen.»
«Ich habe ihn nicht darum gebeten, aber wahrscheinlich würde er es mir verbieten. Man muß jetzt jeden seiner Schritte überlegen und sehr vorsichtig sein.»
«Ja, und das ist so langweilig», stellte Pilar fest.
«Es ist mehr als nur langweilig, meine Liebe! Und dann schnüffelt auch noch dieser Ausländer überall herum. Ich halte ihn zwar nicht für besonders gescheit, aber er macht mich nervös.»
Pilar runzelte plötzlich die Stirne.
«Mein Großvater war sehr, sehr reich, nicht wahr? Wer bekommt jetzt sein vieles Geld? Alfred und die anderen?»
«Das hängt von seinem Testament ab.»
«Er könnte mir auch etwas hinterlassen haben», überlegte Pilar, «aber ich halte das nicht für wahrscheinlich.»
«Machen Sie sich keine Sorgen», tröstete Stephen sie fast liebevoll. «Sie gehören zur Familie. Man wird für Ihren Unterhalt aufkommen müssen.»
Mit einem Seufzer sagte Pilar: «Ich gehöre hierher! Komisch ist das! Und dann ist es doch wieder nicht komisch.»
«Ja, für Sie ist es bestimmt nicht nur heiter.»
Wieder seufzte Pilar tief auf. Dann fragte sie:

«Wollen wir das Grammofon anstellen und tanzen?»
Stephen sah sie zweifelnd an.
«Das würde sich nicht gut ausnehmen. In einem Trauerhaus tanzt man nicht.»
Pilars große Augen wurden noch größer.
«Aber ich bin gar nicht traurig! Ich kannte meinen Großvater ja kaum, obwohl ich ihn gern hatte. Ich will nicht weinen und unglücklich sein, weil er jetzt tot ist. Sich scheinheilig zu geben ist so dumm!»
«Sie sind herrlich!» sagte Stephen Farr begeistert.
«Wenn wir Strümpfe und Handschuhe in das Grammofon stopfen», fuhr sie schmeichelnd fort, «dann würde es keinen großen Lärm machen, und niemand könnte es hören.»
«Also, kommen Sie, Verführerin!»
Sie lachte vergnügt, rannte aus dem Zimmer und gegen den Ballsaal am anderen Ende des Hauses. Doch als sie den Seitenkorridor erreichte, der zur Gartentüre führte, blieb sie wie angewurzelt stehen. Stephen, der hinter ihr herkam, unterbrach seinen Lauf ebenso jäh.
Hercule Poirot hatte ein Bild von der Wand genommen und betrachtete es nun eingehend beim hellen Tageslicht, das durch die Fenstertür hereinflutete. Er blickte auf, sah die beiden und lächelte ihnen zu.
«Sie kommen wie gerufen! Ich studiere etwas sehr Wichtiges: das Gesicht von Simeon Lee als junger Mann.»
«Ach? Ist das mein Großvater?»
Sie sah das Bild lange an. Dann sagte sie verwundert:
«So verändert — ganz verändert ... Jetzt war er so alt, so verrunzelt. Hier sieht er aus wie Harry — wie Harry vor etwa zehn Jahren ausgesehen haben dürfte.»
Hercule Poirot nickte.
«Jawohl, Mademoiselle. Harry Lee gleicht seinem Vater am meisten. Und hier —» er führte sie ein paar Schritte die Galerie entlang, «hier ist Ihre Großmutter. Ein längliches, sanftes Gesicht — sehr blondes Haar, milde blaue Augen.»
«Wie David!» rief Pilar.
«Auch Alfred sieht ihr ähnlich», bemerkte Stephen.
«Vererbung ist eine interessante Sache», sagte Poirot. «Mr. Lee

und seine Frau waren grundverschiedene Typen. Im großen und ganzen schlugen alle Kinder dieser Ehe der Mutter nach. Sehen Sie hier, Mademoiselle.»
Er zeigte auf das Porträt eines ungefähr neunzehnjährigen Mädchens mit goldschimmerndem Haar und lachenden großen blauen Augen. Die Züge glichen denen von Simeon Lees verstorbener Frau, aber es war eine heitere Lebhaftigkeit in ihnen, die der stillen Dulderin wahrscheinlich nie geeignet hatte.
«Oh!» stieß Pilar hervor. Ihre Wangen erröteten. Sie griff nach einer langen Goldkette, die sie um den Hals trug, und zog ein Medaillon hervor und hielt es Poirot wortlos vors Gesicht. Dasselbe lachende Jungmädchengesicht sah ihm daraus entgegen.
«Meine Mutter», flüsterte Pilar.
Poirot nickte. In der anderen Seite des Medaillons steckte das Bild eines hübschen jungen Mannes mit schwarzem Haar und dunkelblauen Augen.
«Mein Vater! Ist er nicht wunderschön!»
«Doch, gewiß. Spanier haben im allgemeinen keine blauen Augen, nicht wahr, Mademoiselle?»
«Die aus dem Norden manchmal schon. Übrigens war die Mutter meines Vaters Irin.»
«Spanisches, englisches, irisches und ein Schuß Zigeunerblut», zählte Poirot lachend auf. «Mit dieser erblichen Belastung könnten Sie sich viele Feinde schaffen, Señorita!»
Stephen Farr grinste. «Sie würde einem Feind kurzerhand die Gurgel abschneiden, hat sie mir im Zug anvertraut ...» Er brach erschrocken ab. Der grauenvolle Sinn seiner Worte fiel ihm plötzlich ein und schnitt ihm förmlich den Atem ab.
Hercule Poirot versuchte das Gespräch auf andere und unverfänglichere Bahnen zu lenken. «Oh, Mademoiselle! Ich muß Sie noch um etwas bitten! Würden Sie mir bitte Ihren Paß aushändigen? Eine Formsache, wenn auch eine leidige. Inspektor Sugden braucht ihn ... Polizeivorschriften, wissen Sie – lästig und dumm, gewiß, aber notwendig für einen Ausländer in diesem Land. Und dem Gesetz nach sind Sie natürlich Ausländerin.»
Pilar hob die Augenbrauen. «Meinen Paß? Ja, ich werde ihn holen. Er liegt in meinem Zimmer.»

Poirot folgte ihr und entschuldigte sich ungemein.
«Es tut mir sehr leid, Ihnen diese Mühe zu bereiten. Wirklich, sehr, sehr leid.»
Sie waren am Ende des langen Korridors angekommen. Von dort führte die zweite Treppe in den oberen Stock. Pilar nahm sie mit wenigen Schritten, Poirot und Farr folgten langsamer nach. Pilars Zimmer lag am Ende der Treppe. Sie machte die Tür auf und rief: «Ich bringe den Paß sofort heraus.»
Poirot und Stephen warteten. Der junge Mann sagte sehr kleinlaut: «Verdammt blöd von mir, das zu sagen – vorhin. Sie hat es aber gar nicht bemerkt, oder doch?»
Poirot gab ihm keine Antwort. Er hielt den Kopf leicht zur Seite geneigt und schien auf etwas zu horchen.
«Die Engländer sind Freiluftfanatiker», sagte er nach einigen Augenblicken. «Und diese Eigenart schein Miss Estravados geerbt zu haben.»
Stephen sah ihn fassungslos erstaunt an.
«Weil sie heute, an einem ausgesprochen eisigen Wintertag – im Gegensatz zum gestrigen milden Sonnenwetter – das Fenster aufreißt – wie gerade eben. Seltsam, dieser Hunger nach frischer Luft.»
Pötzlich hörte man drinnen einen spanischen Ausruf, und Pilar tauchte mit einem ärgerlichen Lachen wieder auf.
«Bin ich dumm!» rief sie. «Dumm und ungeschickt! Mein Köfferchen steht auf dem Fensterbrett, und ich durchstöberte es so schnell und paßte nicht auf, so daß mir jetzt der Paß zum Fenster hinausgefallen ist. Er liegt drunten in einem Blumenbeet. Ich hole ihn sofort.»
Stephen wollte ihr diesen Gang abnehmen, aber sie hielt ihn entschieden davon ab.
«Nein, gehen Sie nur inzwischen mit Mr. Poirot ins Wohnzimmer! Ich bringe ihn dorthin.»
Doch Poirot sagte am oberen Ende der Haupttreppe plötzlich: «Bleiben wir noch einen Augenblick hier. Ich möchte Sie im Mordzimmer etwas fragen.»
Sie gingen den Korridor entlang, der zu Simeon Lees Zimmer führte. Als sie an der Nische vorbeikamen, in welcher zwei Marmornymphen in viktorianischer Wohlanständigkeit ängst-

lich ihre wallenden Gewänder festhielten, murmelte Stephen Farr abschätzig: «Scheußlich bei Tageslicht! Neulich abends glaubte ich, es seien drei solche Weiber da drinnen, aber glücklicherweise sind es nur zwei!»
«Ja, dem heutigen Geschmack entsprechen sie nicht mehr», sagte Poirot. «Aber seinerzeit haben sie bestimmt eine Menge Geld gekostet. Übrigens sehen sie nachts besser aus.»
«Allerdings, da sieht man nur undeutliche Figuren.»
«Nachts sind alle Katzen grau», lautete Poirots Antwort.
Im Mordzimmer fanden sie Inspektor Sugden, vor dem Safe kniend und den Kassenschrank mit einer Lupe untersuchend, vor. Er blickte auf, als sie eintraten.
«Wurde mit dem dazugehörigen Schlüssel geöffnet», stellte er fest. «Und zwar von jemandem, der das Kennwort wußte.»
Poirot trat neben ihn, flüsterte ihm etwas ins Ohr, worauf der Inspektor nickte und rasch aus dem Zimmer ging.
Poirot wandte sich wieder Stephen Farr zu, der reglos den Armstuhl anstarrte, in welchem Simeon Lee immer gesessen war. Auf seiner Stirn, die in tiefen Falten lag, traten die Adern deutlich hervor. Poirot betrachtete ihn eine ganze Weile, ehe er sagte: «Erinnerungen übermannen Sie, nicht wahr?»
«Noch vor zwei Tagen», flüsterte Farr, «saß er da und lebte – und heute . . .»
Aber dann schüttelte er die Benommenheit ab.
«Sie wollten mich etwas fragen, Mr. Poirot.»
«Ach, richtig. Sie waren, wenn ich nicht irre, der erste am Tatort vorgestern nacht.»
«So? Ich weiß es nicht mehr. Nein, ich glaube, eine der Damen war noch vor mir oben.»
«Welche der Damen?»
«Georges oder Davids Frau, eine von beiden. Sie waren jedenfalls beide sofort da.»
«Sie selber hörten den Schrei nicht?»
«Nein, ich glaube nicht. Ich kann mich nicht genau erinnern. Jemand schrie wohl auf, aber das kann von unten gekommen sein.»
«Einen Laut wie *den* haben Sie also nicht gehört?»
Poirot warf den Kopf zurück und stieß plötzlich einen gellen-

den Schrei aus. Das kam so unerwartet, daß Stephen einen Schritt zurück machte und beinahe gestolpert wäre. Ärgerlich stieß er hervor: «Um Himmels willen! Wollen Sie das ganze Haus erschrecken? Nein, ich habe keinen auch nur annährend ähnlichen Laut gehört! Jetzt wird wieder alles gelaufen kommen und denken, es sei ein zweiter Mord geschehen!»
Poirot sah betreten vor sich hin.
«Das ist richtig . . . Wie dumm von mir! Gehen wir!»
Er eilte aus dem Zimmer. Lydia und Alfred standen unten an der Treppe und sahen hinauf – George kam gerade aus der Bibliothek, und Pilar stürzte ebenfalls daher, den Paß in der Hand.
«Es ist nichts geschehen, nichts», rief Poirot. «Bitte, regen Sie sich nicht auf. Ich habe nur ein kleines Experiment gemacht.»
Alfred sah verärgert, George indigniert aus, und Poirot überließ es Stephen, sie über das Vorkommnis zu beruhigen. Er selber eilte durch den Korridor ans andere Ende des Hauses.
Dort trat Sugden ruhig aus Pilars Zimmer.
«*Eh bien?*» fragte Poirot gespannt.
Der Inspektor schüttelte den Kopf. «Keinen Laut.»
Er sah Poirot bewundernd an und nickte.

«Dann nehmen Sie also an, Mr. Poirot?» fragte Alfred.
Die Hand, mit welcher er sich über das Gesicht fuhr, zitterte ein wenig. Seine milden braunen Augen glühten in einem ganz neuen, ungewohnten Fieber, und er stotterte leicht, wenn er sprach. Lydia, die stumm neben ihm stand, sah ihn besorgt an.
«Sie wissen nicht . . . Sie k-können nicht w-wissen – was mir das b-bedeutet! . . . Der Mörder meines V-Vaters m-muß gefunden werden!»
«Wenn Sie sich wirklich, wie Sie mir sagen, die Sache lange und gründlich überlegt haben – ja, dann nehme ich an. Aber wohlverstanden, Mr. Lee: dann gibt es kein Zurück mehr! Ich bin kein Spürhund, den man auf eine Fährte setzt und plötzlich zurückpfeift, wenn man die Spur lieber nicht weiterverfolgen möchte.»
«Das ist selbstverständlich! Es ist alles b-bereit. Ihr Z-Zimmer – alles. Bleiben Sie, solange Sie wollen.»

«Es wird nicht allzu lange sein», sagte Poirot ernst.
«Wie? Was sagen Sie da?»
«Ich sage, es werde nicht lange dauern. Es ist ein so beschränkter Kreis, der in diesem Verbrechen untersucht werden muß, daß es unmöglich lange dauern kann, bis die Wahrheit zutage tritt.» Er sah Alfred an. «Ich glaube sogar, daß das Ende der Untersuchungen naht.»
Alfred starrte ihn an. «Unmöglich!» keuchte er.
«Doch, doch. Die Tatsachen weisen alle mehr oder weniger deutlich in eine bestimmte Richtung. Es brauchen nur noch einige ziemlich unwichtige Belange geklärt zu werden, und dann wird die unumstößliche Wahrheit klar vor uns liegen.»
Alfred lachte ungläubig.
«Heißt das — daß Sie sie bereits kennen?»
«Ja, Mr. Lee», lächelte Poirot zurück, «ich kenne sie.»
Alfred wandte sich plötzlich ab. «Mein Vater ... mein Vater», stieß er unterdrückt hervor.
«Ich habe Sie noch um zwei Sachen zu bitten», fuhr Poirot ihn fast hart an. «Erstens möchte ich, daß Sie das Bildnis Ihres Vaters, das ihn als jungen Mann darstellt, in dem Schlafzimmer aufhängen lassen, das Sie mir zur Verfügung stellen wollen.»
Alfred und Lydia sahen ihn starr an.
«Das Bild meines Vaters?» stammelte Alfred. «Weshalb?»
Mit einer Handbewegung erklärte Poirot:
«Es wird mich — wie soll ich sagen? — inspirieren!»
«Wollen Sie vielleicht dieses Verbrechen mit Hellseherei lösen, Monsieur Poirot?» fragte Lydia höhnisch.
«Nennen wir es so, Madame: ich will nicht nur die leiblichen Augen dabei benützen, sondern auch die geistigen.»
Sie zuckte die Achseln.
«Ferner möchte ich die wahren Umstände kennenlernen, unter welchen der Gatte Ihrer Schwester, Juan Estravados, starb.»
«Ist das notwendig?» fragte Lydia.
Doch Alfred beantwortete diese Frage.
«Juan Estravados tötete im Verlaufe eines Streites um eine andere Frau einen Mann in einem Kaffeehaus.»
«Wie brachte er ihn um?»

Alfred sah Lydia bittend an.
«Er erstach ihn», fuhr Lydia gleichmütig fort. «Juan Estravados wurde nicht zum Tode verurteilt, weil er zu seiner Tat herausgefordert worden war. Er bekam eine Zuchthausstrafe und starb im Gefängnis.»
«Weiß seine Tochter davon?»
«Ich glaube nicht.»
«Nein, Jennifer sagte ihr nichts davon», murmelte Alfred.
Plötzlich fuhr Lydia auf. «Sie glauben doch nicht etwa, daß Pilar ... Das wäre Unsinn!»
Poirot überhörte diesen Einwurf.
«Nun, Mr. Lee, würden Sie mir vielleicht auch nähere Einzelheiten über Ihren Bruder Harry anvertrauen?»
«Was wollen Sie wissen?»
«Soviel ich begriffen habe, wird er irgendwie als Schandfleck der Familie angesehen. Warum?»
Alfreds Gesicht bekam wieder etwas Farbe.
«Er stahl einmal eine große Summe Geld, indem er den Namen meines Vaters auf einem Scheck fälschte. Natürlich hat mein Vater ihn nicht dafür zur Rechenschaft gezogen. Harry war immer ein Tunichtgut. Überall auf der ganzen Welt ist er in Schwierigkeiten geraten. Immer mußte er telegrafieren, man solle ihm Geld schicken, damit er aus einer Klemme käme. Er war da und dort im Gefängnis und kam wieder heraus!»
«Das weißt du nicht bestimmt, Alfred», wies Lydia ihn zurecht.
Aber er fegte ihren Einwand mit einer Handbewegung beiseite. «Harry ist ein Lump! War immer einer!»
«Sie scheinen diesen Bruder nicht zu lieben», stellte Poirot fest.
«Er hat meinen Vater ausgenützt — auf eine schändliche Weise!»
Lydia seufzte kurz und ungeduldig auf. Poirot hörte es und warf ihr einen wachen, scharfen Blick zu.
«Wenn doch wenigstens diese Diamanten gefunden werden könnten», sagte sie. «Mich dünkt, dort liegt die Lösung des ganzen Falles.»
«Sie sind gefunden worden, Madame. Und zwar in Ihrem kleinen Garten, der das Tote Meer darstellt.»
«Sie sind ... In meinem Garten? ... Wie seltsam!»
«Nicht wahr, Madame?»

Sechster Teil

27. Dezember

«Das ging ja schmerzloser, als ich fürchtete», sagte Alfred Lee mit einem Seufzer. Sie waren alle soeben von der gerichtlichen Totenschau zurückgekommen. Mr. Charlton, ein altväterischer Rechtsanwalt mit forschenden blauen Augen, war mit ihnen dort anwesend gewesen und hatte sie nun nach Gorston Hall zurückbegleitet.

«Ich sagte Ihnen ja, daß dieses Procedere eine reine Formsache sei – reine Formsache. Die Vertagung war vorauszusehen, weil die Polizei vorerst noch weitere Untersuchungen anstellen muß.»

George Lee war gereizt.

«Ekelhaft ist das alles, einfach ekelhaft. Eine scheußliche Situation, in die wir da geraten sind! Ich persönlich bin fest davon überzeugt, daß das Verbrechen von einem Irrsinnigen begangen wurde, der sich irgendwie Zugang zum Haus verschaffen konnte. Dieser Sugden ist ja halsstarrig wie ein Maulesel! Oberst Johnson müßte Scotland Yard beiziehen. Die Ortspolizei ist doch hilflos. Zu dickköpfig! Was ist zum Beispiel mit diesem Horbury los? Ich höre, daß seine Vergangenheit äußerst dunkel sein soll; aber die Polizei unternimmt überhaupt nichts gegen ihn!»

«Ich – eh – glaube, daß dieser Horbury ein einwandfreies Alibi für die fragliche Zeit hat, und deshalb – eh – muß die Polizei seinen Angaben glauben», versuchte Charlton zu beruhigen.

«Muß sie? Warum muß sie?» schäumte George. «Wenn ich die Polizei wäre, dann würde ein solches Alibi mit größter Vorsicht aufgenommen! Es ist doch klar, daß ein Verbrecher sich immer ein Alibi besorgt. Aber die Pflicht der Polizei ist es, dieses Alibi zu widerlegen – das heißt, wenn sie fähig ist!»

«Nun, nun», sagte Charlton, «ich glaube, daß es nicht unsere Sache ist, uns in das Vorgehen der Polizei einzumischen. Im allgemeinen sind doch sehr tüchtige Leute dabei.»

George schüttelte verbissen den Kopf.
«Scotland Yard müßte verständigt werden! Inspektor Sugden mag ein gewissenhafter Beamter sein, aber eine Leuchte ist er bestimmt nicht.»
«Doch, Sugden ist ein sehr guter Polizist», widersprach ihm Charlton. «Er ist vielleicht keiner von der geschwinden Sorte, aber er erreicht sein Ziel, glauben Sir mir.»
«Ich bin überzeugt, daß die Polizei alles in ihren Kräften Stehende tut», sagte Lydia. «Mr. Charlton, möchten Sie einen Sherry?»
Mr. Charlton lehnte höflich dankend ab. Er räusperte sich und schritt dann zur Testamentseröffnung. Er las dieses Dokument mit sichtlichem Behagen, wobei er bei den dunkleren Formulierungen etwas länger verweilte und die besonders raffinierten juristischen Passagen genießerisch auszukosten schien. Als er geendet hatte, nahm er seine Brille ab, putzte sie umständlich und sah sich dann in der Runde um. Harry Lee sprach als erster.
«Diese gesetzlichen Formulierungen sind schwer zu verstehen. Können Sie uns das alles nicht klar und deutlich sagen?»
«Aber das vorliegende ist ein durchaus einfaches Testament.»
«Mein Gott», seufzte Harry, «wie sieht denn ein kompliziertes aus?»
Mr. Charlton wies ihn mit einem eiskalten Blick in seine Schranken zurück. Dann führte er aus:
«Die Hauptvergabungen sind denkbar leicht zu verstehen. Die Hälfte des Vermögens fällt an Mr. Alfred Lee. Der Rest wird zwischen die übrigen Kinder aufgeteilt.»
Harry lachte hämisch.
«Alfred, wie gewöhnlich! Das halbe Vermögen meines Vaters! Du hast Schwein, Alfred!»
Alfred lief rot an. Lydia sagte scharf:
«Alfred war seinem Vater ein guter und ergebener Sohn. Seit Jahren hat er die Werke geleitet und die ganze Verantwortung getragen.»
«O ja, Alfred war immer ein Mustersöhnchen!»
«Du kannst von Glück sagen, mein Lieber, daß Vater dir überhaupt etwas hinterlassen hat», fauchte Alfred den Bruder an.
Harry warf den Kopf zurück und lachte herzlich.

«Du hättest lieber gesehen, wenn ich leer ausgegangen wäre, wie? Du hast mich nie ausstehen können!»
Mr. Charlton hüstelte. Er war solche unerquicklichen Szenen nach einer Testamentseröffnung gewohnt — nur zu sehr gewohnt — und ihm lag daran, mit seinen Verpflichtungen zu Ende zu kommen, bevor die endlosen Familienstreitereien begannen.
«Ja, das ist, glaube ich, alles, was ich Ihnen . . .» murmelte er.
«Und was ist mit Pilar?» fragte Harry laut.
Mr. Charlton räusperte sich wieder, diesmal wie entschuldigend. «Eh, Miss Estravados — eh — ist in dem Testament nicht erwähnt.»
«Bekommt sie nicht den Anteil ihrer Mutter?»
«Señora Estravados», erklärte Charlton, «hätte natürlich ihren Teil der Erbschaft bezogen; aber da sie gestorben ist, fällt ihr Anteil der Erbmasse zu und wird unter die übrigen Kinder verteilt.»
Pilar fragte mit ihrer warmen südländischen Stimme:
«Dann — bekomme ich also — nichts?»
Schnell fiel Lydia ein. «Liebes, darüber wird die Familie sich bestimmt einigen.»
«Du wirst zu Hause sein, bei Alfred — wie, Alfred?» sagte George. «Schließlich — hm — bist du unsere Nichte, und es ist unsere Pflicht, für dich zu sorgen.»
«Auch bei uns wird sie immer gerne willkommen sein», sagte Hilda Lee.
Aber Harry ließ nicht locker.
«Sie muß ihren eigenen Anteil bekommen. Wir sollten ihr Jennifers Erbteil aushändigen.»
Mr. Charlton murmelte: «Ich muß nun — eh — wirklich — eh — gehen, Mr. Lee. Auf Wiedersehen, Mrs. Lee — wenn ich für Sie etwas tun kann — eh — jederzeit, gerne . . .»
Er verließ eilends den Raum, in welchem, seiner Erfahrung gemäß, nun alle Voraussetzungen für einen Familienkrach gegeben waren.
Kaum war die Tür zu, erhob Lydia ihre klare, helle Stimme.
«Ich stimme Harry bei. Pilar hat das Recht auf einen festen Anteil. Dieses Testament wurde vor Jennifers Tod abgefaßt.»

«Unsinn!» fuhr George auf. «Eine sehr ungesetzliche und nachlässige Denkungsweise, Lydia! Gesetz ist Gesetz, und wir müssen uns ihm fügen.»
«Es ist natürlich ein Pech für Pilar, und das tut uns sehr leid», mischte sich nun auch Magdalene ein, «aber George hat recht. Gesetz ist Gesetz.»
Lydia stand auf. Sie nahm Pilar bei der Hand.
«Das alles muß sehr unangenehm sein für dich», sagte sie freundlich. «Willst du uns bitte allein lassen, solange wir diese Fragen erörtern?»
Sie ging mit dem Mädchen bis zur Tür. «Sei ganz ruhig, Pilar», sagte sie. «Überlaß die Sache nur mir.» Pilar ging langsam aus dem Zimmer. Lydia schloß die Tür hinter ihr und ging zu den anderen zurück.
Einige Sekunden lang herrschte Stille im Raum. Alle schienen Atem zu schöpfen. Aber im nächsten Augenblick war der Kampf wieder in vollem Gange.
«Du bist eben von jeher ein schofler Kerl gewesen, George», sagte Harry.
Und George schrie zurück: «Jedenfalls war ich nie ein Schmarotzer und ein Lump!»
«Du bist genausogut ein Schmarotzer wie ich! Du hast all die Jahre ausschließlich von Vaters Zuschuß gelebt!»
«Du scheinst zu vergessen, daß meine verantwortungsvolle und exponierte Stellung . . .»
«Verantwortungsvoll – meiner Seel'! Du bist ein künstlich aufgeblähter Luftballon, weiter nichts!»
Magdalene schrie empört: «Wie darfst du so etwas sagen!»
Hildas Stimme, ruhig wie immer, nur leicht gehoben, durchdrang diesen Lärm. «Können wir die Sache nicht vielleicht in Ruhe besprechen?»
Lydia warf ihr einen dankbaren Blick zu.
Plötzlich fuhr David heftig aus seiner Reglosigkeit auf.
«Diese Streiterei über Geld ist überhaupt ekelhaft!»
Magdalene zischte ihn giftig an. «Welch edelmütige Überlegenheit! Willst du vielleicht sogar deine Erbschaft ausschlagen? Du brauchst das Geld ebensogut wie wir andern auch! Deine Weltfremdheit ist eine lächerliche Pose!»

«Die Erbschaft ausschlagen?» flüsterte David. «Ob ich das tun sollte?»
«Nein, das wirst du natürlich nicht tun», sagte Hilda fest und bestimmt. «Müssen wir uns denn alle so kindisch benehmen? Alfred, du bist jetzt das Familienoberhaupt . . .»
Alfred schien aus tiefen Träumen aufzufahren.
«Wie bitte? – Wenn alle gleichzeitig schreien und auf mich einreden – das verwirrt mich.»
«Hilda hat recht, wir benehmen uns wie gierige, ungezogene Kinder», sagte Lydia. «Versuchen wir doch, die Probleme ruhig und wenn möglich eines nach dem anderen zu besprechen. Du bist der Älteste, Alfred. Was, meinst du, sollen wir in bezug auf Pilar tun?»
«Natürlich müssen wir ihr hier ein Heim schaffen und ihr einen monatlichen Zuschuß gewähren. Auf das Geld ihrer Mutter hat sie meiner Ansicht nach keinerlei rechtlichen Anspruch. Sie ist keine Lee, vergiß das nicht. Sie ist spanische Staatsbürgerin.»
«Keinen rechtlichen Anspruch – das mag stimmen», wandte Lydia ein. «Aber ich finde, daß sie einen moralischen Anspruch auf dieses Erbteil hat. Euer Vater hat seiner Tochter genauso viel hinterlassen wie George, David und Harry, und das, obgleich sie gegen seinen Willen einen Spanier geheiratet hatte. Jennifer ist erst letztes Jahr gestorben. Ich bin davon überzeugt, daß er Mr. Charlton nur deshalb herzukommen bat, weil er in einem neuen Testament wenigstens den Vermögensanteil Jennifers auf Pilar übertragen lassen wollte. Vielleicht hätte er dem Mädchen sogar noch mehr hinterlassen. Sie war sein einziges Enkelkind, das dürft ihr nicht vergessen. Das mindeste, was wir also tun können, ist, eine Ungerechtigkeit gutzumachen, die euer Vater selber gutzumachen gewillt war.»
«Bravo, Lydia!» rief Alfred warm. «Du hast recht. Ich stimme dir bei, daß Pilar Jennifers Anteil an Vaters Vermögen bekommen muß.»
«Und du, Harry?» fragte Lydia.
«Du weißt, daß ich einverstanden bin. Ich finde, Lydia hat die Sachlage sehr klar geschildert, und ich muß sagen, daß ich sie dafür bewundere.»
«George?»

George war krebsrot und zitterte förmlich vor Aufregung.
«Nein! Ich bin dagegen! Das Ganze ist eine unerhörte Zumutung! Gebt ihr ein Heim und ein anständiges Taschengeld. Das ist mehr als genug für sie!»
«Er hat ganz recht», piepste Magdalene dazwischen. «Es wäre ungeheuerlich, wenn er euerm Vorschlag zustimmen würde. Wenn man bedenkt, daß George der einzige der Familie ist, der jemals etwas getan hat in der Welt, dann ist es ohnedies eine Schande, daß sein Vater ihm nicht mehr hinterlassen hat.»
«David?»
«Oh, ihr habt bestimmt recht», murmelte David unsicher. «Es ist nur so gräßlich, daß so viel Streit und häßliche Worte um diese Sache entstehen müssen.»
«Ich stimme dir auch bei, Lydia, dein Vorschlag ist nur gerecht», sagte Hilda.
Harry sah sich im Kreise um.
«Also, dann ist ja alles klar. Alfred, David und ich sind dafür — George ist dagegen. Die Ja-Stimmen haben die Mehrheit.»
«Es handelt sich hier nicht um Ja- oder Nein-Stimmen», fuhr George ihn gehässig an. «Mein Anteil an Vaters Vermögen ist ganz und ungeteilt mein Eigentum. Ich werde keinem Menschen einen Penny davon geben.»
«Allerdings nicht!» Ein triumphierender Aufschrei Magdalenes.
Nun sprach Lydia schärfer.
«Bitte, das ist eure Sache. Dann wird Jennifers Anteil eben von uns anderen aufgebracht.»
Sie sah sich um, und die Brüder, außer George, nickten Zustimmung.
Harry sagte: «Da Alfred den Löwenanteil geerbt hat, könnte er auch in diesem Falle den größeren Teil zahlen.»
Und Alfred gab höhnisch zurück: «Ich merke, daß deine anfängliche Großzügigkeit bereits erheblich ins Wanken gerät!»
«Fangt jetzt nicht wieder an!» fuhr Hilda dazwischen. «Lydia soll Pilar sagen, daß wir einen Entschluß gefaßt haben. Die Einzelheiten können wir nachher besprechen.» Und in der Hoffnung, die gereizten Gemüter von ihrem Thema abzulenken, fragte sie: «Wo steckt eigentlich Mr. Farr? Und Mr. Poirot?»
«Wir haben Mr. Poirot ins Dorf mitgenommen, als wir zur

Totenschau fuhren», sagte Alfred. «Er hatte eine wichtige Besorgung zu machen.»
«Wer ist da draußen im Garten? Mr. Farr oder Inspektor Sugden?» rief Lydia.
Die Bemühungen der beiden Frauen waren von Erfolg gekrönt. Der Familienrat brach auf. Lydia zog Hilda ein wenig beiseite.
«Danke, Hilda, es war lieb von dir, mir den Rücken zu stärken. Du bist wirklich ein Trost in all dem Durcheinander.»
«Merkwürdig, wie Geld die Menschen aufregen kann», sagte Hilda nachdenklich.
Die anderen waren hinausgegangen, und die beiden Frauen blieben allein zurück.
«Ja – sogar Harry, obwohl der Vorschlag von ihm ausging. Und mein armer Alfred ist so englisch, daß er nicht zusehen will, wie Leesches Geld an eine spanische Staatsbürgerin fallen soll!»
Hilda lächelte.
«Sind wir Frauen wirklich so viel geschäftsuntüchtiger?»
Lydia antwortete mit einem Zucken ihrer schmalen Schultern: «Vielleicht. Und dann ist dieses Geld ja nicht *unseres*. Das ergibt einen großen Unterschied.»
«Ein eigenartiges Mädchen, diese Pilar», sagte Hilda. «Was mag wohl aus ihr werden?»
Lydia seufzte.
«Ich bin froh, daß sie nun unabhängig sein wird. Hier zu leben, selbst mit einem anständigen Kleiderzuschuß, wäre bestimmt nicht die Erfüllung ihrer Träume. Sie ist zu stolz dazu und zu – zu fremd.» Gedankenverloren fügte sie noch bei: «Ich habe einmal einen wunderschönen Lapis aus Ägypten mitgebracht. Dort, inmitten von Sonne und Sand, war seine Farbe herrlich – ein leuchtendes, warmes Blau. Aber kaum war ich wieder zu Hause, begann seine Farbe dumpf zu werden, und das Blau war wie erloschen.»
«Ich verstehe – ja», sagte Hilda leise.
«Ich bin so froh, daß ich dich und David endlich kennenlernte», lächelte Lydia. «Ich bin glücklich, daß ihr hergekommen seid.»
«Wie oft habe ich in diesen letzten Tagen gewünscht, wir wären nicht hier!»

«Das glaube ich dir. Aber weißt du, Hilda, der Schock hat David weniger arg mitgenommen, als ich gedacht hätte. Ich meine, er ist nicht so empfindsam, daß ihn diese Sache völlig aus dem Gleichgewicht hätte bringen können. Aber tatsächlich dünkt mich, er lebe seit dem Mord förmlich auf ...»
Hilda sah sie fast erschrocken an.
«Du hast das also auch bemerkt? Es ist schrecklich ... aber es ist wirklich so, wie du sagst!»
Sie schwieg und dachte darüber nach, was ihr Mann erst in der vergangenen Nacht gesagt hatte.
«Hilda, erinnerst du dich an die Szene in Tosca, wenn Scarpia tot ist und Tosca ihm zu Häupten und Füßen Kerzen anzündet. Dort sagt sie: *Jetzt* kann ich ihm verzeihen! – Genauso empfinde ich jetzt für Vater. All die Jahre konnte ich ihm nicht verzeihen, obwohl ich es wirklich wollte, aber jetzt trage ich ihm nichts mehr nach. Aller Haß ist wie weggewischt. Und mir ist, als sei eine Riesenlast von meinen Schultern genommen worden.»
Und sie hatte, von plötzlicher Angst erfaßt, gefragt:
«Weil er tot ist?»
Worauf er rasch und eindringlich geantwortet hatte:
«Nein, nein, nicht weil *er* tot ist, sondern weil mein kindischer, dummer Haß gegen ihn tot ist ...»
An dieses Zwiegespräch mußte Hilda jetzt denken. Am liebsten hätte sie es der Frau an ihrer Seite mitgeteilt; aber irgendwie fühlte sie, daß es klüger sei, dies nicht zu tun. Sie folgte Lydia hinaus in die Halle. Dort stand Magdalene mit einem kleinen Päckchen in der Hand. Sie fuhr zusammen, als sie die beiden kommen sah.
«Das muß der wichtige Einkauf von Mr. Poirot sein», rief sie. «Ich habe gesehen, wie er es eben hier niederlegte. Was ist da wohl drinnen?»
Sie sah von einer zur anderen und lachte dümmlich, aber ihre Augen hatten einen wachen und ängstlichen Ausdruck, der die affektierte Fröhlichkeit ihrer Worte Lügen strafte.
Lydia hob nur ein wenig die Augenbrauen und sagte dann kühl: «Ich muß mir vor dem Lunch noch die Hände waschen.»
Magdalene bemühte sich zwar, ihre erzwungene Heiterkeit

beizubehalten, aber es gelang ihr nicht ganz, den verzweifelten Unterton aus ihrer Stimme zu verbannen.
«Ich *muß* hineinschauen!» kicherte sie.
Sie öffnete das Papier und stieß einen hohen Schrei aus.
Lydia blieb stehen, Hilda auch, und beide Frauen starrten verblüfft auf den Gegenstand in Magdalenes Hand.
«Ein falscher Schnurrbart», brachte Magdalene endlich hervor. «Wozu – ich frage euch –»
«Will er sich maskieren?» fragte Hilda erstaunt. «Aber ...»
«Aber Mr. Poirot hat ja selber einen sehr schönen Schnurrbart», beendete Lydia den Satz.
Magdalene schlug das Papier wieder zu. «Verrückt, so etwas! Wozu kauft sich Mr. Poirot einen falschen Schnurrbart?»

Als Pilar aus dem Wohnzimmer gekommen war, hatte sie ganz langsam die Halle durchquert, während Stephen Farr eben vom Garten hereintrat.
«Nun? Ist der Familienrat beendet? Hat die Testamentsverlesung stattgefunden?» fragte er.
Pilar atmete heftig. «Ich bekomme nichts – gar nichts! Das Testament ist vor vielen Jahren geschrieben worden. Mein Großvater hat Mutter Geld hinterlassen, aber weil sie nun tot ist, fällt alles den anderen zu.»
«Das ist allerdings Pech für Sie», sagte Stephen.
«Wenn der alte Mann am Leben geblieben wäre, hätte er sicher ein anderes Testament gemacht. Dann hätte er mir auch Geld hinterlassen – viel Geld! Vielleicht hätte er mir mit der Zeit überhaupt sein ganzes Vermögen vermacht!»
Nun lächelte Stephen.
«Das wäre auch wieder nicht ganz gerecht gewesen.»
«Warum nicht? Er hätte mich eben am liebsten gehabt, das ist alles!» Sie sah düster vor sich hin. «Die Welt ist Frauen gegenüber sehr grausam. Sie müssen versuchen, zu Geld zu kommen, solange sie jung sind. Wenn sie alt und häßlich werden, gibt ihnen niemand mehr etwas.»
«Machen Sie sich jetzt keine Sorgen darüber, hübsche Pilar! Die Lees sind verpflichtet, für Sie zu sorgen.»

«Schon, aber sehr amüsant wird das nicht werden», sagte sie.
«Nein, wahrscheinlich nicht», antwortete er langsam. «Ich kann mir nicht vorstellen, daß Sie hier leben sollen, Pilar. Wollen Sie nicht lieber nach Südafrika kommen? Dort ist Sonne und Weite. Allerdings auch harte Arbeit. Arbeiten Sie gern?»
«Ich weiß es nicht», sagte sie zögernd.
«Oder würden Sie lieber den ganzen Tag auf einem Balkon sitzen? Und fürchterlich dick werden und drei Doppelkinne bekommen?»
Pilar mußte lachen.
«So gefallen Sie mir besser. Ich habe Sie zum Lachen gebracht!»
«Ich habe gedacht, daß ich heuer zu Weihnachten viel lachen würde. In Büchern steht, wie lustig englische Weihnachten sind. Man ißt brennende Rosinen und Plumpudding, der in Flammen aufgetragen wird, und man bekommt einen Julklapp und ...»
«Aber Liebe, das gilt nur für Weihnachten, die nicht durch einen Mord belastet wurden! Kommen Sie! Das hat mir Lydia gestern gezeigt. Ihre Vorratskammer!»
Er führte sie zu einem kleinen Raum, der kaum viel größer war als ein großer Wandkasten.
«Sehen Sie, alle die Büchsen mit Gebäck und eingemachten Früchten, Orangen, Datteln und Nüssen. Und hier ...»
«Oh!» rief Pilar aus. «Die sind hübsch, diese Gold- und Silberkugeln!»
«Die sollten an einem Baum hängen mit den Geschenken für die Dienerschaft. Und diese kleinen Schneemänner mit den glitzernden Eiskristallen, die sollten beim Essen auf dem Tisch stehen. Und hier sind Ballons in allen Farben, die wir aufgeblasen hätten.»
Pilars Augen strahlten. «Ach, blasen wir doch einen auf! Lydia würde es bestimmt erlauben. Ich habe Ballons so gern!»
«Baby! – Also gut! Welchen wollen Sie haben?»
«Den roten natürlich!»
Sie wählten je einen Ballon aus und bliesen sie nun mit geblähten Backen zu bunten Kugeln auf. Dann schnürten sie die Enden sorgfältig zu und warfen die Ballons in die Luft, um sie, sobald sie bis auf Reichweite niedergeschwebt waren, mit leichten Stößen wieder höhersteigen zu lassen.

«In der Halle draußen hätten wir viel mehr Platz», sagte Pilar. Als sie dort wieder mitten im schönsten Spielen waren, erschien Hercule Poirot. Er sah ihnen nachsichtig lächelnd zu.
«So so, Sie spielen *les jeux d'enfants*! Hübsch ist das.»
«Der rote ist meiner», erklärte Pilar atemlos. «Er ist viel größer als seiner. Wenn wir sie draußen fliegen lassen würden, stiege meiner bis in den Himmel hinauf!»
«Also gut, lassen wir sie fliegen», schlug Stephen vor. «Dann dürfen wir uns etwas wünschen dabei.»
Pilar war begeistert. Sie rannte durch die Gartentür hinaus. Poirot folgte den beiden nachsichtig und leicht amüsiert.
«Ich wünsche mir viel, viel Geld», rief Pilar. Sie hielt ihren Ballon hoch über den Kopf, und als ein Windstoß kam, ließ sie ihn los. Er wurde wirklich emporgetragen.
Stephen hatte weniger Glück. Kaum hatte er seinen Ballon losgelassen, als der Wind diesen seitlich abtrieb, worauf er in einen Stechpalmenbusch flog und dort zerplatzte.
Pilar lief sofort zu der Unglücksstätte.
«Kaputt», verkündete sie betrübt. Dann stieß sie das elende Häufchen Gummi mit dem Schuh hin und her. «Also so etwas habe ich in Großvaters Zimmer vom Boden aufgehoben? Er hatte auch einen Ballon! Nur war seiner hellrot.»
Poirot schrie plötzlich auf. Pilar sah sich fragend nach ihm um.
«Nein, nein, es ist nichts», versicherte er hastig. «Ich habe mir nur meine Fußspitze angeschlagen.»
Er drehte sich sehr rasch um und betrachtete das Haus.
«So viele Fenster! Ein Haus, Mademoiselle, hat Augen und Ohren. Es ist bedauerlich, daß die Engländer so gerne die Fenster offenstehen lassen.»
Lydia erschien auf der Terrasse.
«Das Mittagessen ist bereit. Pilar, es ist alles in Ordnung. Alfred wird es dir nach dem Essen eingehender erklären. Wollen wir zu Tisch gehen?»
Sie begaben sich alle miteinander ins Haus. Poirot kam als letzter. Er sah sehr ernst aus.
Nach dem Mittagessen führte Alfred seine Nichte in sein Zimmer und schloß die Tür hinter sich zu. Die anderen gingen ins Wohnzimmer. Nur Hercule Poirot blieb in der Halle stehen

und betrachtete nachdenklich die Tür des Herrenzimmers. Plötzlich bemerkte er, daß der alte Butler sich ihm näherte.
«Ja, Tressilian? Was haben Sie auf dem Herzen?»
Der alte Mann schien verwirrt zu sein.
«Ich sollte – ich müßte mit Mr. Lee sprechen, aber jetzt darf ich ihn wohl nicht stören, nicht wahr?»
«Ist etwas vorgefallen?»
Langsam, als müßte er selber sich zwingen, seinen Worten Glauben zu schenken, antwortete Tressilian: «Es ist so eigentümlich. Vollkommen unbegreiflich ...» Er zögerte. «Sie haben vielleicht bemerkt, Sir, daß zu beiden Seiten der Haupteingangstür eine Kanonenkugel angebracht ist – schwere, runde Steine. Und jetzt ist einer fortgenommen worden, Sir!»
Hercule Poirot runzelte die Stirne. «Wann?»
«Heute morgen waren sie noch beide dort, Sir. Darauf kann ich einen Eid schwören.»
«Kommen Sie.»
Sie gingen zusammen zur Eingangstür. Poirot bückte sich und betrachtete die eine Kanonenkugel von allen Seiten. Als er sich wieder aufrichtete, war sein Gesicht todernst.
«Wer sollte ein solches Ding stehlen, Sir? Das ist doch sinnlos!» stammelte der alte Diener.
«Das gefällt mir nicht», murmelte Poirot, «das gefällt mir ganz und gar nicht.»
Tressilian sah ihm ängstlich ins Gesicht.
«Was ist bloß über dieses Haus gekommen, Sir?» fragte er verzweifelt. «Seit der Herr ermordet worden ist, scheint es vollkommen verändert zu sein. Mir ist immer, als würde ich in einem Traum leben. Ich verwechsle die Sachen und habe oft das Gefühl, als könne ich meinen eigenen Augen nicht mehr trauen.»
Hercule Poirot schüttelte den Kopf.
«Nein, das ist falsch. Just Ihren Augen müssen Sie Glauben schenken, Tressilian!»
«Nein, nein, Sir! Meine Sehkraft läßt nach. Ich spüre es doch ganz deutlich. Manchmal verwechsle ich sogar Leute miteinander. Ich werde zu alt für meinen Beruf.»
Poirot klopfte ihm auf die Schulter. «Mut!»

«Danke, Sir. Sie meinen es gut, ich weiß. Aber so ist es nun einmal: ich bin zu alt. Immer wieder denke ich an die früheren Zeiten und sehe Miss Jenny, Master Alfred und David als junge Menschen. Seit jener Nacht, da Mr. Harry heimkam . . .»
«Das ist es», nickte Poirot. «Daran habe ich eben auch gedacht. Vorhin sagten Sie: ‹Seit der Herr ermordet worden ist› — aber die Sache begann früher. Seit Mr. Harry heimgekommen ist, hat sich hier alles verändert und scheint unwirklich geworden zu sein. Habe ich nicht recht?»
«Doch, Sir. Mr. Harry hat immer Unruhe ins Haus gebracht, schon in alten Zeiten.» Seine Augen schweiften zu dem leeren Steinsockel zurück. «Wer kann die Kugel weggenommen haben, Sir?» flüsterte er, «und weshalb? Ich komme mir vor wie in einem Irrenhaus!»
«Hier liegt nicht Irrsinn vor, fürchte ich», antwortete Poirot bedrückt. «Im Gegenteil, jemand geht sehr klug und überlegt zu Werke. Und jemand, Tressilian, ist in großer Gefahr.»
Er wandte sich um und ging ins Haus zurück.
In diesem Augenblick kam Pilar aus dem Herrenzimmer. Ihre Wangen hatten rote Flecken. Sie trug den Kopf sehr hoch, und ihre Augen funkelten.
Als Poirot auf sie zukam, stampfte sie plötzlich mit dem Fuß auf und sagte: «Ich werde es nicht annehmen!»
Poirot hob die Augenbrauen. «Was denn, Mademoiselle?»
«Alfred hat mir eben mitgeteilt, daß ich den Anteil meiner Mutter aus der Erbschaft bekommen soll.»
«Und?»
«Rechtlich hätte ich keinen Anspruch darauf, hat er mir erklärt, aber er, Lydia und die anderen seien der Ansicht, daß dieser Anteil mir gehöre. Es sei eine Frage der Gerechtigkeit, und sie wollten mir das Geld also aushändigen.»
«Ja, und?» fragte Poirot wieder.
Pilar sah ihn aufgebracht an.
«Verstehen Sie denn nicht? Sie wollen mir das Geld geben — *geben*!»
«Das kann doch Ihren Stolz nicht verletzen? Wenn es wirklich eine Frage der Gerechtigkeit ist, daß Sie diesen Anteil bekommen?»

Pilar seufzte auf. «Ach, Sie verstehen mich nicht.»
«Ich verstehe Sie im Gegenteil sehr gut», sagte Poirot.
«Ach was», stieß Pilar hervor und drehte sich ärgerlich um.
Die Hausglocke läutete. Poirot sah über die Schulter zurück und erblickte die Silhouette von Inspektor Sugden durch die Milchglasscheibe. Hastig fragte er Pilar: «Wohin gehen Sie jetzt?»
«Ins Wohnzimmer, zu den anderen», gab sie mürrisch zurück.
«Gut! Bleiben Sie dort! Gehen Sie nicht allein im Haus herum, vor allem nicht nach Einbruch der Dunkelheit! Seien Sie sehr vorsichtig. Sie sind in großer Gefahr, Mademoiselle, heute mehr denn je!»
Damit wandte er sich von ihr ab und ging Sugden entgegen.
Dieser wartete, bis Tressilian wieder in seinem Office verschwunden war. Dann zog er ein Telegramm aus der Tasche.
«So, jetzt haben wir es!» sagte er triumphierend. «Lesen Sie das. Kommt von der südafrikanischen Polizei!»
Das Kabel lautete: *Ebenezer Farrs Sohn vor zwei Jahren gestorben.*
«Nun wissen wir es!» grinste Sugden. «Komisch! Ich habe eine ganz andere Spur verfolgt!»

Pilar trat hochaufgerichtet ins Wohnzimmer. Sie ging direkt auf Lydia zu, die strickend am Fenster saß.
«Lydia, ich bin gekommen, um dir zu sagen, daß ich das Geld nicht annehmen werde. Und daß ich fortgehe – sofort . . .»
Lydia sah sie erstaunt an. Sie ließ ihre Strickerei in den Schoß fallen.
«Mein liebes Kind, Alfred muß dir die Sache sehr ungeschickt erklärt haben! Es handelt sich hier keineswegs um eine Mildtätigkeit, wenn du dir das vielleicht einbildest. Wir sind weder großmütig noch liebenswürdig, sondern kommen einfach einer als gerecht empfundenen Verpflichtung nach. Unter normalen Umständen hätte deine Mutter dieses Geld geerbt und es voraussichtlich dir vermacht. Also steht dir diese Erbschaft zu – sie ist weder ein Gnadengeschenk noch ein Opfer unsererseits, sondern dein Recht!»
«Und gerade darum kann ich sie nicht annehmen», schrie Pilar verzweifelt auf, «nicht, wenn du so mit mir sprichst! Nicht,

wenn ihr alle so zu mir seid! Ich bin gerne hergekommen. Es war lustig. Es war ein Abenteuer, aber jetzt habt ihr es mir verdorben! Ich will fort von hier – und ihr werdet euch nie wieder um mich zu kümmern haben . . .»

Tränen erstickten ihre Stimme. Sie drehte sich um und rannte aus dem Zimmer. Lydia sah ihr hilflos nach.

«Was um Himmels willen kann sie so aufgeregt haben?»

George räusperte sich bedeutungsvoll und verkündete dann wichtigtuerisch: «Wie ich heute morgen bereits bemerkte – hm –, geht ihr von ganz falschen Voraussetzungen aus. Pilar ist gescheit genug, das genau einzusehen. Sie lehnt euer Almosen ab –»

«Es ist kein Almosen», fuhr Lydia ihn an. «Es ist ihr Recht!»

Inspektor Sugden und Poirot betraten den Raum. Sugden sah sich um und fragte dann sofort: «Wo ist Mr. Farr? Ich muß ihn sprechen!»

Doch noch ehe jemand antworten konnte, erklang Poirots Stimme, hell und scharf: «Wo ist Señorita Estravados?»

«Sie packt ihre Koffer, jedenfalls hatte sie das vor. Anscheinend hat sie bereits genug von ihren englischen Verwandten.» George Lee konnte eine schadenfrohe Genugtuung nur schwer verbergen. Poirot fuhr herum.

«Kommen Sie!» rief er Sugden zu.

Kaum hatten die beiden Männer die Halle betreten, als ein schwerer, polternder Fall und ein Schrei ertönten.

«Schnell! . . . Kommen Sie!» Poirot lief durch die Halle und keuchte die hintere Treppe hinauf. Die Tür zu Pilars Zimmer war weit offen, und ein Mann stand auf der Schwelle. Er wandte den Kopf nach den beiden Männern um. Es war Stephen Farr.

«Sie lebt», sagte er nur.

Pilar stand an die Wand ihres Zimmers gelehnt und starrte die große steinerne Kugel an, die auf dem Boden vor ihr lag.

«Das war auf meiner Zimmertür», erzählte sie atemlos, «so hinaufgestellt, daß es im Gleichgewicht blieb. Der Stein wäre auf meinen Kopf gefallen, wenn ich normal eingetreten wäre. Aber mein Rock hakte sich an einem Nagel fest, und das riß mich ein wenig zurück.»

Poirot kniete nieder und untersuchte den Nagel, an dem ein Stückchen roter Wollstoff geblieben war. Er blickte auf und nickte vielsagend.
«Dieser Nagel, Mademoiselle, hat Ihnen das Leben gerettet.»
Der Inspektor sah ihn fassungslos an.
«Hören Sie, was soll das alles bedeuten?»
«Jemand hat versucht, mich umzubringen», sagte Pilar.
«Eine Falle», stellte Sugden fest, nachdem er die Tür lange und aufmerksam betrachtet hatte, «eine ganz gewöhnliche Falle – zu Mordzwecken errichtet! Das ist nun schon der zweite Mord, der in diesem Hause geplant wurde! Aber diesmal ist er nicht geglückt!»
Pilar warf fast flehend die Hände empor.
«Madre de Dios!» rief sie. «Warum sollte mich jemand töten wollen? Was habe ich denn Böses getan?»
«Vielleicht sollten Sie sich eher fragen: Was weiß ich denn?» entgegnete Poirot dunkel.
«Wissen? Ich weiß nichts.» Sie sah ihn groß an.
«In diesem Punkt irren Sie, Mademoiselle. Sagen Sie mir jetzt, wo Sie zur Zeit des Mordes waren. Sie waren nicht in diesem Zimmer.»
«Doch! Das habe ich Ihnen doch gesagt.»
«Gewiß, aber da sprachen Sie nicht die Wahrheit. Sie erzählten uns, daß Sie Ihren Großvater schreien hörten, nicht wahr?» Sugdens Stimme klang trügerisch sanft. «Nun, Sie würden den Schrei nicht gehört haben, wenn Sie hier drinnen gewesen wären. Das haben Mr. Poirot und ich gestern ausprobiert!»
«Sie müssen also dem Zimmer Ihres Großvaters näher gewesen sein», riß Poirot das Gespräch wieder an sich. «Soll ich Ihnen sagen, wo ich mir denke, daß Sie gewesen sein könnten? Sie standen in der Nische bei den Statuen, Mademoiselle!»
Pilar hielt den Atem an vor Staunen.
«Wieso wissen Sie das?»
Poirot lächelte verstohlen. «Mr. Farr hat Sie dort gesehen.»
«Das ist nicht wahr!» fuhr Farr auf. «Das ist eine aufgelegte Lüge!»
«Verzeihen Sie, Mr. Farr, aber Sie *haben* Miss Pilar dort gesehen», sagte Poirot ruhig. «Erinnern Sie sich, daß Sie den Ein-

druck hatten, es stünden *drei* Statuen in jener Nische — nicht nur zwei? Nur eine der Damen trug am Mordabend ein weißes Kleid: Mademoiselle Estravados. *Sie* war die dritte Figur, die Sie sahen. Das stimmt doch, Mademoiselle?»

Pilar zögerte eine Sekunde, dann sagte sie: «Ja, das ist wahr.»

Poirot sah sie freundlich an.

«Sagen Sie uns nun die ganze Wahrheit, bitte! Warum standen Sie in der Nische?»

«Ich war nach dem Abendessen aus dem Speisezimmer gekommen und wollte meinem Großvater einen Besuch machen. Ich dachte, es freue ihn vielleicht. Aber als ich in den Korridor einbog, sah ich jemanden an seiner Tür stehen. Ich wollte nicht gesehen werden, weil ich genau wußte, daß Großvater sich für jenen Abend Besuchte verbeten hatte. Deshalb schlüpfte ich in die Nische, für den Fall, daß die Person an der Tür sich umwenden sollte.»

Sie rang die Hände. «Dann hörte ich plötzlich den entsetzlichen Lärm — umfallende Tische und Stühle — splitterndes Glas — alles schien umzustürzen. Ich bewegte mich nicht. Ich hatte Angst. Und dann ertönte der grauenhafte Schrei —» Sie bekreuzigte sich. «Mein Herz blieb stehen. ‹Jemand ist tot!› sagte ich zu mir selber.»

«Weiter?»

«Dann kamen alle die Treppe heraufgerannt, an mir vorbei, durch den Korridor, und ich schloß mich den Leuten an.»

«Warum haben Sie uns von alldem nichts gesagt, als wir Sie das erstemal verhörten?» fragte Sugden bissig.

Pilar wiegte den Kopf hin und her. Altklug und überlegen antwortete sie: «Der Polizei soll man nicht zuviel sagen. Sehen Sie, ich nahm an, Sie würden mich verdächtigen, Großvater umgebracht zu haben, wenn ich zugeben würde, daß ich mich so nahe bei seinem Zimmer befand.»

«Wenn Sie leichthin Lügen erzählen, dann wird man Sie erst recht verdächtigen», schimpfte der erzürnte Sugden.

«Pilar!» Stephen Farr sah das Mädchen beschwörend an. «*Wen* haben Sie an der Tür des alten Herrn stehen sehen? *Wen?* Sagen Sie uns das!»

«Jawohl, sagen Sie uns das!» befahl Sugden.

Pilar stockte. Ihre Augen öffneten sich weit und verengerten sich wieder. «Ich weiß nicht, wer es war», murmelte sie langsam, «aber es war eine Frau.»

Inspektor Sugden sah sich in dem Kreis um. Mit einer ihm sonst ganz fremden Erregung sagte er:

«Das widerspricht allen Regeln und Vorschriften, Mr. Poirot!»

«Ich weiß, Inspektor», wandte Poirot begütigend ein. «Aber sehen Sie, ich möchte mein erworbenes Wissen mit allen hier Anwesenden teilen. Dann werde ich sie alle um ihre Mitarbeit ersuchen, und so werden wir die Wahrheit herausbekommen.»

«Affentheater!» brummte Sugden vor sich hin. Er lehnte sich in seinem Stuhl zurück.

«Vor allen Dingen haben Sie, glaube ich, Mr. Farr eine Frage zu stellen, nein?» fuhr Poirot ungerührt fort.

Sugdens Mund wurde hart.

«Ich hätte mir dazu einen etwas weniger offiziellen Augenblick ausgesucht», sagte er sarkastisch. «Aber wie Sie wollen.» Er reichte Stephen Farr das Telegramm. «Nun, Mr. Farr – oder wie Sie sonst heißen mögen! –, können Sie uns das erklären?»

Stephen Farr hob die Augenbrauen und las die Meldung laut vor. Dann händigte er dem Inspektor das Papier wieder aus.

«Ja, ziemlich scheußlich, nicht wahr?»

«Ist das alles, was Sie dazu zu sagen haben?»

«Lassen Sir nur, Inspektor, ich weiß, daß Sie auf eine Erklärung brennen! Sie sollen sie haben. Mag sie noch so fadenscheinig klingen – es ist die Wahrheit. Ich bin nicht Ebenezer Farrs Sohn, aber ich kannte Vater und Sohn Farr sehr gut. Versuchen Sie jetzt einmal, sich in meine Lage zu versetzen. (Ich heiße übrigens Stephen Grant.) Ich kam zum erstenmal in meinem Leben in dieses Land und war enttäuscht. Dinge und Menschen kamen mir entsetzlich grau und leblos vor. Und plötzlich tauchte in einem Zug ein Mädchen auf, in das ich mich buchstäblich auf den ersten Blick verliebte. Sie war das reizendste und liebenswerteste Geschöpf der Welt! Wir sprachen miteinander, und immer mehr festigte sich mein Entschluß, sie nicht mehr aus den Augen zu verlieren. Zufällig sah ich die Adresse auf

ihrem Koffer. Ihr Name war mir fremd, aber ihr Reiseziel nicht. Ich hatte viel von Gorston Hall gehört und wußte alles von seinem Besitzer. Der alte Simeon Lee war Eb Farrs ehemaliger Geschäftspartner, und Eb hatte mir oft erzählt, eine wie faszinierende Persönlichkeit er gewesen sei.
Nun, und da tauchte mir die Idee auf, nach Gorston Hall zu fahren und dort vorzugeben, Ebenezer Farrs Sohn zu sein. Dieser ist, wie das Telgramm richtig feststellt, vor zwei Jahren gestorben; aber ich erinnerte mich daran, daß Eb mir erzählt hatte, er habe seit vielen Jahren nichts mehr von Simeon Lee gehört, und daraus schloß ich, daß vermutlich auch der alte Simeon Lee nichts vom Tode von Ebs Sohn wissen werde. Jedenfalls wollte ich es versuchen.»
«Doch Sie wagten den Versuch nicht sofort», fiel Sugden hier ein. «Zuerst wohnten Sie zwei Tage lang im Gasthaus in Addlesfield.»
«Ja, weil ich mir die Sache noch überlegen wollte. Aber schließlich war ich dazu entschlossen. Es kam mir vor wie ein Abenteuer. Nun, und dann glückte mir die Sache ja großartig! Der alte Herr hieß mich herzlich willkommen und lud mich in sein Haus ein. Ich nahm seine Einladung an. Das, Herr Inspektor, ist meine Erklärung. Wenn sie Ihnen mißfällt, dann denken Sie bitte eine Sekunde an die Zeit zurück, da Sie selber verliebt waren, und sagen Sie mir ehrlich, ob Sie damals nicht auch manchen Unsinn machten. Ich heiße, wie ich Ihnen schon sagte, Stephen Grant. Sie können nach Südafrika funken und meine Angaben überprüfen lassen. Jedenfalls versichere ich Ihnen, daß ich weder ein Mörder noch ein Juwelendieb bin, sondern ein achtbarer Bürger.»
«Daran habe ich nie gezweifelt», sagte Poirot leise.
Inspektor Sugden strich sich nachdenklich über die Wange.
«Ich werde Ihre Aussage selbstverständlich überprüfen müssen», sagte er vorsichtig. «Was ich noch wissen möchte, ist dies: warum haben Sie, nachdem der Mord geschehen war, nicht sofort geredet, sondern uns noch weiterhin einen Haufen Lügen erzählt?»
Stephens Antwort war entwaffnend.
«Weil ich ein Idiot war! Weil ich wirklich glaubte, ich könnte

diese Fiktion aufrechterhalten! Und dann fürchtete ich, daß gerade in jenem Augenblick mein Eingeständnis, unter falschem Namen hierzusein, sich äußerst verdächtig ausgenommen hätte. Wenn ich nicht vollkommen verblödet gewesen wäre, hätte ich mir ja sagen müssen, daß Sie wahrscheinlich in Johannesburg meine Personalien prüfen lassen würden.»

«Also, Mr. Farr – Mr. Grant! –, ich sage nicht, daß ich Ihre Erzählung nicht glaube», sagte Sugden. «Sie wird bald genug bestätigt oder widerlegt werden.»

Er sah Poirot fragend an. Und Poirot sah Pilar an.

«Ich vermute, daß auch Mademoiselle Estravados uns etwas zu sagen hat.»

Pilar war sehr blaß geworden. Atemlos stieß sie hervor:

«Ja. Ich hätte nie davon gesprochen, wenn nicht Lydias und des Geldes wegen. Herzukommen und Theater zu spielen, zu lügen und zu schwindeln – das war lustig! Aber als dann Lydia sagte, das Geld gehöre mir *von Rechts wegen*, da war das etwas ganz anderes. Das war kein Spaß mehr.»

Alfred Lee fragte erstaunt: «Was war kein Spaß mehr, Pilar? Ich verstehe nicht, wovon du sprichst.»

«Du glaubst, ich sei deine Nichte, Pilar Estravados. Aber das ist nicht wahr! Pilar ist getötet worden, als wir zusammen in einem Auto durch Spanien fuhren. Eine Bombe fiel auf unseren Wagen – sie war sofort tot, ich wurde nicht getroffen. Ich kannte sie kaum, aber sie hatte mir viel erzählt von ihrem Großvater, der nach ihr geschickt habe, damit sie zu ihm nach England komme, und der sehr, sehr reich sei. Und ich selber hatte gar kein Geld und wußte nicht, was ich tun oder wohin ich gehen sollte. Und da dachte ich plötzlich: Warum nicht Pilars Paß nehmen und nach England fahren und dort reich werden.» Ein Lächeln huschte plötzlich über ihre Züge. «Oh, es war ein Spaß, mir auszudenken, ob mir die Sache glücken würde! Auf den Paßfotos sahen wir einander ziemlich ähnlich. Aber als man hier plötzlich meinen Paß haben wollte, warf ich ihn zum Fenster hinaus und rieb dann ein wenig Erde auf das Foto. Bei den Grenzübergängen sehen sie ja nicht so genau auf die Bilder, aber hier hätte man den Unterschied doch bemerken können ...»

Alfred Lee war zornig. «Dann heißt das also, daß du – daß Sie – sich meinem Vater als Enkelin vorstellten und auf seine Liebe für Sie spekulierten?»
Pilar nickte. Sie antwortete unbefangen: «Ja, weil ich sofort merkte, daß er mich gern hatte.»
«Unglaublich, unerhört!» brach nun George Lee aus. «Verbrecherisch! Sich unter falschen Angaben Geld erschwindeln zu wollen!»
«Von dir hat sie ja keines bekommen, Alter», warf Harry hier ein. «Pilar, ich stehe treu und fest zu dir! Ich bewundere deinen Mut. Und Gott sei Dank bin ich ja jetzt nicht mehr dein Onkel! Das gibt mir viel mehr Freiheit!»
Pilar wandte sich Poirot zu. «Sie wußten es! Seit wann?»
«Mademoiselle, wenn Sie die Mendelschen Gesetze studiert hätten, dann wüßten Sie, daß zwei blauäugige Menschen nicht ein braunäugiges Kind haben können. Ihre Frau Mutter, überlegte ich, war bestimmt eine sehr züchtige und ehrbare Frau. Daraus folgerte ich, daß Sie also nicht Pilar Estravados sein können. Und als Sie dann noch das Manöver mit dem Paß vollführten, war ich meiner Sache ziemlich sicher. Es war alles recht klug ausgedacht, aber eben doch nicht klug genug, sehen Sie.»
Sugden lachte unangenehm.
«Das ganze Theater war nicht sehr klug.»
Pilar starrte ihn an. «Ich verstehe nicht ...»
«Sie haben uns jetzt eine Geschichte erzählt, aber es gibt noch allerhand, was Sie uns werden sagen müssen.»
«Lassen Sie sie in Ruhe!» brauste Stephen auf.
Doch Sugden ließ sich nicht einschüchtern.
«Sie haben uns gesagt, daß Sie nach dem Nachtessen zu Ihrem Großvater hinaufgingen – um ihm eine Freude zu machen, wie Sie sich ausdrückten –, aber ich glaube etwas ganz anderes. *Sie* haben die Diamanten gestohlen. Sie hatten sie in der Hand gehabt. Vielleicht haben Sie sie einmal in den Safe zurückgelegt, ohne daß der alte Herr Ihnen dabei zusah. Als er das Verschwinden der Steine bemerkte, wußte er, daß nur zwei Menschen sie fortgenommen haben konnten: Horbury, der sich das Kennwort irgendwie verschafft haben mochte und die Steine einmal nachts gestohlen haben konnte – oder Sie!

Nun hatte aber Mr. Lee sofort eingegriffen. Er rief mich an und bat mich, zu ihm zu kommen. Dann ließ er Ihnen ausrichten, Sie möchten nach dem Abendessen unverzüglich zu ihm hinaufkommen. Und als Sie bei ihm erschienen, klagte er Sie des Diebstahls an. Sie leugneten es ab. Er trieb Sie in die Enge. Was dann geschah, weiß ich nicht. Vielleicht war er auch bereits dahintergekommen, daß Sie nicht seine Enkeltochter waren, sondern eine Berufsdiebin. Jedenfalls sahen Sie sich mit einem Schlag entlarvt, und um der drohenden Bloßstellung zu entgehen, stachen Sie mit einem Messer nach ihm. Es entstand ein Kampf, und der alte Herr schrie. Nun rannten Sie aus dem Zimmer, drehten den Schlüssel von außen im Schloß um, und dann, wohl wissend, daß Sie nirgends mehr hinlaufen konnten, ehe die anderen Hausbewohner kamen, schlüpften Sie in die Nische mit den Statuen!»

«Das ist nicht wahr!» schrie Pilar gellend auf. «Es ist nicht wahr! Ich habe die Diamanten nicht gestohlen! Das schwöre ich bei der heiligen Mutter Gottes!»

«Wer hat sie denn gestohlen?» fragte Sugden scharf. «Sie behaupten, jemanden vor Mr. Lees Zimmertür gesehen zu haben. Ihren Schilderungen zufolge müßte also jene Person der Mörder gewesen sein. Aber nichts und niemand erhärtet Ihre Behauptung, daß jemand dort gestanden hatte. Mit anderen Worten: ich glaube, daß Sie diese Person nur erfunden haben, um sich selber zu entlasten!»

«Natürlich ist sie die Täterin!» rief George Lee. «Das ist doch ganz klar! Ich habe ja immer gesagt, daß ein Außenstehender meinen Vater getötet haben muß! Unfaßlicher Blödsinn, anzunehmen, daß jemand aus dem Familienkreis diese Tat hätte begehen können. Das wäre ja – das wäre unnatürlich!»

Poirot setzte sich plötzlich in seinem Stuhl auf.

«Da kann ich Ihnen nicht beistimmen. Angesichts des Charakters von Simeon Lee wäre das sogar sehr natürlich gewesen.»

George Lee blieb der Mund offen, und er glotzte Poirot an.

«Und meiner Ansicht nach», fuhr er unbeirrt fort, «ist das auch tatsächlich geschehen. Simeon Lee wurde durch jemanden von seinem eigenen Fleisch und Blut umgebracht – um einer Sache willen, die dem Mörder Grund genug für einen Mord schien.»

«Eines von uns?» kreischte George auf. «Niemals! Ich . . .»
Poirot schnitt dem Aufgeregten das Wort ab.
«Hier stehen alle unter Verdacht! Beginnen wir doch gleich mit Ihnen, Mr. George Lee. Sie liebten Ihren Vater nicht. Wenn Sie sich trotzdem mit ihm gutstellten, geschah dies des Geldes wegen. An dem Tag, da er ermordet wurde, hatte er Ihnen gedroht, Ihren Zuschuß zu kürzen. Sie wußten, daß Sie nach seinem Tode eine nicht unerhebliche Summe erben würden. Damit wäre Ihr Motiv gegeben. Nach dem Abendessen telefonierten Sie. Das stimmt. Aber Ihr Anruf dauerte nur fünf Minuten. Sie konnten also mit Leichtigkeit nachher zu Ihrem Vater hinaufgegangen sein, mit ihm geplaudert, ihn angegriffen und getötet haben. Dann verließen Sie sein Zimmer, sperrten die Tür von außen ab und wiegten sich in der Hoffnung, daß man diesen Mord einem Einbrecher zur Last legen werde. Aber in Ihrer begreiflichen Erregung vergaßen Sie, das Fenster weit genug offenzulassen, um dieser Einbrechertheorie auch wirklich Unterstützung zu geben. Das war sehr dumm, aber Sie sind, wenn Sie meine Offenheit verzeihen wollen, ein ziemlich dummer Mensch.» Nach einer langen Pause, während welcher George Lee nach Luft schnappte und etwas zu sagen versuchte, was ihm aber nicht gelang, fügte Poirot noch bei:
«Immerhin waren viele Verbrecher sehr dumm.»
Nun richtete er das Wort an Magdalene.
«Auch Madame hatte ein Motiv. Sie ist verschuldet, und der Ton verschiedener Bemerkungen, die ihr Schwiegervater über sie machte, mochte ihr äußerst unangenehm in die Ohren geklungen haben. Auch sie hat kein Alibi. Sie ging zum Telefon, telefonierte aber nicht, und ihre Aussage wird von niemandem bestätigt . . .
Dann wäre da Mr. David Lee. Wir haben nicht einmal, sondern hundertmal gehört, wieviel Rachsucht im Blut der Lees kreist. Mr. David Lee vergaß und verzieh nie, wie schlecht sein Vater seine Mutter behandelt hatte. Eine letzte Verunglimpfung der Verstorbenen kann das Maß zum Überlaufen gebracht haben. David Lee soll Klavier gespielt haben, als der Mord passierte. Zufälligerweise spielte er einen Trauermarsch. Aber es wäre doch möglich, daß jemand anderer diesen Trauer-

marsch spielte, jemand, der wußte, was David zu tun im Begriffe war, und der diesen Schritt begrüßte.»
«Das ist eine infame Vermutung», sagte Hilda Lee ruhig.
Poirot wandte sich ihr zu.
«Dann biete ich Ihnen eine andere, Madame. Es war *Ihre* Hand, die den Todesstoß führte. *Sie* schlichen die Treppe hinauf, um einen Menschen zu richten, der Ihrer Ansicht nach jenseits aller menschlichen Verzeihung stand. Sie gehören zu den Menschen, die sehr jähzornig werden können, Madame.»
Darauf antwortete Hilda nur: «Ich habe ihn nicht getötet.»
«Mr. Poirot hat recht», sagte Sugden plötzlich. «Alle hier Anwesenden könnten als Täter in Frage kommen – ausgenommen Mr. und Mrs. Alfred Lee und Mr. Harry Lee.»
«Ich würde nicht einmal diese drei ausnehmen», sagte Poirot.
Lydia lächelte ironisch. «Ach? Und wie würden Sie den Verdacht gegen mich begründen, Mr. Poirot?»
«Ihren Beweggrund können wir beiseite lassen, Madame. Er liegt klar genug zutage. Ansonsten aber: Sie trugen an jenem Abend ein geblümtes Taftkleid von auffallend großem Muster und eine Jacke aus dem gleichen Stoff. Ich muß hier einflechten, daß Tressilian ziemlich kurzsichtig ist. Aus einer gewissen Entfernung sieht er die Dinge nur noch verschwommen. Ferner möchte ich festhalten, daß das Wohnzimmer sehr groß und eigentlich ziemlich spärlich erhellt ist. Nun kam also am Mordabend Tressilian ins Wohnzimmer – ungefähr zwei Minuten ehe der Schrei ertönte – und trug die Kaffeetassen hinaus. Er glaubte, Sie am Fenster stehen zu sehen, wie er Sie schon oft dort stehen sah – halb verdeckt durch die schweren Vorhänge.»
«Er *hat* mich gesehen», bemerkte Lydia ruhig.
«Nun, ich möchte sagen, daß es möglich ist, daß Tressilian nicht Sie, sondern die Jacke Ihres Kleides sah, die Sie so beim Fenster hingehängt hatten, daß es aussehen sollte, als ob Sie selber dort stünden.»
«Wie dürfen Sie es wagen, das zu sagen», fuhr Alfred auf.
«Laß ihn», unterbrach ihn Harry. «Jetzt kommen wir dran. Wie wollen Sie nun erklären, daß Alfred seinen geliebten Vater umgebracht haben kann? Wir saßen nämlich beide zusammen im Speisezimmer, als der Schrei ertönte.»

«Das ist denkbar einfach! Ein Alibi erscheint immer glaubwürdiger, wenn es fast widerwillig bestätigt wird. Sie und Ihr Bruder verstehen sich nicht gut. Das ist allgemein bekannt. Sie machen ihn in aller Öffentlichkeit lächerlich, und er hat kein gutes Wort für Sie. Aber nehmen Sie einmal an, daß wir Zeugen eines raffinierten Komplotts gewesen sind. Daß Alfred Lee es satt bekommen hat, immer noch nach dem Taktstock eines anderen zu tanzen. Nehmen wir an, daß Sie sich mit Ihrem Bruder getroffen haben und daß anläßlich dieser Zusammenkunft ein Plan festgelegt wurde. Sie kommen nach Hause zurück. Alfred scheint darüber sehr erbost zu sein. Er ist eifersüchtig auf Sie und kann Sie offensichtlich nicht ausstehen. Sie hinwiederum verachten ihn. Und dann bricht endlich der Mordabend an, den Sie so genau geplant hatten. Einer von Ihnen bleibt im Speisezimmer und redet laut, um den Anschein zu erwecken, daß zwei Personen miteinander stritten. Der andere aber schleicht die Treppe hoch und begeht den Mord ...»

Alfred sprang auf. «Sie Teufel!» keuchte er.

Sugden sah Poirot fragend an. «Glauben Sie wirklich, daß ...»

Poirot erhob plötzlich seine Stimme und sagte fast ein wenig im Befehlston: «Ich mußte Ihnen die Möglichkeiten zeigen! So hätten sich die Dinge abspielen können. Wie sie sich in Wirklichkeit abgespielt haben, das können wir nur herausfinden, indem wir von dem äußeren Schein zur inneren Realität gelangen ...»

Er sah eine Weile nachdenklich vor sich hin.

«Wir müssen, wie ich schon einmal sagte, auf den Charakter von Simeon Lee zurückkommen ...»

Es entstand eine Stille. Alle Empörung, der erregte Widerspruch und der glimmende Haß schienen sich wundersamerweise gelegt zu haben. Aller Augen waren gespannt auf Poirot gerichtet, als er zu sprechen begann.

«Darin liegt der Schlüssel zu diesem ganzen Geheimnis. Wir müssen uns tief in Simeon Lees Herz und Sinn vergraben und sehen, was wir dort finden. Denn ein Mensch lebt und stirbt nicht unabhängig von seiner Umgebung. Was in ihm liegt, gibt er denen weiter, die nach ihm kommen ...

Was hatte nun Simeon Lee seinen Söhnen und Töchtern zu vererben? Stolz, zum Beispiel — jenen Stolz, in welchem er selber sich getroffen fühlte, weil seine Kinder ihn enttäuschten. Ferner Geduld — ein waches Wartenkönnen. Wir haben erfahren, daß Simeon Lee oft jahrelang geduldig wartete, ehe er sich für ein ihm angetanes Unrecht rächte. Diesen Charakterzug hat derjenige seiner Söhne in hohem Maße geerbt, der ihm äußerlich am wenigsten zu gleichen scheint. David Lee konnte jahrelang nicht vergessen und einen Haß in seinem Herzen nähren. Rein äußerlich gleicht Harry Lee seinem Vater am meisten. Das fällt einem besonders dann auf, wenn man ein Bild von Simeon Lee aus seinen jungen Jahren betrachtet: die gleiche schmale Nase, der gleiche scharfe Wangenschnitt und die gleiche Art, den Kopf hoch zu tragen. Und noch andere äußere Eigentümlichkeiten scheint Harry von seinem Vater geerbt zu haben. So zum Beispiel die Art, wie er sich manchmal mit dem Zeigefinger über den Backenknochen fährt und wie er beim Lachen den Kopf zurückwirft.

Nachdem ich all diese Dinge beobachtet hatte, und von der Überzeugung ausgehend, daß dieser Mord von jemandem begangen worden sei, der mit dem alten Herrn in enger Verbindung stand, begann ich die einzelnen Familienmitglieder vom psychologischen Standpunkt aus zu studieren. Das heißt, ich versuchte herauszufinden, wer von ihnen nach psychologischen Gesichtspunkten ein Verbrecher sein *könnte*. Und wie ich die Dinge beurteilte, traf das nur auf zwei Personen zu, nämlich auf Alfred Lee und Hilda Lee. David schloß ich als möglichen Täter aus. Ich glaube nicht, daß ein Mensch von seiner überempfindsamen Veranlagung diesen grausigen, blutigen Mord hätte verüben können. Auch George Lee und seine Frau schloß ich von vornherein aus. Was immer sie sich wünschen mögen — sie hätten nicht den Mut, ein Risiko auf sich zu nehmen, dazu sind sie beide zu vorsichtig. Mrs. Lydia Lee ist meiner Ansicht nach unfähig, gewalttätig zu werden. Davor bewahrt sie ihre ironische Art. Bezüglich Harry Lee war ich erst unsicher. Seine äußere Erscheinung läßt wohl auf eine ungebändigte, wilde Kraft schließen, und trotzdem wurde ich das Gefühl nicht los, daß dieses Kraftmeiertum eigentlich Fassade sei und Harry Lee

im Grunde genommen ein Schwächling. Das war übrigens, wie ich hörte, auch die Ansicht seines Vaters, der von ihm sagte, Harry sei auch nicht mehr wert als seine übrigen Kinder.
Somit blieben mir also nur die beiden erwähnten Namen. Alfred Lee ist ein Mensch, der großer Devotion und Selbstlosigkeit fähig ist. Er hatte sich viele Jahre lang immer dem Willen eines anderen beugen müssen. Solche fortgesetzte Unterdrükkung kann sehr leicht zu einem Ausbruch führen. Außerdem mochte Alfred im Laufe dieser vielen Jahre manchen geheimen Groll gegen seinen Vater in sich verschlossen haben, obwohl er nie etwas davon sagte. Gerade die ruhigsten und sanftesten Menschen sind oft einer plötzlichen und unerwarteten Heftigkeit fähig, aus dem einfachen Grunde, weil *wenn* einmal etwas in ihnen einschnappt, es ganz und unwiderruflich einschnappt!
Die andere Person, die in meinen Augen möglicherweise die Tat begangen haben konnte, war Hilda Lee. Sie gehört dem Menschenschlag an, der gewohnt ist, ruhig abzuwägen, aber unter Umständen auch zu richten und zu strafen – wenn auch ganz gewiß nie aus selbstsüchtigen Beweggründen. Im Alten Testament finden wir zum Beispiel Jael und Judith.
Und als ich alle diese Überlegungen angestellt hatte, ging ich daran, die genauen Umstände des Verbrechens zu überprüfen, die äußerst ungewöhnlichen Umstände, unter welchen dieser Mord begangen wurde. Bitte, versetzen Sie sich wieder zurück in das Zimmer, in dem Simeon Lee tot auf dem Boden lag. Wenn Sie sich erinnern, dann lagen ein schwerer Tisch und ein ebenso schwerer Stuhl umgestürzt da, eine Lampe, Fayencen, Gläser usw. waren zersplittert. Aber Tisch und Stuhl berührten besonders eigentümlich. Es waren gewichtige Mahagonimöbel. Es ist schwer, sich vorzustellen, wie ein Streit zwischen dem zarten alten Herrn und seinem Gegner dazu geführt haben sollte, solche schwere Möbel über den Haufen zu werfen. Die ganze Sache kam mir unwirklich vor. Andererseits hätte aber doch niemand, der klar bei Sinnen war, dieses Durcheinander absichtlich arrangiert – es wäre denn, daß Simeon Lee von einem starken Mann getötet worden war und diese Zerstörungen vortäuschen sollten, daß der Angreifer körperlich schwach oder eine Frau gewesen sei.

Aber diese Vorstellung vermochte mich nicht zu überzeugen. Denn der Lärm der umstürzenden Möbel mußte im Haus gehört werden, wie ein Alarm wirken und dem Täter kaum mehr Zeit lassen, das Zimmer ungesehen zu verlassen. Es konnte doch nur in des Mörders Interesse liegen, Simeon Lee die Kehle so lautlos wie nur möglich durchzuschneiden.
Ein weiterer unklarer Punkt war, daß der Schlüssel im Schloß umgedreht worden war. Auch das kam mir vollkommen überflüssig vor. Einen Selbstmord konnte man damit nicht gut vortäuschen wollen, denn nichts an diesem Tod ließ an einen Selbstmord glauben. Auch eine Flucht durch das Fenster konnte nicht glaubhaft gemacht werden, weil die Fenster alle geschlossen oder fixiert waren, so daß eine Flucht ganz unmöglich war. Und auch hierfür hätte der Mörder Zeit gebraucht!
Und noch etwas war unbegreiflich: ein kleines Stück Gummi und ein kleiner Holznagel, die Inspektor Sugden mir zeigte. Der Gummi stammt von einem Schwammbeutel Simeon Lees. Diese beiden Gegenstände hatte jemand vom Boden des Mordzimmers aufgehoben, als er als einer der ersten den Raum betrat. Auch hier gilt wieder, was ich schon sagte: sinnlos! Nichts hatte irgendeine klare Bedeutung! Und trotzdem waren diese Dinge am Tatort gefunden worden! Dieses Verbrechen wurde immer undurchdringlicher. Es lag keine Methode darin, keine Ordnung – *enfin*, es war vollkommen unbegreiflich.
Und schon tauchte eine neue Schwierigkeit auf: der alte Herr hatte Inspektor Sugden zu sich kommen lassen, um ihm einen Diebstahl zu melden. Dann hatte er ihn gebeten, in eineinhalb Stunden zurückzukommen. Warum? Warum? Wenn Simeon Lee jemanden seiner Familie verdächtigte, warum bat er dann Inspektor Sugden nicht, in der Halle unten zu warten, während er selber dem Verdächtigen seine Vorhaltungen machte? Die Anwesenheit eines Polizeibeamten im Hause hätte doch den Schuldigen bestimmt eingeschüchtert. Und das war der Augenblick, wo mir nicht nur das Verhalten des Mörders, sondern auch dasjenige des Opfers unverständlich wurde!
Und da sagte ich mir, daß wir die Dinge von einem ganz falschen Standpunkt aus betrachteten, und zwar genau von dem Standpunkt aus, den der Mörder uns suggerieren will!

Drei Sachen ergeben keinen Sinn: der Kampf, der im Schloß umgedrehte Schlüssel und das Stückchen Gummi. Und ich machte mich daran, alles andere zu vergessen und nur diese drei Fragen, unabhängig von allem anderen, eingehend zu studieren. Ein Kampf! Was bedeutet das? Gewaltanwendung – Lärm – Krachen und Splittern ... Der Schlüssel? Warum dreht man einen Schlüssel um? Damit niemand einen Raum betreten kann. Aber schließlich konnte die Tür ja aufgebrochen werden. Um jemanden einzusperren? Um jemanden auszusperren? ... Ein Stückchen Gummi aus einem Schwammbeutel? Nun, das ist eben ein Stückchen Gummi, weiter nichts.
Also hat er nichts finden können! werden Sie jetzt denken. Aber das stimmt nur bedingt, denn zurück blieben drei Empfindungen: Lärm – abgeschlossene Tür – Nichts ...
Wie passen nun diese Empfindungen zu meinen möglichen Mördern? Überhaupt nicht! Denn beiden, Alfred und Hilda Lee, müßte an einem geräuschlosen Mord unendlich viel gelegen haben, und Zeit, um einen Schlüssel mühsam von außen im Schloß zu drehen, hätten sie bestimmt beide nicht verschwendet. Das kleine Stück Gummi bedeutete hier, wie bei allen früheren Überlegungen, nichts, überhaupt nichts!
Und trotzdem hatte ich das Gefühl, daß bei diesem Mord nichts zufällig oder dumm sein könne, daß im Gegenteil alles sehr genau geplant und mit großem Erfolg durchgeführt worden war. Also mußte jede Einzelheit bedeutungsvoll sein.
Und plötzlich begann etwas in mir aufzudämmern ...
Blut! – So viel Blut – frisches, feuchtes, glänzendes Blut ... *Zu viel* Blut!
Ein zweiter Gedanke kam auf: Blutgericht – ein Gericht des Blutes. Simeon Lees eigenes Blut stand gegen ihn auf ...»
Hercule Poirot beugte sie vor.
«Die beiden wertvollsten Anhaltspunkte in diesem Fall kamen mir von zwei verschiedenen Personen, die sie ganz unbewußt äußerten. Den ersten gab mir Mrs. Alfred Lee, als sie einen Vers aus Macbeth zitierte: ‹Wer konnte denken, daß der alte Mann noch so viel Blut in sich gehabt ...?› Und dann sagte Tressilian etwas Bedeutungsvolles. Er schilderte mir, wie benommen ihm immer zumute sei, und daß alles sich zweimal

abzuspielen scheine. Dieses Gefühl hatte er bekommen, als er an jenem Tag Harry Lee die Haustür öffnete und kurz danach Stephen Farr. Sehen Sie Harry Lee an, sehen Sie Stephen Farr an, und Sie werden erkennen, daß sich die beiden erstaunlich ähnlich sehen! Deshalb kam es Tressilian vor, als erlebte er die gleiche Situation zum zweitenmal. Es hätte ja auch wirklich fast der gleiche Mann draußen stehen können. Tressilian klagte, daß er beginne, die Leute zu verwechseln. Kein Wunder! Stephen Farr hat eine schmale Nase, er pflegt den Kopf zurückzuwerfen, wenn er lacht, und er streicht sich oft mit dem Zeigefinger über die Wange. Sehen Sie sich das Jugendbildnis von Simeon Lee genau an, und Sie werden nicht nur Harry Lee, sondern auch Stephen Farr wiederfinden . . .»

Stephen Farr bewegte sich. Sein Stuhl knarrte.

«Erinnern Sie sich an den Ausbruch von Simeon Lee», fuhr Poirot fort, «als er seine Familie beschimpfte? Damals sagte er, daß er schwören könnte, bessere Söhne zu haben, auch wenn sie vielleicht nicht im rechten Ehebett geboren worden seien. Und damit kommen wir wieder zu Simeon Lees Charakter zurück! Simeon Lee, der Frauenheld, der seiner Frau das Herz brach! Simeon Lee, der sich seiner Enkelin gegenüber damit brüstete, eine Leibgarde von fast gleichaltrigen Söhnen aufstellen zu können. Daraus schloß ich folgendes: Simeon Lee hatte nicht nur seine Familie um sich versammelt, sondern es befand sich unerkannt und nicht anerkannt noch ein Sohn von seinem Blut hier.»

Stephen stand auf. Poirot wandte sich ihm zu.

«Deshalb sind Sie hierhergekommen, nicht wahr? Nicht um des hübschen Mädchens willen, das Sie im Zug kennenlernten. Sie waren auf der Reise hierher, *bevor* Sie sie trafen. Sie wollten wissen, was Ihr Vater für ein Mensch sei.»

Stephen Farr sprach mit einer gebrochenen, heiseren Stimme.

«Ja . . . Mutter sprach manchmal von ihm. Es überkam mich wie eine Besessenheit, ihn einmal zu sehen! Als ich mir etwas Geld verdient hatte, fuhr ich nach England. Er sollte nicht wissen, wer ich bin, deshalb gab ich vor, Ebs Sohn zu sein. Ich bin nur hierhergekommen, um den Mann kennenzulernen, der mein Vater war . . .»

Inspektor Sugden sagte fast flüsternd: «Herrgott, ich muß blind gewesen sein! Jetzt sehe ich es ganz deutlich! Zweimal habe ich Sie mit Mr. Harry Lee verwechselt und nichts gemerkt.»
Er drehte sich nach Pilar um.
«Also *das* war es! Sie haben Stephen Farr an der Tür zum Mordzimmer stehen sehen, nicht wahr? Sie haben merklich gezögert und Farr dabei angesehen, ehe Sie aussagten, es sei eine Frau gewesen. Sie haben Farr gesehen und wollten ihn nicht verraten!»
Hier fiel Hilda Lees dunkle Stimme ein.
«Nein, Sie irren sich. *Mich* hat Pilar dort gesehen.»
«Sie, Madame?» fragte Poirot. «Eigentlich dachte ich es mir . . .»
«Selbsterhaltungstrieb ist etwas Merkwürdiges», fuhr sie ruhig fort. «Ich hätte nie gedacht, daß ich so feig sein könnte, aber ich schwieg, weil ich Angst hatte. Ich war mit David im Musikzimmer. Er spielte, aber er war in keiner guten Stimmung. Ich fühlte mich dafür verantwortlich, weil ich es war, die ihn zum Herkommen überredet hatte. David spielte die ersten Akkorde des Trauermarsches, und da faßte ich plötzlich einen Entschluß. So seltsam es Ihnen auch vorkommen mag – ich beschloß, daß wir abreisen würden, sofort, noch in jener Nacht. Ich schlich mich aus dem Zimmer und die Treppe hinauf, um dem alten Herrn ganz genau auseinanderzusetzen, warum wir gehen wollten. Ich ging durch den Korridor und klopfte an seine Tür. Keine Antwort. Ich klopfte noch einmal, ein wenig lauter. Wieder keine Antwort. Dann drückte ich die Klinke nieder, doch die Tür war abgeschlossen. Und während ich dort stand, hörte ich einen Laut im Inneren . . .»
Sie unterbrach sich.
«Sie werden mir nicht glauben, aber es ist die Wahrheit! Jemand war in dem Zimmer! Jemand griff Mr. Lee an! Ich hörte Tische und Stühle umfallen, Glas und Porzellan zersplittern, und dann hörte ich jenen letzten, grauenvollen Schrei, der langsam erstarb! Und dann nichts mehr – Stille. Ich stand dort wie gelähmt. Ich hätte mich nicht rühren können. Dann kam Mr. Farr gelaufen, dann Magdalene und all die anderen, und Mr. Farr und Harry brachen die Tür auf. Wir traten ein, und es war niemand drin – außer Mr. Lee, der in einer Blutlache lag.»

Plötzlich wurde ihre Stimme schreiend: «Es war niemand in dem Zimmer, niemand, verstehen Sie! Und es war niemand herausgekommen!»

Inspektor Sugden holte tief Atem. Dann sagte er:
«Entweder werde ich verrückt, oder alle anderen sind es. Was Sie da eben erzählt haben, Mrs. Lee, ist ganz einfach unmöglich! Wahnsinn!»
«Aber ich sage Ihnen doch, daß ich den Kampf hörte!» rief Hilda Lee. «Und daß ich den alten Mann schreien hörte, als ihm die Kehle durchgeschnitten wurde! Und niemand kam aus dem Zimmer, und niemand war drinnen!»
«Und über all das haben Sie geschwiegen», sagte Poirot.
«Ja.» Hilda war sehr blaß, aber sie schien sich gefaßt zu haben. «Denn wenn ich Ihnen diese Situation geschildert hätte, dann wären Sie bestimmt zur Schlußfolgerung gelangt, ich hätte den alten Mann ermordet ...»
Poirot schüttelte abwehrend den Kopf.
«Nein, Sie haben ihn nicht umgebracht. Sein Sohn hat ihn getötet.» – Stephen Farr fuhr auf.
«Ich schwöre vor Gott, daß ich ihn nicht angerührt habe!»
«Nicht Sie», sagte Poirot. «Er hatte andere Söhne.»
«Was zum Teufel –» stieß Harry hervor.
George starrte vor sich hin. David bedeckte die Augen mit der Hand, und Alfred zwinkerte nervös. Poirot fuhr fort:
«Am ersten Abend, den ich in diesem Hause verbrachte, also am Abend des Mordes, sah ich einen Geist. Den Geist des toten Mannes. Als ich Harry Lee zum erstenmal begegnete, war ich sehr erstaunt. Mir war, als hätte ich ihn schon irgendwo gesehen. Dann studierte ich sein Gesicht und erkannte, wie sehr er seinem Vater ähnlich sah. Diese Ähnlichkeit, sagte ich mir, hatte mich wohl dazu verführt, in seinen Gesichtszügen etwas Vertrautes wiederzufinden.
Aber gestern warf ein Mann, der mir gegenübersaß, lachend seinen Kopf zurück – und da wußte ich plötzlich, an wen Harry Lee mich erinnert hatte. Und wieder fand ich in einem Gesicht die Züge des toten Mannes.
Kein Wunder, daß der arme alte Tressilian seinen Augen nicht

mehr traute, nachdem er *drei* Männern, die sich ungemein ähnlich sahen, nacheinander die Tür geöffnet hatte. Kein Wunder, daß er klagte, die Personen zu verwechseln, wenn drei Männer in diesem Hause herumgingen, die auf geringe Entfernung kaum zu unterscheiden waren. Die gleiche Figur, die gleichen Bewegungen – vor allem diejenige, sich mit dem Zeigefinger über die Wange zu fahren –, die gleiche Gewohnheit, beim Lachen den Kopf zurückzuwerfen, und die gleiche lange, schmale Nase! Doch trat diese große Ähnlichkeit nicht immer deutlich hervor, denn der dritte Mann hatte einen Schnurrbart!»

Hercule Poirot richtete sich auf.

«Man vergißt manchmal, daß Polizisten auch Menschen sind, daß sie Frauen, Mütter, Kinder haben –» Nach einer kleinen Pause fügte er bei: «Und Väter! . . .

Bedenken Sie Simeon Lees Ruf: ein Mann, der seiner Frau das Herz brach mit seinen Weiberaffären. Ein außerehelich geborener Sohn könnte manches von ihm geerbt haben. Seine Züge, zum Beispiel, und sogar seine Bewegungen. Er kann aber auch seinen Stolz und seine Rachsucht geerbt haben.»

Nun erhob Poirot seine Stimme.

«Ihr ganzes Leben lang, Sugden, haben Sie unter dem Unrecht gelitten, das Ihnen Ihr Vater angetan hatte. Sie waren seit langem entschlossen, ihn umzubringen. Sie kommen aus der nächsten Grafschaft. Zweifellos konnte Ihre Mutter dank des Geldes, das Simeon Lee ihr großzügig zur Verfügung stellte, einen Mann finden, der sie heiratete und ihrem Kind seinen Namen gab. So war es leicht für Sie, dem Polizeikorps von Middleshire beizutreten und auf Ihre große Gelegenheit zu warten. Ein Polizeiinspektor hat eine große Chance, zu morden, ohne dafür zur Rechenschaft gezogen zu werden.»

Sugden war kreidebleich geworden.

«Sie sind ja wahnsinnig!» Seine Stimme war ein heiseres Flüstern. «Ich war außer Haus, als er getötet wurde!»

«Nein, Sie ermordeten ihn, *bevor* Sie das Haus verließen, nachdem Sie zum erstenmal gekommen waren. Niemand hat Simeon Lee nachher mehr lebend gesehen. Es war alles so einfach für Sie. Wohl hatte der Verstorbene Ihren Besuch erwartet, aber nicht, weil er Sie hatte kommen lassen! *Sie* riefen ihn an

und machten unklare Bemerkungen über einen möglichen Raub. *Sie* schlugen ihm vor, um acht Uhr unter dem Vorwand, für das Waisenhaus zu sammeln, bei ihm vorzusprechen. Simeon Lee war ahnungslos. Er wußte nicht, daß Sie sein Sohn waren. Sie kamen, erzählten ihm von Diamanten, die eventuell die seinigen sein könnten und die Sie irgendwo aufgestöbert hätten. Er öffnete den Safe, um Ihnen zu beweisen, daß seine Steine wohlverwahrt dort lägen. Sie entschuldigten sich, gingen mit ihm zurück zum Kamin, und dort packten Sie ihn von hinten, schnitten ihm die Kehle durch und hinderten ihn am Schreien, indem Sie ihm die Hand vor den Mund preßten. Ein Kinderspiel für einen Menschen von Ihrer körperlichen Kraft.
Dann begann Ihre Inszenierung! Zuerst nahmen Sie die Diamanten an sich. Dann stapelten Sie Tische, Stühle, Lampen, Vasen und Nippsachen aufeinander, und schließlich zogen Sie eine dünne Schnur, die Sie eigens dafür mitgebracht hatten, kreuz und quer durch diese Pyramide. Ferner hatten Sie eine Flasche mit frischem Tierblut mitgebracht, welchem Sie ein Quantum zitronensaures Natrium beigefügt hatten. Dieses Blut verspritzten Sie über das ganze Zimmer, und in die Blutlache, die aus Simeon Lees Wunde geflossen war, warfen Sie ebenfalls Natrium. Dann schürten Sie das Feuer, damit der Körper warm bleiben sollte. Die Enden der Schnur schoben Sie durch den schmalen Spalt beim Fenster und ließen sie an der Hauswand herunterhängen. Sie schlossen die Tür von außen mit dem Schlüssel zu. Das war ein wesentlicher Punkt, damit ja niemand vielleicht zufällig das Zimmer betreten sollte.
Hierauf gingen Sie hinaus und versteckten die Diamanten in dem kleinen Ziergarten. Hätte man sie früher oder später gefunden, dann würde das den Verdacht nur noch mehr auf eines der Familienmitglieder gelenkt haben, und das war Ihre Absicht. Kurz vor neun Uhr fünfzehn schlichen Sie sich unter das Fenster und zogen an der Schnur. Dadurch geriet das sorgfältig errichtete Gebilde ins Wanken und stürzte schließlich krachend und splitternd zusammen. Sie nahmen das Ende der Schnur und wickelten sie unter der Jacke und dem Mantel um den Körper.
Aber Sie hatten noch an etwas anderes gedacht!»
Hercule Poirot wandte sich den anderen zu.

«Erinnern Sie sich, wie Sie alle den Schrei Mr. Lees ganz verschieden schilderten? Mr. Alfred Lee kam er vor wie der Schrei eines Menschen in Todesangst. Mrs. Lydia und Mr. David Lee sagten: ‹Eine Seele im Fegefeuer.› Mrs. Hilda Lee wiederum erklärte: ‹Ein Schrei von jemandem, der keine Seele hat – unmenschlich, wie ein Tier.› Harry Lee kam der Sache weitaus am nächsten, als er feststellte, es habe geklungen, als würde man ein Schwein abstechen.

Kennen Sie diese hellroten Gummiblasen, die man auf Jahrmärkten verkauft und die man ‹Sterbende Schweine› nennt? Sobald die Luft aus ihnen entweicht, ertönt ein schauerliches Geheul.

Das, Sugden, war Ihr krönender Einfall! Sie brachten eine solche mit Luft gefüllte Gummiblase in dem Zimmer an. Sie war mit einem kleinen Holzdübel verstopft, und diesen Dübel verbanden Sie mit der Schnur. Sobald Sie an der Schnur zogen, wurde das Hölzchen herausgerissen, und die Blase entleerte sich. Und so ertönte also nach dem Krachen und Splittern der Schrei des ‹Sterbenden Schweines›.»

Er wandte sich wieder seinen übrigen Zuhörern zu.

«Verstehen Sie nun, was Pilar Estravados vom Boden aufhob? Inspektor Sugden hoffte, rechtzeitig am Tatort zu erscheinen, um das Stückchen Gummi aufheben zu können, ehe es jemand bemerkte. Er nahm es dann Pilar kraft seiner Eigenschaft als Polizeibeamter sehr rasch ab. Aber er hat niemandem von dieser Sache erzählt! Das allein war verdächtig. Ich erfuhr von diesem kleinen Vorkommnis durch Magdalene Lee und befragte dann Sugden darüber. Er war auf jede Eventualität vorbereitet. Er hatte ein Stück aus einem Schwammbeutel des Verstorbenen herausgeschnitten und zeigte mir das, zusammen mit einem Holzstift. Oberflächlich betrachtet entsprachen diese beiden Gegenstände durchaus den authentischen: ein kleines Stück Gummi und ein kleines Hölzchen. Beides schien mir zu jenem Zeitpunkt vollkommen bedeutungslos zu sein. Aber statt mir zu sagen: diese Dinge ergeben keinen Sinn, ergo können sie nicht im Mordzimmer gefunden worden sein, also lügt Inspektor Sugden mich an – bemühte ich Narr mich, eine Erklärung für sie zu finden! Erst als Mademoiselle Estravados mit einem Ballon spielte, der dann zerplatzte, erst als sie ausrief, einen solchen zerplatzten Ballon habe sie in Simeon Lees Zimmer gefunden – erst da sah ich klar.

Bemerken Sie nun, wie sich alles ineinanderfügt? Der unbegreifliche Kampf – der nötig war, um eine falsche Todesstunde festzuhalten – die verschlossene Tür, die Unbefugte hindern sollte, den Leichnam vorzeitig zu entdecken – und der Schrei des Sterbenden. So gesehen, war dieses Verbrechen durchaus logisch und sinnvoll ausgedacht gewesen.

Aber von dem Augenblick an, da Pilar Estravados laut verkündet hatte, jetzt wisse sie, was es mit dem Gummi im Zimmer des Toten für eine Bewandtnis gehabt habe, war sie dem Mörder ein Dorn im Auge. Und wenn er diese Bemerkung gehört hatte, was leicht möglich war, denn die Fenster des Hauses standen offen, dann befand sie sich sogar in großer Gefahr. Sie hatte nämlich dem Mörder schon früher einen argen Streich gespielt. Vom alten Herrn sprechend, hatte sie bemerkt: ‹Er muß in jüngeren Jahren sehr hübsch gewesen sein.› Und zu Sugden gewandt, hatte sie erklärend noch beigefügt: ‹So wie Sie!› Sugden wußte genau, daß sie das wörtlich gemeint hatte. Kein Wunder, daß er rot anlief und beinahe zu ersticken drohte. Diese Feststellung traf ihn unerwartet, und sie schien ihm äußerst gefährlich zu sein. Von diesem Augenblick an versuchte er Pilar zu verdächtigen; aber das war gar nicht so leicht, weil sie als Enkeltochter des alten Herrn nichts zu gewinnen hatte durch sein Ableben und ihr damit jeder vernünftige Mordgrund abgesprochen werden mußte. Später, als er ihre Bemerkung wegen des Ballons hörte, entschloß er sich zu ernsteren Maßnahmen. Während wir beim Essen saßen, brachte er die Falle in Pilars Zimmer an. Glücklicherweise, fast wie durch ein Wunder, versagte sie . . .»

Dann fragte Sugden ganz ruhig: «Seit wann wußten Sie es?»

«Ich war meiner Sache nicht ganz sicher, bis ich einen falschen Schnurrbart heimbrachte und ihn auf Simeon Lees Jugendbildnis ausprobierte. Da sah mir Ihr Gesicht aus dem Rahmen entgegen.»

«Mag seine Seele in der Hölle schmachten! Ich bin froh, daß ich ihn getötet habe!»

Siebenter Teil

28. Dezember

«Pilar, ich glaube, daß es das beste ist, wenn du vorläufig bei uns bleibst, bis wir endgültig wissen, was mit dir geschehen soll», sagte Lydia Lee.
«Du bist sehr gut zu mir, Lydia», antwortete das Mädchen leise. «Du verzeihst einem, ohne viel Wesens davon zu machen.»
Lydia lächelte. «Ich nenne dich immer noch Pilar, obwohl du wahrscheinlich anders heißt.»
«Ich bin Conchita Lopez.»
«Conchita ist auch ein sehr hübscher Name.»
«Wirklich, du bist fast zu lieb, Lydia! Aber ihr müßt euch meinetwegen keine Sorgen mehr machen. Ich heirate Stephen, und dann fahren wir zusammen nach Südafrika.»
Lydia lächelte noch immer.
«Nun, dann wäre ja alles in schönster Ordnung!»
«Weil du so nett zu mir bist, Lydia», sagte Pilar fast schüchtern, «glaubst du, werden wir dich einmal besuchen dürfen – vielleicht zu Weihnachten, und dann all die guten Sachen essen, brennende Rosinen und Plumpudding, und die glitzernden Kugeln an einen Baum hängen und die kleinen Schneemänner aufstellen?»
«Gewiß sollt ihr einmal kommen und wirkliche englische Weihnachten feiern!»
«Ich freue mich darauf! Siehst du, Lydia, mich dünkt, daß dieses Jahr keine schönen Weihnachten waren.»
Lydia seufzte. «Nein, es waren keine schönen Weihnachten.»

Harry sagte:
«Also denn, leb wohl, Alfred. Du wirst nicht mehr viel von mir zu sehen bekommen. Ich fahre nach Hawaii. Wollte mich schon immer dort ansässig machen.»
«Leb wohl, Harry. Hoffentlich gefällt es dir dort.»
Harry sah leicht verlegen aus.

«Verzeih, daß ich dich oft ausgelacht habe, Alter. Verdammter Zug an mir, diese Spottlust. Muß immer versuchen, jemandem ein Bein zu stellen!»
Alfred versuchte ein Lächeln.
«Ich muß auch lernen, einen Spaß zu verstehen.»
«Also denn, leb wohl», sagte Harry erleichtert.

«David», sagte Alfred zu seinem Bruder, «Lydia und ich haben beschlossen, dieses Haus zu verkaufen. Nun dachte ich, daß du vielleicht gerne etwas von den Sachen mitgenommen hättest – Mutters Schemel zum Beispiel, oder ihren Lehnstuhl. Du warst doch immer ihr Liebling.»
David zögerte eine Minute. Dann sagte er langsam:
«Danke, daß du daran gedacht hast, Alfred, aber ich glaube nicht. Ich will nichts aus diesem Haus mitnehmen. Es ist besser, ganz mit der Vergangenheit zu brechen.»
«Vielleicht hast du recht», stimmte Alfred ihm bei.

«Auf Wiedersehen, Alfred, auf Wiedersehen, Lydia», sagte George. «Eine scheußliche Zeit war das! Jetzt kommen noch die Verhandlungen, und dann wird die ganze gräßliche Sache publik gemacht! Sugden, mein – hm – meines Vaters Sohn! Könnte man nicht vielleicht versuchen, ihm einzureden, er solle aussagen, Kommunist zu sein und Vater als Kapitalist gehaßt zu haben – irgend so etwas?»
«Mein lieber George», warf Lydia ein, «glaubst du wirklich, ein Mann wie Sugden werde lügen, nur um *unsere* Gefühle zu schonen?»
«Hm – nein – hm – wahrscheinlich nicht. Ich verstehe, was du meinst. Trotzdem muß der Mann verrückt gewesen sein. Also denn, lebt wohl.»
Magdalene sagte:
«Auf Wiedersehen! Nächstes Jahr sollten wir alle zusammen an der Riviera Weihnachten feiern, oder sonst irgendwo, wo es fröhlich zugeht!»
«Das hängt ganz vom Wechselkurs ab», sagte George.
«Liebling, sei doch nicht kleinlich», lachte Magdalene.

Alfred kam auf die Terrasse hinaus. Lydia bückte sich über ein Gartenbeet. Als sie ihn kommen sah, richtete sie sich auf.
«So – jetzt sind sie alle gegangen», sagte er mit einem Seufzer.
«Ja, dem Himmel sei Dank.»
«Du wirst gerne hier fortgehen, nicht wahr?» fragte er.
«Und du? Tut es dir leid?»
«Nein! Ich bin glücklich darüber. Wir können soviel Schönes zusammen unternehmen. Wenn wir hier wohnen bleiben, verfolgen uns die Angstträume unser Leben lang. Gott sei Dank, daß nun alles vorüber ist!»
«Dank Hercule Poirot!»
«Ja. Weißt du, es war erstaunlich, wie plötzlich alles zusammenpaßte, als er es uns erklärte.»
«Mir kam es vor wie bei einem Puzzle. Wenn man es fast fertig hat, sind noch ein paar komplizierte Stückchen übrig, von denen man denkt, daß sie unmöglich irgendwo hingehören können – und plötzlich finden sie ihren Platz ganz leicht.»
Alfred schwieg eine Weile. Dann sagte er nachdenklich:
«Eine Sache ist unaufgeklärt geblieben. Was hat George nach seinem Telefongespräch getan? Warum wollte er das nicht sagen?»
«Das weißt du nicht? Lieber, mir ist das längst klar! Er stöberte in den Papieren auf deinem Schreibtisch herum.»
«Nein, Lydia! So etwas tut doch kein Mensch!»
«George schon! Er ist schrecklich neugierig in Gelddingen. Aber das konnte er natürlich nicht zugeben. Wahrscheinlich hätte er erst im Zeugenstand und unter Eid davon gesprochen.»
«Machst du einen neuen Garten?» fragte Alfred.
«Ja. Ich versuche, einen Garten Eden zu bilden. Eine persönliche, ganz neuartige Auffassung: ohne Schlange, und Adam und Eva stehen durchaus in mittleren Jahren.»
«Liebe Lydia», sagte Alfred weich, «du bist sehr geduldig und gut zu mir gewesen in all diesen Jahren.»
«Siehst du, Alfred, ich liebe dich eben ...»

Oberst Johnson sagte: «Da hört denn doch alles auf!» Dann sagte er: «Das ist doch die Höhe!» Und schließlich wiederholte er: «Da hört denn doch alles auf!»

Er lehnte sich in seinem Stuhl zurück und sah Poirot hilfesuchend an.
«Mein Bester! Wohin ist es mit der Polizei gekommen?!»
«Auch Polizeibeamte haben ein Privatleben! Sugden war ein sehr stolzer Mensch.»
Oberst Johnson schüttelte verzweifelt den Kopf.
Um seinen Gefühlen ein wenig Luft zu machen, gab er den Buchenscheiten im Kamin einen Fußtritt. Dazu knurrte er:
«Ich sage es ja immer – es geht nichts über ein Kaminfeuer.»
Hercule Poirot, der im Nacken und über den Rücken einen kalten Zug verspürte, dachte bei sich:
Pour moi, Zentralheizung, nur Zentralheizung ...

Leseprobe aus Scherz-classic-Krimi 804

DER NERVÖSE KOMPLICE

von Erle Stanley Gardner

Della Street, Perry Masons Sekretärin, sagte: »Im Büro ist eine Mrs. Enright A. Horlin. Sie scheint zu Hause Ärger zu haben.«

Mason deutete vergnügt mit dem Daumen zum Korridor hin.

»Ich weiß«, meinte Della Street. »Ich habe ihr gesagt, daß Sie sich nicht mit Scheidungsfällen befassen, aber sie meinte, es gehe nicht um eine Scheidung. Es wäre bloß häuslicher Ärger.«

»Warum braucht sie dann einen Anwalt?«

»Sie sagt, sie hätte einen Plan, über den sie mit Ihnen reden möchte.«

»Und es geht um private Schwierigkeiten?«

»Ja.«

»Hat sie Ihnen gesagt, welcher Art diese Schwierigkeiten sind?«

»Ihr Mann scheint sie zu betrügen.«

»Ich nehme an, daß etwas Außergewöhnliches an dieser Frau ist, Della. Sonst würden Sie nicht diese Haltung einnehmen.«

»Welche Haltung?«

»Sie wollen doch, daß ich mit ihr spreche?« Della Street nickte.

»Warum?«

»Mir scheint, daß sie einen Plan verfolgt, und vielleicht möchte ich wissen, was das für ein Plan ist. Eins kann ich Ihnen sagen – sie ist höchst ungewöhnlich.«

»In welcher Hinsicht?«

»Das läßt sich schwer beschreiben – es ist die Art, wie sie sich anzieht, wie sie auftritt.«

»Wie alt?«

»Sechs- oder siebenundzwanzig.«

»Gutaussehend?«

»Nicht das, was man schön nennt, aber sie hat Charakter, Eigenart, Temperament, Courage. Und wenn das nicht Ihre Neugier weckt, Mr. Perry Mason, dann sind Sie kein Mensch.«
»Ich bin neugierig. Schicken Sie sie rein«, sagte Mason. »Wollen mal sehen, wie man einen fremdgehenden Ehemann behandelt, nur mit Hilfe eines Planes, für den man den Rat eines Rechtsanwalts braucht, damit er innerhalb der gesetzlichen Grenzen bleibt.«
Della ging ins vordere Büro und kehrte nach ein paar Minuten mit der voraussichtlichen Klientin zurück, die einen schnellen abschätzenden Blick durch das Büro schweifen ließ.
Sie wartete die Vorstellung nicht ab, sondern trat mit ausgestreckter Hand näher. »Guten Morgen, Mr. Mason. Es ist nett von Ihnen, mich vorzulassen. Wo soll ich sitzen?«
Mason wies auf den großen gepolsterten Sessel, der für Klienten bestimmt war.
»Ich habe Ihrer Sekretärin von meinen Sorgen erzählt. Ich bin Sybil Horlin – die Frau von Enright A. Horlin.« Sie setzte sich, stellte ihre Handtasche auf den Boden und schlug die Knie übereinander. »Mein Mann ist mir nicht treu, und ich möchte etwas dagegen tun.«
»Wie lange sind Sie verheiratet?« fragte Mason.
»Fünf Jahre. Heute ist mein fünfter Hochzeitstag.«
»Ist dies das erste Mal, daß er Seitensprünge macht?« . . .

Leseprobe aus Scherz-classic-Krimi 700

VORHANG

von Agatha Christie

Ich begleitete Franklin hinunter. Er pfiff leise vor sich hin und machte ein fröhliches Gesicht.

»Sie scheinen heute abend mit sich zufrieden zu sein«, bemerkte ich übelgelaunt, denn ich fühlte mich ziemlich bedrückt.

»Ja«, gab er zu. »Ich habe endlich etwas getan, was ich schon seit langem tun wollte. Das ist sehr befriedigend.«

Unten trennten wir uns, und ich sah einen Augenblick zu den Bridgespielern hinein. Norton blinzelte mir zu, als Mrs. Luttrell gerade wegschaute. Das Spiel schien in ungewöhnlicher Eintracht zu verlaufen.

Allerton war noch immer nicht zurückgekehrt. Mir kam die Atmosphäre im Haus ohne ihn fröhlicher und gelöster vor.

Ich ging hinauf zu Poirot. Judith saß bei ihm. Sie lächelte mir zu, als ich ins Zimmer trat, sagte aber nichts.

»Sie hat Ihnen vergeben, *mon ami*«, meinte Poirot – eine unverschämte Bemerkung.

»Wirklich!« stieß ich hervor. »Ich glaube kaum . . .«

Judith erhob sich, legte ihren einen Arm um meinen Nacken und gab mir einen Kuß. »Armer Vater«, sagte sie. »Onkel Hercule soll dich nicht kränken. *Ich* bin es, die um Verzeihung bitten muß. Also verzeih mir und gute Nacht!«

Ich weiß nicht genau, warum ich da antwortete: »Tut mir leid, Judith. Tut mir sehr leid. Ich wollte nicht . . .«

»Schon in Ordnung«, unterbrach sie mich. »Vergessen wir's. Alles ist jetzt in Ordnung.« Sie lächelte versonnen und wiederholte: »Alles ist jetzt in Ordnung . . .« Damit ging sie hinaus.

Poirot sah zu mir auf. »Nun, mein lieber Hastings«, sagte er, als wir allein waren. »Was ist heute abend passiert?«

Ich spreizte die Hände. »Nichts«, erwiderte ich, »und es sieht auch nicht so aus, als würde noch etwas passieren.«

Tatsächlich irrte ich mich gewaltig. Denn in jener Nacht geschah sehr wohl etwas. Mrs. Franklin wurde furchtbar krank. Man ließ zwei weitere Ärzte kommen, doch vergebens. Am Morgen war sie tot.

Erst vierundzwanzig Stunden später erfuhren wir, daß sie an einer Physostigminvergiftung gestorben war.